Impressum

2. Auflage 2020
Copyright: © Tatjana Zanot
ISBN: 9783751904247
Herstellung und Verlag: BoD – Books on Demand,
Norderstedt

Bibliografische Information der Nationalbibliothek:
Die Deutsche Nationalbibliothek verzeichnet diese Publikation
in der Deutschen Nationalbibliothek; detaillierte bibliografische
Daten sind im Internet über http//dnp.dnb.de abrufbar.

Die Geschichte ist frei erfunden. Ähnlichkeiten zu real
existierenden Personen sind rein zufällig. Zur geografischen
Vorstellung wird die Stadt Hannover eventuell erwähnt.

Umschlaggestaltung: Vanessa Streng (www.BuchGestalt.com)
Foto: © Shutterstock & Can Stock Photo / bennyartist

*Triggerwarnung: Dieses Buch behandelt Themen wie Verlust,
Trauer und psychische Erkrankungen.*

Goldkinder

Band 2

Geisterstunde

2008

Kapitel Eins

Emma

„Also, so richtig gefallen tut mir das Ganze hier ja nicht", teilte mir mein Besuch ohne Umschweife mit. Isabel Schneider saß mit angewinkelten Beinen auf meinem Schreibtischstuhl und beäugte skeptisch das Bett zu ihrer Linken.

Und nein, das war nicht *mein* Bett.

Genau genommen war es auch nur eine Liege mit frisch bezogenem Bettzeug.

Ich selbst hockte im Schneidersitz auf meinem richtigen Bett und suchte nach Worten, um Isabel ihre Skepsis, und mir mein Unbehagen, zu nehmen.

„Wann soll die nochmal kommen?", fragte sie weiter und wandte sich mit einer schnellen Bewegung, sodass ihre blonden Locken hüpften, an mich.

„In zwei Tagen", antwortete ich bemüht, einen unbeschwerten Ton anzustimmen.

„Und warum soll sie hier nochmal wohnen?"

Jetzt seufzte ich doch. Meine Eltern hatten diese ganze Geschichte sehr lange und sehr ausführlich mit mir und meinen Geschwistern durchgekaut. Ich hatte auch Isabel bereits alles erzählt. Das Ganze *nochmal* zu wiederholen, grenzte schon an Folter.

„Zum Mitschreiben", sagte ich bissig. „Meine Mutter hat zwei Schwestern. Eine Jüngere – das ist meine Tante Liv, die in Berlin wohnt und als Designerin arbeitet – und eine Ältere, Tante Angelie, wobei ich mich an die nicht mehr erinnern kann. Meine Mutter sagt, die hätten sich vor einigen Jahren ziemlich heftig gestritten und irgendwie ist da wohl der Kontakt abgebrochen. Keine Ahnung. Jedenfalls hat Angelie einen jüdischen Anwalt geheiratet, Johann, und der hat jetzt seinen Job verloren und die Familie hat kein Geld und so weiter. Er sucht jetzt etwas Neues, und bis dahin sollen die beiden Kinder – Indra und ihr jüngerer Bruder Imran – bei uns wohnen. Verstanden?"

Sie sah alles andere als überzeugt aus. „Ist es wichtig für die Geschichte, dass er jüdisch ist?"

Ich blinzelte verwirrt, dann schüttelte ich den Kopf. „Nein, ist es nicht."

„Hm", brummte Isabel und kniff nachdenklich ihre Augen zusammen. Gedankenverloren knickte sie die Ecke eines Blattes immer wieder um, welches auf ihrem Schoß lag. Wir hatten uns eigentlich getroffen, um ihre Halloweenparty zu planen, die sie nur geben wollte, um ihr neues Zuhause zu präsentieren. Vor knapp drei Monaten, nachdem ihr älterer Bruder ermordet und ihre Mutter mit einer posttraumatischen Belastungsstörung in eine Klinik eingewiesen worden war, hatte ihr Vater sich ein neues Haus gekauft. Für ihn, seine neue Freundin und Isabel. Außer mir war von unseren Freunden noch keiner da gewesen. Die Halloweenparty sollte eine ganz große Sache werden.

Demnach war es taktisch sehr unklug, dass sie sich immer wieder von meinen verzwickten Familienverhältnissen ablenken ließ.

„Und Imran muss sich ein Zimmer mit Marie teilen?", fragte sie vorsichtig.

„Um Gottes Willen, nein!", rief ich aus, konnte mir bei der Vorstellung ein Kichern allerdings nicht verkneifen. „Meine Mutter will eine gute Gastgeberin sein, und niemanden in die Vorhölle schicken!"

Isabel verzog ihre Mundwinkel zu einem Grinsen. „*Das* erklärt, warum du dir lieber mit einer praktisch Fremden das Zimmer teilen willst, als mit deiner eigenen Schwester."

„Vorpubertät", konterte ich, als würde dieses eine Wort alles erklären. „Sie war letzte Woche mit einer Freundin shoppen und weißt du, was die sich gekauft haben? Kondome! Mein Vater ist ausgerastet."

„Deine Schwester ist kein Biest, sondern einfach nur dumm, wenn sie Kondome in einer Einkaufstüte -"

„Sie ist erst 12 und hat noch gar nicht an Sex zu denken!"

„Ja, und die heilige Maria war Jungfrau, als Jesus geboren wurde", witzelte Isabel und warf einen Blick auf den Zettel in ihrem Schoß. Dann: „Und du möchtest Justus und so echt nicht einladen?"

Ein wohlbekannter Stich durchzuckte meine Brust, so wie jedes Mal, wenn sie das Justus-Thema ansprach.

Es war nicht so, dass wir uns aus dem Weg gingen, aber nach Carmens Tod … Es war einfach merkwürdig zwischen uns geworden. Als wäre da eine unüberbrückbare Leere, die sie zuvor ausgefüllt hatte. Neben meinem jahrelangen, besten Freund zu sitzen und nicht zu wissen, worüber wir reden sollten, tat mehr weh, als ihn aus meinem Leben auszuschließen.

Ich redete mir ein, dass Carmens Ableben der Grund dafür war, und nicht die Tatsache, dass ich nach danach irgendwie ein Teil von Isabels Clique geworden war.

Die *Goldkinder*. Die Beliebtesten unserer Schule. Wer zu ihnen gehörte, war Teil der Elite und schwamm ganz oben in der schulischen Hierarchie. Nie im Leben hätte ich auch nur darüber nachgedacht, mich an ihren Tisch in der Aula zu setzen, mein Pausenbrot mit Isabel zu teilen und mit Dante über Literatur zu fachsimpeln, als wäre es das Normalste auf der Welt. Ich war da hineingerutscht und Arroganz und Zickereien gehörten inzwischen genauso zu meinem Schulalltag, wie Hausaufgaben und Klassenarbeiten. Selbst Jenna schien mich, die sie letztes Schuljahr noch mit dem fiesen Spitznamen *Hexennase* betitelt hatte, in ihrer Mitte zu akzeptieren.

Carmens Mutter war kurz nach dem Tod ihrer Tochter nach Spanien ausgewandert, zu ihrer Familie. Ihr Vater, Kommissar Gonzales, hatte sich auf unbestimmte Zeit suspendieren lassen. Ich wusste nicht, was aus ihm geworden war.

„Ingrid will die Getränke für die Party bezahlen", verkündete Isabel plötzlich, um ein unverfänglicheres Thema anzuschlagen.

Ich machte große Augen. „Wie kommt das denn?"

„Ich weiß nicht", meinte sie und zuckte mit den Schultern. „Ich wette, es hat irgendetwas mit diesen Prospekten zu tun, die sie mir seit Wochen hinlegt. Von Selbsthilfegruppen und so was."

„Selbsthilfegruppen?"

„Ja, sie ist der festen Überzeugung, ich solle mal mit jemandem darüber reden."

Dieses unbestimmte *darüber* war der Mord an ihrem älteren Bruder. Die beiden hatten sich nahegestanden und sein Tod hatte sie ziemlich schwer getroffen. Erst drei Wochen nach seiner Beerdigung hatte sie aufgehört, den schwarzen Pullover von ihm zu tragen.

Ich schnappte mir einen Notizblock, schlug ihn auf und griff anschließend nach einem Kugelschreiber. „Vielleicht hat sie ja Recht und es wäre wirklich mal ganz gut, mit anderen zu sprechen. Ich meine, du bist nicht die Einzige, deren Bruder gestorben ist."

„Wie viele von denen wohl ein ermordetes Geschwisterkind beerdigen mussten?", konterte Isabel rhetorisch. „Es geht mir gut. Ich muss mit niemandem über die Tatsache quatschen, dass mein Bruder umgebracht wurde. Es ist passiert, und ändern kann ich es nicht mehr. Was denkst du, brauchen wir alles für Getränke? Mein Vater hat uns Bier erlaubt."

„Echt jetzt?"

Sie nickte; selbst ganz überrascht. „Er meinte, er vertraut mir. Außerdem ist es ja auch nicht so, dass er uns ganz alleine lässt. Er geht mit Ingrid nur ins Theater und ist spätestens gegen Mitternacht wieder da. Sogar Ingrid findet, dass wir unsere ersten Erfahrungen mit Alkohol lieber unter Freunden in einem sicheren Haus machen sollten, als mit fremden Typen, die drei Jahre älter sind, auf irgendeinem dreckigen Spielplatz. Was hast du? Ich hab dir schon mal gesagt, das du nicht auf deiner Unterlippe kauen sollst!"

Schmatzend ließ ich von meiner Unterlippe ab. „Ich hab mich gerade gefragt, ob ich meine Eltern vorwarnen soll, was den Alkohol angeht, oder es lieber seinlasse."

„Ach komm, deine Eltern sind doch echt cool drauf."

Ich konnte mir ein verächtliches Grunzen nicht verkneifen. „Schon, aber nach der Sache mit dem Kondom … Ich meine, keiner von uns glaubt ernsthaft daran, dass Marie irgendwie … sexuell aktiv werden könnte, aber trotzdem. Mein Vater bewacht mich gerade mit Argusaugen. Und seit das mit Carmen und Tommy passiert ist, schwirrt meine Mutter wie ein Adler um mich herum und will immer wissen, wo ich hingehe und mit wem ich unterwegs bin und wann sie mich abholen kann." Meine Erzählung beendete ich mit einem tiefen Seufzen.

Isabel nickte zustimmend. „Glaub ja nicht, mein Vater würde mich noch irgendwo alleine hingehen lassen." Ihre Stimme klang bitter, beinahe düster.

„Ich hab ihn lieb, aber vor der Scheidung hat er sich auch nicht groß um mich gekümmert, da muss er jetzt nicht damit anfangen." Genervt rollte sie mit ihren klaren, blauen Augen.

„Eltern", brummte ich und beugte mich vor. „Wir sollten weiter planen. Sonst werden wir nie fertig, bevor die Teufelsbrut hier auftaucht."

„So einen fiesen Spitznamen hätte ich dir gar nicht zugetraut, *Hexennase*", kicherte Isabel.

Zur Antwort streckte ich ihr meine Zunge entgegen.

„Das einzig Positive daran ist, dass meine Eltern den Dachboden ausgebaut haben", dachte ich laut. „Man muss sich schließlich auch mal zurückziehen können."

„Was würdest du von einem Partnerkostüm halten?", fragte Isabel so unvermittelt, dass ich erst einmal nachdenken musste, ehe ich die Bedeutung ihrer Worte realisierte. In meinem Kopf war ich schon die alkoholfreien Getränke durchgegangen.

„Es gibt so ein megacooles Kostüm vom Hutmacher", plapperte Isabel weiter, „und wenn du als Alice gehen würdest, wäre das noch viel, viel besser! Wir wären *definitiv* der Hingucker des Abends."

„Ich dachte, es gäbe da ein ungeschriebenes Gesetz, niemand dürfe besser aussehen als Jenna", entgegnete ich ironisch. Das Erste, was ich bei den Goldkindern gelernt hatte, war, dass Isabel auf alles, worauf Fabienne penibel genau achtete, keinen Wert legte. Wie zum Beispiel eben jene Maxime. Während sich jedes Mädchen aus der Clique daran hielt, zog Isabel jeden Tag ihr Ding durch – In Form von angesagten

Outfits, stylischen Frisuren und den passenden Accessoires. Sie legte zwar nicht so viel Wert darauf wie Jenna, die Schönste von uns allen zu sein, aber ich kannte sie inzwischen gut genug um zu wissen, dass es ihr eine wahre Herzensfreude war, Jenna zu übertrumpfen.

Lächelnd, weil ich sie durchschaut hatte, stimmte ich einem Partnerkostüm zu. „*Alice im Wunderland* war mein Lieblingsbuch in der Grundschule", erzählte ich ihr glückselig.

Sie machte große Augen. „Wie, davon gibt es ein Buch?"

Unwillkürlich musste ich kichern. Isabel Schneider besaß das größte Mundwerk, welchem ich je begegnet war, und schaffte es gleichzeitig, unheimlich riesige Bildungslücken zu haben.

Ihre Mundwinkel zogen sich zu einem vorsichtigen Grinsen hoch. „Woran denkst du, Emmy?"

Kichernd schüttelte ich kaum merklich meinen Kopf. „Ich habe nur gerade darüber nachgedacht, wie gern ich dich hab."

Indra

Die tiefe, traurige Stimme von Frontmann Kurt Cobain drang durch meine Kopfhörer, während wir eine von Buchen umsäumte Allee entlangfuhren. Viel von der Fahrt hatte ich nicht mitgekriegt. Ich wusste nur, dass wir einen Umweg hatten fahren müssen, weil in der Stadt alles abgesperrt war. Und dass mein Vater sich fürchterlich darüber aufregte, während meine Mutter große Mühe dabei hatte, ihn wieder zu beruhigen. Mein kleiner Bruder Imran spielte seinerseits mit einem Gameboy und versuchte genauso wie ich, die unausweichlichen Tatsachen zu ignorieren.

Irgendwann bog mein Vater zwischen hohen Bäumen links ab und fuhr auf eine große, schattige Einfahrt. Erst, als das Auto anhielt, nahm ich meine Kopfhörer heraus.

„- sind da!", hörte ich meine Mutter noch sagen, sichtlich um einen fröhlichen Ton bemüht.

„Weißt du, wenn du uns wirklich lieben würdest, würdest du dich nicht freuen, uns bei Fremden zu lassen", knurrte ich und stieg mit aufsteigender Wut aus dem geliehenen Wagen. Ich schlug die Autotür fest zu, sodass man es noch zwei Häuser weiter hörte, und blieb mit vor der Brust verschränkten Armen stehen.

Mit zusammengekniffenen Augen starrte ich das große Haus an, vor dem ich nun stand. Diesen modernen Kasten, der im Erdgeschoss zu meiner Seite nur aus Glas zu bestehen schien. Wenn ich diese ganze Aktion nicht schon aus Prinzip hassen würde, hätte es mir vielleicht sogar gefallen.

„Hübsch hier", bemerkte meine Mutter, die inzwischen ebenfalls ausgestiegen war und sich zu Imran gesellt hatte. „Schau mal, die Wiese hier ist groß genug, um mit deinen neuen Freunden Fußball zu spielen!"

„Ich hätte aber lieber meine alten Freunde", hörte ich Imran mit seiner kindlichen Stimme erwidern und konnte mir ein gehässiges Grinsen nicht verkneifen.

Nur weil alle so taten, es wäre die beste Idee überhaupt, musste das nicht bedeuten, dass wir es genauso sahen. Und mit *wir* meinte ich Imran und mich, die ihre Freunde zurücklassen mussten, nur um bei irgendwelchen Verwandten unterzukommen, die wir seit Jahren nicht gesehen hatten. Ich meine, ich hatte zwar von Tante Svea gewusst, aber an ihr Gesicht konnte ich mich zum Beispiel nicht mehr erinnern.

Also nein, in meinen Augen war es keine gute Idee, zu den Golds zu ziehen. Auch wenn es nur vorübergehend war, bis mein Vater eine neue Stelle gefunden hatte. Ich sah ja ein, dass wir sparen und uns eine kleinere Wohnung besorgen mussten, aber lieber teilte ich mir ein Schlafzimmer mit meiner kompletten Familie, als zu Menschen zu gehen, die ich nicht kannte.

Plötzlich legte meine Mutter einen Arm um meine Schulter und drückte mich an sich. „Nun sei nicht so ein Schmollmops! Es wird sicher ganz toll werden!"

Ich grunzte verächtlich. Mit einem schnellen Schritt trat ich zur Seite und ließ meine Mutter stehen. „Vielleicht gefällt es mir ja so gut, dass ich gar nicht mehr weg will", brummte ich verdrossen.

Ich wusste, dass ich meine Mutter mit meinem Verhalten verletzte, aber es war mir egal. Sie hatte mich auch verletzt, als sie verkündet hatte, wir müssten von Berlin nach Neustadt-Hausen ziehen. Ihretwegen verlor ich all meine Freunde. Wie viele Freundschaften konnten eine solche Entfernung standhalten? Man versprach sich zwar hoch und heilig, sich niemals zu vergessen, aber im Endeffekt geht doch jeder seinen eigenen Weg. An irgendeinem Punkt hatte man sich gekannt, aber das war solange her, dass einem die Erinnerung wie ein alter schwarz-weiß Film vorkam.

Auf einmal hörte ich Stimmen. Fremde Stimmen.

Ich blieb wie angewurzelt stehen.

Und dann kamen sie. Die Haustür war also auf der Rückseite des Hauses. Wie unsinnig.

Als wären sie die perfekte Familie bogen sie um die Ecke; 5 Menschen, die eine Mauer bildeten. Da war meine Tante Svea, die ich an ihrem blonden Haar erkannte; dem meiner Mutter so ähnlich. Sie wurde flankiert von zwei Mädchen. Eine jüngere Ausgabe meiner Tante und die andere, mit den braunen Locken, musste Emma sein. Neben ihr trottete ein älterer, schlaksiger Junge. Das war vermutlich Jan. Mein Cousin. Meine Mutter hatte mir ein Foto von ihm gezeigt, auf dem er etwas jünger als Imran heute gewesen sein musste und noch eine Brille trug. Irgendwie überraschte es mich, diesen jungen Mann zu sehen. In meinem Kopf war er so viel kleiner gcwesen.

Ganz außen, neben Mini-Svea, lief mein Onkel. Ich konnte mich nicht mehr an seinen Namen erinnern, irgendetwas altmodisches, aber ich wusste, dass meine Mutter ihn nicht ausstehen konnte. Er hatte braune Locken, wie Emma, und wirkte trotz der Tatsache, für einen Mann relativ klein zu sein, ziemlich respekteinflößend.

Ein eiskalter Schauer lief mir über den Rücken. Ich wollte nicht hierbleiben. Hier, bei dieser Familie, die so perfekt wirkte. Kein Mensch konnte perfekt sein. Erst recht keine Familien, so viel wusste ich.

Meine Eltern kamen zu mir, und als meine Mutter nach meiner Hand griff, ließ ich es zu.

Und dann standen sie plötzlich vor uns, diese perfekte Familie, und begrüßten uns.

„Mensch, du bist groß geworden!", stellte meine Tante fest und musterte mich von oben bis unten. Ihr Blick blieb einen Moment zu lange auf dem Emblem meines Shirts hängen. Und da wusste ich es: Sie hasste *Nirvana*. Bei einer Frau, die meine Lieblingsband verabscheute, konnte ich unmöglich bleiben.

„Sie isst keine Karotten", plapperte meine Mutter völlig teilnahmslos dazwischen. „Und ist allergisch gegen Nüsse. Auch gegen Erdbeeren; man glaubt es zwar nicht, aber diese süßen Früchte zählen zu den Nüssen. Und Imran hat gerade einen Wachstumsschub, er stopft also alles in sich hinein, nur bitte aufpassen mit Schokolade."

„Oh, ich bin übrigens Vegetarierin", warf ich ein.

Meine Mutter blickte verwirrt zu mir, während mein Vater ein „Seit wann das denn?", murmelte.

Seit zwei Sekunden, dachte ich, sagte es aber nicht. Stattdessen schaute ich meiner Tante in ihre blauen Augen und hoffte, sie so aus der Reserve zu locken, doch sie lächelte einfach weiter, als wäre nichts gewesen. „Das kriegen wir schon hin", meinte sie mit einer wegwerfenden Handbewegung. Behutsam legte sie eine Hand auf die Schulter ihres Mini-Ichs. „Ich hab hier noch so ein ziemlich wählerisches Exemplar."

„Kinder", sinnierte meine Mutter.

„Wollen wir vielleicht reingehen und uns drinnen unterhalten?", schlug mein Onkel vor. „Emma und ihre Freundin haben Muffins gebacken."

„Also, genau genommen hab ich gebacken, und Isabel saß daneben und hat -"

„Das interessiert hier irgendwie gerade keinen", unterbrach ich das Mädchen mit den braunen Locken.

Ihre Augen weiteten sich vor Überraschung. Mit so etwas hatte sie ganz offensichtlich nicht gerechnet. Es war mir auch mehr als egal, dass sie sich direkt geschlagen gab und lieber mit ihrer Familie ins Haus zurück ging.

Als ich mich ebenfalls in Bewegung setzen wollte, spürte ich, wie sich eine Hand um meinen Unterarm legte und mich zurückzog. Während mein Vater mit Imran den Golds folgte, hielt meine Mutter mich fest und zischte: „Was, um alles in der Welt, soll das?!"

Wütend riss ich mich los. „Ich will hier nicht bleiben!", schrie ich sie an. „Ich wollte auch nicht umziehen und meine Freunde verlieren oder die Schule wechseln! Aber *ich* werde ja nicht gefragt!"

„Dein Vater wollte auch nicht seinen Job verlieren!", entgegnete meine Mutter säuerlich. Wie immer, wenn sie wütend war, wurden ihre Wangen ganz rot und ihr kurzes, blondes Haar bildete einen viel zu starken Kontrast. „Und ganz sicher gefällt es mir genauso wenig wie dir, dich und deinen Bruder hierzulassen!"

„Warum tust du es dann?" Augenblicklich füllten sich meine Augen mit Tränen. In mir drin baute sich ein Druck auf, den ich nicht mehr aushalten konnte; ich wollte schreien, doch ich wusste ganz genau, kein Laut würde in diesem Moment über meine Lippen kommen.

Ich wandte mich von meiner Mutter ab und wollte wegrennen. Wollte fliehen. Wohin, wusste ich nicht, aber irgendetwas würde ich schon finden.

„Indra Katharina Rosenberg!", hörte ich meine Mutter kreischen und ehe ich mich versah, hielt sie mich wieder am Arm zurück. Ihre Finger gruben sich so tief in meine Haut, dass ich leise aufschrie. „Du wirst *nicht* abhauen! Wir stehen das gemeinsam als Familie durch. Und ich verlange von dir, dass du nett zu den Golds bist. Es war wirklich sehr großzügig von Svea euch aufzunehmen, nach allem -"

An dieser Stelle brach sie ab. Wie immer.

„Ja, was denn?", wollte ich wissen und riss mich los. Ich kam mir vor, als wäre ich eine Schlange. Mehr noch, als wäre ich eine gefräßige Bestie. Meine Mutter schwieg. „Siehst du? Du kannst noch nicht einmal ehrlich zu mir sein! Warum sollte ich dir noch einen Gefallen tun?"

„Es ist nicht für mich", sagte sie leise, aber mit Nachdruck. „Wir müssen Geld sparen. Das weißt du. Johanns Mutter hat uns zwar angeboten, bei ihr unterzukommen, aber ihre Wohnung ist für uns alle einfach viel zu klein. Euch wird es hier gutgehen.

Oma wohnt ja auch in der Nähe. Wir werden euch doch nicht einfach abschieben."

Und damit sprach sie meine Befürchtungen aus.

Mit einem Mal verpuffte meine Wut und ich fühlte mich wie ein schwaches, erbärmliches, kleines Ding. Mit hängenden Schultern stand ich da, schaffte es nicht mehr, meine Mutter anzusehen, und atmete hörbar aus.

„Oh Schätzchen", seufzte sie, kam zu mir und schlang ihre Arme beschützend um mich. „Wir verlassen euch nicht. Und wenn was ist, wenn du dich unwohl fühlst oder wie in diesem einen Märchen die ganze Hausarbeit machen musst, holen wir dich und deinen Bruder sofort wieder zu uns. Aber dann wird es ziemlich eng."

Sie hielt mich auf Armeslänge von sich weg und schaute mich aufmunternd an. „Du musst mir versprechen, es zumindest zu versuchen, okay?"

Ich schniefte laut. Nach einem kurzen Moment nickte ich schließlich. „Okay", versprach ich, doch in meinem Inneren ging irgendetwas klirrend zu Bruch. Lächelnd trat meine Mutter zurück, griff nach meiner Hand und führte mich zum Haus.

Ich ließ es zu. Ich setzte mich zu den anderen an einen großen Esstisch und aß einen Muffin. Ich versicherte dieser Emma sogar, er wäre ganz lecker, obwohl sie viel zu viel Schokolade verwendet hatte. Ich würde mir mit ihr ein Zimmer teilen. Als sie mir mein Bett zeigte und ihre Mutter sich für die Klappliege entschuldigte, sagte ich bloß, es wäre nicht weiter schlimm. Wie eine gute Tochter half ich anschließend beim Tragen unserer Sachen.

Als sich unsere Eltern abends von mir und Imran verabschiedeten, nahm ich meinen kleinen Bruder an die Hand, holte meine Gitarre und setzte mich mit ihm zusammen auf den Steg hinterm Haus. Oder war es vor dem Haus? Wir konnten die Haustür erkennen, aber das Haus stand ja auch mit der Rückseite zur Einfahrt und – Ich unterbrach meinen wirren Gedankengang.

Eine Weile saßen wir schweigend einfach nur da und ich spielte auf meiner Gitarre. Imran hörte mir aufmerksam zu. Sein schwarzes Haar war kurzgeschnitten, seine dunklen Augen wirkten traurig. Ich hoffte, meine Melodie würde ihn aufheitern, stellte aber fest, dass es die ersten Akkorde von *All Apologies* waren.

Ich hörte auf.

Imran sah mich mit seinen kindlichen Augen an. „Ist es unsere Schuld?", fragte er leise.

Es traf mich mitten ins Herz. Unsere Eltern hatten stundenlange Gespräche mit uns geführt, um genau das zu vermeiden.

Mitleid stieg in mir auf. Wie hatten sie nur denken können, Imran würde es mit seinen 9 Jahren verstehen?

Was er verstand, war, dass unsere Eltern fort waren und uns bei Menschen gelassen hatten, die wir nicht kannten.

Ich ließ einen letzten Akkord ertönen, dann legte ich eine Hand auf die Saiten und nahm meiner Gitarre ihre Stimme. „Nein, es ist nicht unsere Schuld", versicherte ich ihm, stand auf und streckte meinen Arm nach ihm aus. „Komm, lass uns reingehen. Es riecht nach Essen. Hast du Hunger?"

Wortlos zuckte er bloß mit seinen Schultern.

Und da nahm ich mir vor, stark zu sein und es *wirklich* mit den Golds zu versuchen. Nicht meinetwegen. Und ganz sicher nicht, weil meine Mutter mich darum gebeten hatte.

Imran verdiente zumindest *einen* Fels in der Brandung.

Fabienne

In Neustadt-Hausen war das Herbstfest eine Tradition. Jedes Jahr wurde es von der Grafenfamilie am Wochenende vor Halloween veranstaltet. Jeder, den ich kannte, ging hin, abgesehen von Emma, die an diesem Tag Besuch von irgendeiner Cousine bekam. Jenna hatte sich sogar extra für diesen Anlass einen Pullover mit gestickten, bunten Blättern gekauft.

Die Einzige, die in ihrem Zimmer hockte und durch ihr offenes Fenster der entfernten Musik lauschte, war ich.

Meine Eltern hassten alles, was mit der Grafenfamilie zu tun hatte. Ich war mir nicht sicher, woher ihre Abneigung rührte; seit wir in dieser Kleinstadt lebten, gehörte es schlicht zu meinem Alltag. Und ich hatte es nicht hinterfragt. Der Graf war ein Hinterwälder, seine Frau wurde von meiner Mutter stets als *conne* bezeichnet und ihre Kinder … Sagen wir einfach, meine Eltern malten ihnen keine schöne Zukunft aus.

Und ich hatte mich ihrem Hass immer gebeugt. Ohne Widerworte war ich an jedem Herbstfest der letzten Jahre daheim geblieben. Jeden Ball, den die Grafenfamilie veranstaltet hatte und zu dem meine Freundinnen mit ihren Familien grundsätzlich eingeladen wurden, ließ ich an mir vorbeiziehen, ohne eine Träne zu verdrücken.

Während jeder in Neustadt-Hausen ihre Grafenfamilie so verehrte, wie die Engländer ihre Queen, hatte ich brav so getan, als existierten sie gar nicht.

In den vergangenen 9 Jahren, die meine Familie nun schon hier lebte, hatte das auch ziemlich gut funktioniert.

Bis ich mich ausgerechnet Hals über Kopf in den Sohn des Grafen verknallt hatte.

Es war letzten Sommer passiert. Wir waren uns auf der Spuckbrücke begegnet und wenn er die Situation damals nicht völlig falsch verstanden hätte, wären wir niemals ins Gespräch gekommen.

Percival von Neustadt-Hausen … Schon bei dem Gedanken an ihn zogen sich meine Mundwinkel zu einem unwillkürlichen Lächeln hoch. Es war nicht so, dass ich mein Leben mit ihm lebenswerter fand. Ich war noch immer ich.

Aber *mit* ihm erschien mir alles irgendwie leichter. Solange Percy mich liebte, wusste ich, würde ich alles schaffen.

Ich stand am Fenster meines Zimmers und schaute

nach draußen. Von hier konnte ich in unseren unendlich großen Garten – wie Emma es sagte – schauen. Ich konnte den angelegten Pool mit seinen runden Ecken sehen und die Rosenhecken, die meine Mutter so liebte, und die Eiche, unter der mein Vater einmal ein Picknick mit mir gemacht hatte, als wir nur zu Zweit gewesen waren.

Durch das offene Fenster drang die Geräuschkulisse des Herbstfestes zu mir. Leise, nur wenn ich ganz konzentriert lauschte, konnte ich das Wimmern der Bässe auf der Tribüne hören. Ich stellte mir unendlich viele Leute vor, die sich in unserer Innenstadt aneinanderdrängten und miteinander feiern wollten.

Und an Percy, der dort an einem übergroßen Kürbis auf mich warten wollte.

Meine Eltern wussten nichts von unserer Beziehung, und selbst wenn, wäre es zwecklos sie um Erlaubnis zu bitten. Wenn es nach ihnen ginge, würden sie mich mit dem Sohn eines französischen Geschäftspartner meines Vaters verheiraten.

Es war mein Glück, das Zwangsehen in Deutschland nicht erlaubt waren.

Percy und ich wollten uns um 16:30 Uhr treffen. Dann wäre sein Pflichtteil erst mal erledigt. Traditionell gab es jedes Jahr eine Herbstparade, bei der er mit seiner Familie auf einem geschmückten Wagen sitzen und seinem Volk zuwinken musste. Anschließend hielt sein Vater eine Rede, während Percy hinter ihm sitzen und gut aussehen musste, wie er es sagte. Dann hatte er für ein paar Stunden

Ruhe, musste heute Abend allerdings an einem Festessen teilnehmen. So lange könnte ich allerdings auch nicht wegbleiben, ohne dass es auffiel.

Ich wandte mich vom Fenster ab und ging zu meinem Nachttisch, auf dem abgesehen von einer Lampe zwei Dinge lagen: Mein Handy und der grüne Kieselstein, den Percy mir geschenkt hatte. Wenn man ihn ins richtige Licht hielt, glitzerte er wie ein Stein, der noch ein Smaragd werden wollte, es aber nie geschafft hatte.

Manchmal dachte ich, der Stein war wie ich. Unfertig.

Ich griff nach meinem Handy und schaute auf die Uhr. 14:30 Uhr. Ich legte es wieder zurück, stand auf und ging in meinen begehbaren Kleiderschrank. Links von meinem Zimmer aus stand, zwischen einem Schuhregal auf der einen und einem Regal für Accessoires samt Hüten auf der anderen Seite, ein zwei Meter hoher Spiegel, in dem ich mich nun betrachtete.

Ich trug einen rostbraunen Faltenrock, dazu ein weißes Top und darüber einen eng anliegenden Bolero in derselben Farbe des Rocks. Das ganze Outfit hatte ich mit einer goldenen Kette mit Blätter-Anhängern und goldenen Ohrsteckern in Blattformat abgerundet. Mein glattes Haar fiel wie flüssige Schokolade über meine Schultern und rahmte mein rundes Gesicht ein.

Es war ein besonderer Tag. Zum ersten Mal würde ich mich aus dem Haus schleichen und das Herbstfest besuchen, von dem alle meine Freunde immer so geschwärmt hatten. Endlich würde ich ein Teil einer großen Masse sein; ein kleines Molekül am Rande, unwichtig für das große Ganze.

Und zwischen ihnen würde dieser eine Mensch auf mich warten, der nur mich ansehen würde. Für den ich nicht nur ein kleines Molekül war.

Für diesen einen Menschen war ich nicht einfach nur ein Mädchen auf diesem großen, blauen Planeten.

Ich war ein Teil seiner Welt.

Als es Zeit war zu gehen, schlich ich mich auf Zehenspitzen die marmorne Treppe herunter, die in einem Halbbogen nach unten in die Eingangshalle führte. Mein Vater war dieses Wochenende nicht zu Hause. Er war wieder einmal auf irgendeiner Geschäftsreise.

Wie ein Schatten schlich ich die Flure entlang zum Fernsehzimmer, in dem ich meine Mutter fand. Sie saß mit dem Rücken zu mir auf dem weißen Sofa und blätterte durch eine Zeitschrift.

Ich atmete tief ein und aus. Stellte mich gerade hin. Straffte meine Schultern.

Noch nie war es mir leicht gefallen, gegen die Regeln zu verstoßen. Seit ich denken konnte, hatte ich das Gefühl, meine Eltern könnten mich nur dann wirklich liebhaben, wenn ich ein gutes, braves Mädchen war. Etwas zu tun, was sie mir verboten hatten, fühlte sich für mich nicht wie der rebellische Akt einer Pubertierenden an.

Es zerriss mich innerlich. Ich hatte immer alles

getan, was sie von mir verlangten, und mich ihren Entscheidungen gebeugt, weil es zu mir passte. Ich kannte nur diese glitzernde Welt, in der man in großen Häusern wohnte, von Köchen bekocht, von Dienern bedient wurde und lernte, was eine Dessertgabel war, noch bevor man das Wort aussprechen konnte. Ich kannte nur meinen goldenen Käfig.

Und so unwohl ich mich auch manchmal in meiner Haut fühlen mochte, ich würde kein anderes Leben haben wollen.

All das hier gehörte genauso zu mir und meiner Welt, wie der draufgängerische Percy mit seinen zerrissenen Jeans und der schwarzen Lederjacke.

Es war nicht mein erstes, heimliches Treffen mit ihm. Ich hatte irgendwie geglaubt, mit der Zeit würde es leichter werden, aber das stimmte nicht. Ich fand es noch genauso schlimm, wie beim ersten Mal, meine Mutter anlügen zu müssen.

Und dennoch … Das, was ich mit Percy hatte, würde ich für nichts in der Welt aufgeben.

Ich nahm all meinen Mut zusammen. „Ich muss mit Jenna etwas für unsere französische Schulgruppe vorbereiten und gehe jetzt", verkündete ich und hoffte, ihr würde das Zittern in meiner Stimme nicht auffallen.

Wie erwartet, schaute sie nicht einmal von ihrer Zeitschrift auf. „Dire en francais, mon biquet", hörte ich sie sagen.

Sag es auf französisch.

Ich unterdrückte ein Seufzen. Sie hatte es sich zur

Aufgabe gemacht, mich niemals meine Herkunft vergessen zu lassen. Eine echte Roux gehörte ihrer Meinung nach in die Heimat und wenn es *nur* nach meiner Mutter gehen würde, wäre sie längst mit mir zurück nach *Albi* gezogen.

Ich wiederholte meine Aussage in meiner Muttersprache. Dieses Mal drehte sich meine Mutter sogar ganz leicht zu mir und nickte. „Ne sois pas en retard", mahnte sie mich, und ich machte einen schnellen Knicks, so wie sie es mir beigebracht hatte. „Ich komme nicht zu spät", versicherte ich ihr, dann wandte ich mich so schnell ich konnte von ihr ab, griff nach meiner Handtasche und eilte hinaus.

Länger hätte ich es nicht mehr ausgehalten. Auf meinen Schultern lastete das heiße und unbequeme Gefühl der Schuld.

Doch sobald ich von unserem Grundstück gegangen war und nicht in die Richtung bog, in der Jennas Haus lag, streifte ich meine Schuldgefühle ab und plötzlich war da nur noch eine unglaubliche Leichtigkeit, die mich jedes Mal erfüllte, wenn ich mich mit Percy traf.

Obwohl die Innenstadt hauptsächlich aus Fußgängerzonen bestand, waren einige der umliegenden Straßen gesperrt. Die Busse fuhren sogar extra andere Strecken. Ich war ein wenig überfordert mit der Situation und stieg eine Haltestelle zu früh aus, als ich gemusst hätte, und folgte dann dem Klang der Musik. Vermutlich waren die Straßen wegen der Parade gesperrt worden. Der

Festumzug war nicht nur das Highlight des Herbstfestes, sondern des ganzen Jahres. Jeder Verein, der etwas von sich hielt, bastelte schon Monate im Voraus an seinem Umzugswagen. Sogar unsere Schule nahm jedes Jahr an der Parade teil.

Es war ganz großes Kino. Kein Wunder also, das ich auf meinem Weg zum Stadtkern in mehrere begeisterte Gesichter blickte.

Sobald ich näher ans Fest kam, waren diese mir allerdings egal. Ich hatte nur noch Augen für die vielen Attraktionen und Fressbuden mit kandierten Äpfeln und Schoko-Früchten, und die bunten Verkaufsstände. Ich fühlte mich wie Rapunzel, als sie vom Prinzen aus ihrem Turm befreit wurde.

Dennoch verfolgte ich gewissenhaft meinen Weg. Percy hatte mir eine Karte gemalt, wie ich zum Kürbis kommen würde. In den letzten Stunden hatte ich sie mir so oft angeschaut, dass ich sie bereits auswendig kannte. Bei keinem der Stände hielt ich inne und schaute mich um. Dafür wäre später noch genug Zeit. Mein Herz drängte mich dazu, Percy zu sehen.

Und dann war er plötzlich da, der übergroße Kürbis. Er stand hinter dem Rathaus und ich konnte seine grüne Spitze schon von Weitem aufragen sehen.

Mein Herz bekam Flügel und schon bei der bloßen Vorstellung, wer dort auf mich wartete, musste ich bis zu den Ohren lächeln. Voller Vorfreude beschleunigte ich meinen Schritt und bahnte mir meinen Weg durch die Menge.

Plötzlich war der große Moment gekommen. Er

lehnte mit dem Rücken lässig gegen den Kürbis. Sein Blick ging suchend durch die Menge und blieb an mir haften, als er mich zwischen den Menschen entdeckte. Sein braunes Haar stand in alle Richtungen ab, ansonsten sah er wie eine andere Version seiner selbst aus. Er trug eine dunkelblaue, gebügelte Jeans ohne Löcher, ein weißes Hemd und darüber ein schwarzes, seinen Schultern angepasstes Sakko.

Erst, als er mich auf seine gewohnt schelmische Art angrinste, löste ich mich aus meiner Starre. Wie dumm ich mich doch verhielt … Ich hatte gar nicht gemerkt, wie ich stehengeblieben war.

Leichten Schrittes wollte ich zu ihm gehen. Es fühlte sich an, als würde ich schweben. Als nur noch ein paar Meter uns voneinander trennten, stieß sich Percy vom Kürbis ab und nahm seine Hände aus der Jeanstasche.

Und da passierte es.

„Fabienne!", hörte ich Jenna de Mâr kreischen und blieb erschrocken stehen. Mit einem lauten Aufprall landete ich auf dem Boden der Tatsachen; in einer Realität, in der niemand etwas von mir und Percy wusste. Nicht einmal meine Freunde.

Wie von der Tarantel gestochen, drehte ich mich in die Richtung, aus der ihre Stimme gekommen war. Nur den Bruchteil einer Sekunde später tauchte Jenna in meinem Blickfeld auf, ihre beste Freundin Gina Gittner und ihr wortkarges Anhängsel Cho Yang im Schlepptau.

Ich spürte, wie mein Herz kurz aussetzte. Das durfte

nicht wahr sein. Ich kam mir unendlich dumm vor. Die Tatsache, dass hier so viele Leute umherschwirrten, die ich kannte und die meine Eltern kannten, hatte ich völlig außer Acht gelassen. Wie hatte ich nur so unvorsichtig sein können?

„Jenna!", keuchte ich und spielte nervös mit meinen Händen herum. „Was machst du denn hier?"

„Das wollte ich dich gerade fragen", entgegnete Jenna und zwinkerte mir auf eine Art zu, die mich schlucken ließ. „Wer von uns Beiden hat wohl seine Eltern angelogen, um hierher zu kommen?" Obwohl sie mich angrinste, konnte ich einen unterschwellig bösen Unterton heraushören.

Ich suchte nach einer Möglichkeit, sie und die anderen Beiden schnell wieder loszuwerden. Allerdings hatte ich noch nie zu den Schlagfertigen gehört. Das war immer Isabels Aufgabe. Sie konnte jeden aus den unterschiedlichsten Situationen heraushauen.

Nur dass sie natürlich nicht in der Nähe war.

Was mich auf eine Idee brachte.

„Wo ist eigentlich Isabel?", fragte ich und runzelte meine Stirn.

Jennas Grinsen bekam einen Knicks. „Weiß ich nicht", antwortete sie auf eine Art, die so klang, als wüsste sie es ganz genau.

Ich setzte ein Lächeln auf. Darin war ich besonders gut. „Ach, dann ist sie sicher mit Emma unterwegs", trällerte ich unbeschwert.

Einen Moment lang sagte keine von uns ein Wort. Überraschenderweise war es Gina, die unser

Schweigen schließlich brach. „Na kommt, ich will jetzt endlich zu diesem Tower, der einen hochwirft und wieder fallen lässt."

Jenna nickte. „Also dann, Fabienne. Wir sehen uns bei der Halloweenparty. Genieße deine Ferien bis dahin!"

„Bis dann!", rief ich und winkte ihnen noch hinterher. Als sie von der Menschenmenge verschluckt worden waren, ließ ich mein Lächeln fallen und seufzte erleichtert aus.

Jenna de Mâr war die ungekrönte Königin unserer Schule. Absolut jeder richtete sich nach ihr. Ihr Wort war Gesetz. Sie führte die *Goldkinder* durch unsere Schule, als wären wir wirklich wichtig. Als wären wir so viel besser als der ganze Rest.

Letztes Jahr hatte sie noch Tommy gehabt, der mit ihr zusammen ganz oben in der schulischen Hierarchie stand. Sie waren die Anführer von uns allen gewesen, wenn man es so ausdrücken wollte. Seit seinem Tod war sie auf sich allein gestellt. Und so gut sie ihre wahren Gefühle unter ihrem puppengleichen Gesicht auch verbergen konnte, hin und wieder bröckelte die Fassade und ihre Unsicherheit kam zum Vorschein. Sie war auch erst 15 Jahre alt, das durfte man nicht vergessen. Und auf ihren Schultern lastete eine ganze Schule.

Dass Isabel über ihren Kopf hinweg Emma in unsere Gruppe geholt hatte, belastete sie – Auch, oder gerade weil, Isabel sie wegen dem unscheinbaren, tollpatschigen Mädchen schon mehr als einmal versetzt hatte.

Wer nicht dazugehörte glaubte immer, dass die Beliebten ein einfaches Leben hätten. Sie glaubten, wir wären arrogant und würden uns für Menschen einer besseren Klasse halten, weil einige von uns den weniger Beliebten ihren Stand immer wieder klarmachten.

Dass Jenna eine Hausaufgabenhilfe für die Schüler eingerichtet hatte, die erst vor kurzer Zeit nach Deutschland gekommen waren und unsere Sprache daher noch nicht so richtig beherrschten, wusste kaum jemand. Oder dass Dante van Holland und Henrik Benecke eine zweite Basketballmannschaft gegründet hatten, um ihre verstorbenen Freunde zu ehren und Schülern aus den unteren Jahrgängen bereits die Möglichkeit zu geben, in einer Mannschaft zu spielen. Oder dass Ginas Vater im Elternbeirat saß und wenn Ausflüge in Klassen anstanden, in denen viele Kinder aus geldtechnisch weniger bereicherten Familien saßen, großzügig spendete, damit alle mitfahren konnten.

Es gab einige, die uns hassten, weil wir beliebt waren und sie nicht. Was sie dabei grundsätzlich vergaßen, waren die Dinge, die wir für unsere Schule auch taten.

„Was war das denn?"

Ich zuckte erschrocken zusammen und wandte mich an Percy. Ich war so in Gedanken versunken gewesen, dass ich seine Anwesenheit gar nicht bemerkt hatte.

Sein Grinsen war verschwunden. In seinen sturmblauen Augen konnte ich einen leisen Vorwurf sehen.

„Das war Jenna", murmelte ich und deutete halbherzig in die Richtung, in der sie verschwunden war.

„Ich weiß", sagte er. „Was ich nicht verstehe, ist, warum du auf einmal ausgesehen hast wie ein verschrecktes Kaninchen."

Mein Mund öffnete sich, um eine Ausrede zu nuscheln, mir fiel allerdings nichts ein.

Percy griff nach meiner Hand und drückte sie leicht. „Wie lange müssen wir dieses Versteckspiel noch spielen?", fragte er leise.

Hinter mir lachte ein Kind laut auf.

Ich hob meinen Blick und schaute ihm in seine Augen. „Gib mir noch ein bisschen Zeit", murmelte ich.

Einen Moment lang sahen wir einander nur an. Ich wusste nicht, wie lange er diese Art von Beziehung noch aushalten könnte. So oft hatte er mich schon gebeten, seine Eltern kennenzulernen, doch jedes Mal hatte ich eine neue Ausrede parat.

Und dann, als ich schon dachte er würde mich loslassen und gehen, lächelte er, beugte sich zu mir herunter und drückte mir einen Kuss auf die Stirn. „Ich schätze, ein bisschen Zeit hab ich noch."

Isabel

„Hübsch hier", bemerkte Jenna mit einem schweifenden Blick durchs Kaminzimmer.

Überall an den Wänden hingen schwarz-orange

Girlanden und auf dem Kaminsims stand ein Kürbis, den Emma zusammen mit ihrer Schwester – ich hatte ihren Namen vergessen – ausgehöhlt und zu einer Fratze geschnitten hatte.

„Emma hat mir bei der Vorbereitung geholfen", sagte ich, als wäre es eine Nebensächlichkeit, obwohl ich ganz genau wusste, dass es für Jenna das genaue Gegenteil bedeutete.

Sie hasste es zu wissen, dass ich Emma grundsätzlich ihr vorziehen würde. Vermutlich duldete sie Emma auch nur in unserer Mitte, weil sie es sich nicht leisten konnte, die böse Königin zu sein, die einem trauernden Mädchen die Freundschaft verwehrte. Außerdem musste sogar ich zugeben, wie nahtlos sie sich bei uns eingefügt hatte. Wer nicht wusste, das Emma Gold vor ein paar Monaten noch zum untersten Drittel gehört hatte, hätte sie nicht wiedererkannt. Es fiel ihr noch immer schwer die *richtigen* Kleider zu tragen, aber sie gab sich Mühe. Ich schätze, auch ohne es zu erwähnen hatte sie begriffen, dass von uns etwas mehr als ausgewaschene Schlaghosen und alte Shirts mit Aufdruck erwartet wurde.

Und jeder, der auch nur 5 Minuten mit diesem tollpatschigen Lockenkopf verbrachte, musste einsehen, dass sie einfach perfekt zu uns passte. Ihre herzliche, offene Art konnte selbst einen harten Stein erweichen, da war ich mir sicher. Erst kurz vor den Herbstferien hatte sie sich zu einem weinenden Mädchen aus der 5. Klasse gesetzt und sie getröstet. Sogar Jenna musste zugeben, einen Menschen wie

Emma Gold nicht einfach ausgrenzen zu können.

Dennoch rümpfte sie ihre perfekte Nase und wandte sich von dem Kürbis ab, als würde er für all das stehen, was sie ertragen und gegen ihren Willen dulden musste.

Ich unterdrückte den Drang, ihr ins Gesicht zu spucken, indem ich Dante van Holland ansprach. „Sag mal, seit wann sind Clowns wieder cool?"

Mit einer umschweifenden Handbewegung deutete er auf sein Kostüm. „Das ist ja wohl eindeutig der unheimlichste Clown, den du je gesehen hast!"

„Er hat auch eine Maske", fügte Henrik hinzu, der als Zombie aufgetaucht war.

„Ein fieses Grinsen und ein bisschen Blut auf einem violetten Overall machen noch lange keinen unheimlichen Clown aus", witzelte ich abschätzig, wobei mir sein Kostüm einen eiskalten Schauer über den Rücken laufen ließ. Ich hasste Clowns.

„Ich finde den Clown ziemlich gruselig", kommentierte Jenna, die es offensichtlich nicht leiden konnte, nicht im Mittelpunkt zu stehen.

„Deine Teufelin sieht auch ziemlich gut aus", murmelte Henrik und trotz des dämmrigen Lichts konnte ich sehen, wie er rot anlief. Der Arme hatte sich doch nicht etwa in Jenna verguckt?

Ein Teil von mir wollte ihn unwillkürlich in den Arm nehmen, ihm aufmunternd die Schultern klopfen und sagen, dass andere Mütter auch schöne Töchter hatten.

Der andere, ausgeprägtere Teil von mir lehnte sich innerlich zurück, kramte Popcorn und Cola heraus und wartete gespannt auf den Beginn der Show.

Es klingelte. Fabienne, die bis eben noch zusammen mit Gina und einem Freund von Dante, der ebenfalls in der Basketballmannschaft war, gesessen hatte, stand auf und verkündete im Vorbeigehen, sie würde die Tür öffnen.

„Wie viele hast du eingeladen?", wollte Jenna mit einem Blick zu den bereits anwesenden Gästen wissen. Nur die wichtigen Leute, natürlich. Wäre unsere Schule ein Baum, bildeten wir mit unserer Clique zwar die Krone, aber neben uns gab es noch andere, durchaus sehr beliebte Gruppen. Da waren zum Beispiel die Basketballer, die grundsätzlich von allen umschwärmt wurden. Oder die Mädchen um Jeanette Novolic herum. Das Trio würde dieses Jahr seinen Abschluss machen und wäre Jenna nie an diese Schule gekommen, wäre Jeanette die Königin. Sie und ihre Freundinnen sahen allesamt aus wie Topmodels. Und ihre Schönheit war es auch, die sie beliebt gemacht hatte. Wie sollte es auch anders sein. Schönheit und Reichtum waren schon seit jeher die Schlüssel der oberen Elite.

„Du hättest mir ruhig einmal sagen können, dass du *ihn* auch eingeladen hast!", zischte plötzlich eine säuerliche Fabienne in mein Ohr.

Auch ohne hinzusehen wusste ich, von wem sie sprach. „Er ist der Sohn des Grafen", grinste ich zurück, „und damit ein Muss auf jeder Party!"

Sie brummte etwas Unverständliches und setzte sich dann zurück zu Gina und dem Kerl aufs Sofa. Ihr graues Tüll-Kleid in verbrannter Optik gab bei jeder

Bewegung ein nerviges Geräusch von sich. Dennoch musste ich zugeben, dass ihr die verschmierten Smokey Eyes und die blutroten Lippen gut standen. Als untote Vampir-Prinzessin wirkte sie nicht mehr so steif wie sonst.

Kurz darauf betrat Percy mit seiner weiblichen Begleitung den Raum. Er hatte sich als Pirat verkleidet und sein Anhang als Indianerin. Ihr schwarzes Haar floss wie flüssiges Pech über ihren Rücken und ihr Kleid, welches eher einem Fetzen glich, verdeckte gerade so die wichtigsten Bereiche.

Ich hatte sie noch nie zuvor gesehen, musste aber feststellen, wie überdurchschnittlich hübsch sie war.

„Hi Isabel", begrüßte mich Percy und drückte mich kurz an sich. „Das ist meine Schwester Odine. Ich hoffe, es ist okay, dass ich sie mitgebracht hab?"

Die Indianerin reichte mir zur Begrüßung eine Hand. Nickend schlug ich ein. „Natürlich. Je mehr desto besser."

Er schaute sich unauffällig im Raum um. Sein Blick blieb an Fabienne hängen, die gerade dabei war, dem Basketballer schöne Augen zu machen. Und dabei hatte der Typ das uneinfallsreichste Kostüm von allen! Ein weißes T-Shirt anziehen und sagen, man wäre ein Geist, würde sogar ein Dreijähriger hinkriegen!

Nur schwer konnte sich der Sohn des Grafen von der Szene auf dem Sofa losreißen. „Wo ist denn Emma?", wollte er halbherzig wissen.

„Ach, sie kommt wie immer zu spät", antwortete ich mit einer wegwerfenden Handbewegung.

„Ich dachte, sie hat dir bei den Vorbereitungen geholfen?", fragte Jenna sofort, während Dante witzelte: „Wir sollten ihr zu Weihnachten eine Uhr schenken."

Ich beschloss, Jenna gekonnt zu ignorieren. „Ja, am besten diese großen, nostalgischen Dinger mit diesen zwei Platten obendrauf."

Ein schrilles Kichern drang zu uns. Die Übeltäterin war eine ganz bestimmte Vampir-Prinzessin, die über irgendetwas laut lachte, das der Möchtegern-Geist gesagt hatte.

„Wo war das Bier, hast du gesagt?", durchbrach Dante unser schockiertes Schweigen.

„Äh, unter der Treppe ist eine Tür, die zum Keller führt. Da auf den Treppenstufen steht das Bier", murmelte ich und fragte mich, was um alles in der Welt in Fabienne gefahren war. Tatsächlich hatte ich Percy nur ihretwegen eingeladen.

Ich hatte geglaubt, wenn sie merkte, dass es mir egal war, mit wem sie zusammen war, würde sie vielleicht endlich zu ihm stehen.

Offensichtlich verhielt sie sich aber lieber wie eine Bekloppte.

„Ich hol uns dann mal Alkohol", verkündete Dante. Aus den Augenwinkeln heraus sah ich ihn weggehen, interessierte mich allerdings nicht sonderlich für ihn.

„Fabienne scheint Lukas zu mögen", stellte Jenna fest, die nichts von ihr oder Percy wusste. Und sich viel zu wenig für andere Menschen interessierte, um mal ihre Augen zu öffnen.

„Ach Quatsch, der ist doch gar nicht ihr Typ."

„Er ist im Abschlussjahr und hat jetzt schon einen Platz an der Universität Mannheim sicher. Für Betriebswirtschaft! Wenn er nicht Fabiennes Typ ist, dann ist das keiner", konterte Jenna selbstsicher.

„Ich habe Hunger!", unterbrach Odine die Szene und griff nach Percys Hand. „Komm mit, ich will nicht alleine rumstehen."

Ihr Bruder folgte ihr widerwillig.

„Schaut mal, wen ich im Flur gefunden hab!", rief Dante laut und ich drehte mich zu ihm. Er und Henrik kamen mit jeweils drei Flaschen Bier in den Händen zurück, gefolgt von Emma und ihrer Cousine. Freudestrahlend hielt Dante inne und wartete, bis Emma neben ihm stand, und reichte ihr ein Bier. „Willst du?"

„Oh, äh, klar!", stammelte Emma verlegen und nahm die Flasche entgegen.

Von meiner Position aus konnte ich beobachten, wie sich ihre Fingerspitzen bei der Übergabe kurz berührten und einen Moment zu lange so verweilten. Grinsend löste ich mich aus meiner kleinen Gruppe heraus und trat zu ihnen. Ich umarmte Emma zur Begrüßung und drückte ihr glückselig einen Kuss auf die Wange.

Danach wandte ich mich an ihre Cousine, die sich einfach schwarze Sachen angezogen und sechs Schnurrhaare ins Gesicht gemalt hatte.

„Sorry, ich hab nichts von einer Halloweenparty gewusst", murmelte sie und strich sich eine Strähne ihres rotblonden Haars hinters Ohr.

Wäre sie *Irgendwer* hätte ich keinen Wert auf diese Ausrede gelegt, aber Emma hatte mich angefleht, nett zu sein. Also umarmte ich die Katze flüchtig und begrüßte sie: „Hey! Das macht doch nichts. Bist ja schließlich gerade erst hergezogen."

Vor ein paar Tagen hatte ich sie kurz gesehen, als ich Emma für einen Kinobesuch abgeholt hatte. Sonderlich freundlich war sie mir nicht vorgekommen.

„Ich bin übrigens Dante. Und wie heißt du, Kätzchen?", wollte Dante wissen und ich schickte ein Dankesgebet gen Himmel. Es wäre unglaublich peinlich geworden, wenn Emma bemerkt hatte, dass ich den Namen ihrer Cousine vergessen hatte.

Bei einem flüchtigen Blick in ihre Richtung stellte ich allerdings fest, das sie mich mit einem Das-ist-doch-nicht-dein-Ernst-Blick bedachte.

Echt gruselig, wie gut sie mich kannte.

„Indra", antwortete das Kätzchen und deutete auf eines der Biere in Dantes Händen. „Darf ich auch?"

„Oh, klar."

Jemand drehte die Musik lauter.

„Die Charts", bemerkte Indra naserümpfend.

„Für eine Live-Band war leider kein Platz", konterte ich eine Spur zu zickig. Prompt hörte ich, wie Emma sich räusperte, als wollte sie mich an mein Versprechen erinnern.

„Schon schade", bemerkte Indra mit einem spitzen Unterton, „da hat man schon so ein großes Haus und hat trotzdem kein Platz für die wichtigen Dinge."

„Das nächste Mal können wir ja bei dir feiern. Ah,

stimmt ja! Du hast ja kein Zuhause mehr."

Eine unheimliche Stille trat zwischen uns ein und da war es ganz egal, dass im Hintergrund eine Melodie dudelte. Emma war so schockiert, dass ihre Kinnlade herabgefallen war, und Dante tat so, als wäre sein Flaschenetikett unglaublich wichtig.

Ich seufzte. „Tut mir leid, das hätte ich nicht sagen sollen", murmelte ich und sah Indra in ihre schwarz umrandeten Augen.

Es verging ein unendlich langer Augenblick, in dem Indra mich nur ansah. Dann sagte sie mit einer ruhigen, beinahe bedrohlichen Stimme: „Schon gut. Von Menschen wie dir erwartet man nichts anderes." Mit ihrem Bier in der Hand stolzierte sie an mir vorbei in den Raum hinein, vermutlich Richtung Musikanlage. Ich war mir nicht sicher.

Ich war noch zu perplex von ihren Worten.

„Ich versteh jetzt übrigens dein Kostüm, Isabel", wechselte Dante das Thema und deutete auf Emma. „Sie ist *Alice im Wunderland*. Und du der *verrückte Hutmacher*. Die glatten Haare sehen übrigens echt gut aus, Emmy."

Verlegen fuhr sie sich durch ihr haselnussbraunes Haar, welches ihr geglättet bis zum Brustansatz reichte. „Danke", sagte sie und lächelte, doch ich konnte ihr ansehen, dass es nur ein kläglicher Versuch war, die letzte Szene zu vergessen.

Mein schlechtes Gewissen siegte. „Es tut mir leid, Emma!", platzte ich heraus. „Ich wollte ja nett sein und ich -"

„Du hast es versucht", unterbrach Emma mich mit

einem Schulterzucken. „Du ahnst ja gar nicht, wie sie bei uns ist. Das eben war schon ihr gutes Benehmen."

„Klingt, als hättest du viel Spaß mit ihr", bemerkte Dante und strich meiner Freundin wie zufällig über den Arm.

Unwillkürlich musste ich grinsen und vergaß sogar Indras Gemeinheiten. Ich war mir nicht sicher, was zwischen den Beiden lief. Was ich aber wusste, war, dass Dante kein Mädchenheld war. Ich meine, er sah umwerfend aus. Mit seinen tiefbraunen Augen und den dunklen, schulterlangen Locken wirkte er verwegen, und seine Muskeln heuchelten sogar mir ein Gefühl von Sicherheit vor. Noch dazu war er ein Gentleman. Er hielt Mädchen die Tür auf, half uns beim Tragen von schweren Büchern und fragte immer nach unserem Befinden. Jenna hatte sogar einmal versucht, bei ihm zu landen, aber er hatte sie abblitzen lassen.

Und dann war Emma zu uns gestoßen, dieses tollpatschige, aufgedrehte Ding, und zum ersten Mal, seit ich ihn kannte, wurde Dante in der Gegenwart eines Mädchens sogar rot.

„Schmeckt dir das Bier?", erkundigte er sich.

Meine beste Freundin nickte. „Ja, es ist ganz lecker. Ich hoffe nur, dass ich nicht allzu betrunken davon werde. Hab meiner Mutter versprochen, nicht die Abkürzung direkt durch den See zu nehmen."

„Du hast Svea doch vom Alkohol erzählt?", fragte ich überrascht.

„Ich hatte keine andere Wahl. Sie wollte warten, bis wir wieder zu Hause sind, weil sie erst einschlafen kann, wenn alle ihre Kinder sicher im Bett liegen, also hätte sie es eh gemerkt."

„Ich kann euch auch nach Hause bringen", sagte Dante, als wäre es selbstverständlich. „Einen gruseligen Clown würde niemand angreifen."

„Gut, dass wir darauf zu sprechen kommen!", lachte Emma und deutete auf sein Kostüm. „Nicht einmal *ich* würde mit einem gruseligen Clown durch den Wald gehen, also ... Danke für das Angebot, aber ich passe!"

Und so schaffte es Emma Gold, dem angesagtesten Jungen unserer Schule ganz unbewusst und auf ihre typisch unachtsame Art einen Korb zu geben.

Ich wollte ihr gerade sagen, dass sie ein bisschen taktvoller sein sollte, als sich Fabienne mit einem wütenden Gesichtsausdruck zwischen die Beiden drängte. „Dieser vermaledeite Idiot!", zischte sie schlangenähnlich.

„Was für eine Wahnsinns-Beleidigung!" entgegnete ich, woraufhin Dante mir mit einem plötzlich mürrischen Gesichtsausdruck zuprostete.

Fabienne warf mir ihren Todesblick zu und schnalzte mit ihrer Zunge. „Ich rede von Percy! Ich meine, *niemand* will ihn hier haben, und dann hat cr auch noch den Nerv, diese vollbusige Zimtzicke mitzubringen!"

„Du wirst ja richtig vulgär", bemerkte Dante trocken.

Ich unterdrückte ein Kichern. Stattdessen folgte ich Fabiennes feurigem Blick und entdeckte Percy zusammen mit seiner Schwester hinten in der Ecke, wo sich Indra in einen Sessel gesetzt hatte. Die Drei unterhielten sich.

„Und jetzt flirtet er mit … Riesentitte und … ähm, dieser rothaarigen Hexe. Im Mittelalter hätte man sie verbrannt!"

„Schön, du hast meine Cousine kennengelernt!", warf Emma ein.

Für einen kurzen Moment wirkte Fabienne peinlich berührt, dann siegte ihr Unmut wieder. „Sein Verhalten ist einfach inakzeptabel!"

Das brachte mein persönliches Fass zum Überlaufen. Ohne noch etwas dagegen tun zu können, lachte ich laut los.

„Das ist nicht witzig!", zischte Fabienne kochend.

„Oh doch, ist es!", kicherte ich und Emma fiel mit ein.

„Riesentitte ist übrigens Percys Schwester", klärte Dante sie amüsiert auf. „Ich finde ihn übrigens ganz -"

Plötzlich erlosch das Licht. Von jetzt auf gleich standen wir im Dunkeln. Nicht einmal die Anlage spielte noch.

„Stromausfall!", rief eine ganz intelligente Person von irgendwo.

„Oh Gott, wie gruselig!", hörte ich Emma hauchen. Ich konnte etwas rascheln hören.

„Schubs mich nicht!", rief Fabienne säuerlich, doch Dante war es wohl egal. Zumindest war das Nächste, was ich von ihm hörte, an Emma gewandt. „Brauchst keine Angst zu haben, ich bin da."

„Jetzt seit doch alle mal ruhig!", rief Jenna und das Gerede der anderen verstummte. „Isabel? Wo bist du?"

„Hier!", antwortete ich laut. „In der Nähe der Tür."

„Ah, gut. Ich bin am Fenster. Habt ihr hier irgendwo Kerzen?"

Ich versuchte mich daran zu erinnern, wo Ingrid die Kerzen aufbewahrte, schaffte es aber nicht. Alles war noch neu und ungewohnt.

„Oder eine Taschenlampe?", fragte sie weiter, die mein Schweigen richtig deutete.

„Im Flur, glaub ich", antwortete ich und wollte mich schon auf den Weg machen, als mich jemand am Arm zurückhielt.

„Du kannst nicht alleine gehen!"

„Och komm schon, Fabienne", brummte ich genervt. „Was soll mir denn schon passieren?"

„Es ist Halloween!", hauchte sie ängstlich. „Dem Brauch nach ist heute Nacht das Tor der Geisterwelt offen!"

„Dann komm halt mit!", grunzte ich und schüttelte ihren Arm ab.

„Wartet, ich begleite euch!", warf Emma ein, wobei ihre Stimme zitterte. Sie übertraf mit ihrer Angst sogar Fabienne, und das sollte schon was heißen.

„Ihr seid echt solche Memmen", sagte ich, während ich mich vorwärts tastete. Fabienne hinter mir krallte sich an den Gürtel, den ich über meiner Schulter trug, um noch ein wenig *verrückter* zu wirken. Ich erkannte sie an dem Tüllstoff, der an meinen Beinen kitzelte.

Im Flur stand an der Treppe eine Kommode. In der obersten Schublade fand ich einen Haufen

Handschuhe und Stulpen. In der Mittleren entdeckte ich diverse Fahrradschlösser und Schlüssel. „Das darf ja wohl nicht wahr sein!", grummelte ich und beugte mich herunter, um die letzte Schublade zu öffnen. Geräuschvoll wühlte ich durch den Inhalt.

„Ich hab eine!", rief ich auf einmal und knipste eine kleine Taschenlampe an. Zu meiner größten Erleichterung funktionierte sie sogar.

„Ist da vielleicht noch eine drin?", wollte Dante wissen.

Es überraschte mich ein wenig, ihn am Ende unserer Schlange zu entdecken, sagte aber nichts weiter dazu. Sollte er doch den Helden spielen.

Ich leuchtete in die Schublade hinein und fand tatsächlich noch eine Taschenlampe, sowie eine Packung Streichhölzer.

Als ich mich wieder aufgerichtet hatte und Emma schon zurück ins Kaminzimmer wollte, kam mir ein Gedanke. „Es könnte eine Sicherung rausgeflogen sein. Es wäre ziemlich dumm von uns, wenn wir nicht nachsehen würden."

Im Schein der Taschenlampe konnte ich Fabienne nicken sehen. „Und wo ist der Sicherungskasten?"

„Im Keller."

„Das war so klar!", stöhnte Emma auf. „So fangen Horrorfilme an, wisst ihr das?"

„Klar weiß ich das", konterte ich und leuchtete ihr direkt ins Gesicht. „Ich hab *Leatherface* auch eingeladen, hab ich das nicht erwähnt?"

„Das ist nicht lustig!", kreischte Emma und wollte sich mit den Händen vor der Blendung schützen, hatte allerdings nicht bedacht, wie nah sie mir stand und schlug mir versehentlich die Taschenlampe aus der Hand. Wie in Zeitlupe konnte ich sie dabei beobachten, wie sie auf den Boden fiel und ihr Plastikgehäuse auf unseren Dielen zerschellte.

Ihr Licht erlosch und tauchte den Flur abermals in Dunkelheit.

„Ist alles okay bei euch?", hörte ich Jenna vom Kaminzimmer aus fragen.

„Wir haben nur noch eine Taschenlampe", verkündete ich und schaltete die andere an. „Wir gehen kurz in den Keller, vielleicht ist ja nur eine Sicherung rausgesprungen."

„Wenn wir in 10 Minuten nicht zurück sind, ruft die Polizei!", fügte Emma hinzu.

Ich hatte mich schon in Bewegung gesetzt und lief zur Kellertür, sonst hätte sie mein entnervtes Augenrollen gesehen.

Gerade, als ich die Kellertür öffnen wollte, hörte ich es.

Ein leises Knacken oben an der Treppe.

„Habt ihr das auch gehört?", flüsterte Fabienne so leise wie möglich.

Ich konnte Emma wimmern hören.

„Das war nichts", versuchte Dante sie zu beruhigen.

Ich legte meine Hand auf die Türklinke. Es war bestimmt nur eine Sicherung.

„Da atmet doch wer!", heulte Emma auf. „Da oben!"

„Jemand kommt runter!", stellte Fabienne entsetzt fest.

Da musste ich ihr allerdings Recht geben.

„Oder *etwas*!"

„Emma, du bist keine Hilfe!", zischte ich, löste mich aus meiner (nur ganz minimalen) Angststarre und trat von der Tür weg. „Wer ist da?", rief ich hoch.

Ein lautes Keuchen war die Antwort.

„Isabel? Alles in Ordnung?", fragte Jenna.

„Wir werden sterben!", heulte Emma leise auf.

„Werden wir nicht", entgegnete Dante, riss mir die Taschenlampe aus der Hand und leuchtete geradewegs hoch zur Treppe.

Ich zuckte zusammen. Oben am Treppenabsatz stand jemand. Sein Haar stand in alle Richtungen ab, sein Gesicht wirkte fahl und weiß. Sein ganzer Körper wirkte irgendwie krumm und schief, als wären die Einzelteile wie Bauelemente falsch aufgesetzt worden.

Doch das Schlimmste war das Basketballtrikot, welches er trug.

Das Trikot mit der Nummer 12.

Es hatte Tommy gehört.

Was hatte Fabienne noch gleich gesagt? In der Nacht von Halloween war das Tor zur Geisterwelt geöffnet? Als der Lichtkegel ihn traf, verzerrte es sein Gesicht zu einer merkwürdigen Fratze, er gab ein lautes, unmenschliches Grunzen von sich und lief los.

Die Treppe herunter.

Jemand schrie. Dann wurde ich mitgezogen, zurück ins Kaminzimmer. Ich hörte wie etwas herunterfiel und wie Dante fluchte. Kurz darauf erlosch auch das Licht der zweiten Taschenlampe.

„Es ist Tommy!", kreischte Fabienne panisch, als wir

bei den anderen ankamen. „Er ist zurückgekehrt!"

Mein Herz pochte wild. Ich wollte schreien, doch meine Kehle fühlte sich staubtrocken an.

Was auch immer dieses Etwas war, stolperte die letzte Treppenstufe herunter.

„Isabel!", keuchte es meinen Namen unheilvoll.

„Jenna!"

Wer auch immer sich gerade an meinen Arm klammerte, schniefte laut und flüsterte mir dann leise ins Ohr: „Das ist nicht Tommy!"

Es war Emma. Sie sprach so leise, dass nur ich sie hören konnte.

Ich beugte mich zu ihr. Unsere Köpfe stießen aneinander. Ich wusste, worauf sie hinauswollte. „Außer uns weiß niemand von Tommy und Carmen."

Abgesehen von den Beiden selbst natürlich. Der Geist meines Bruders würde also ganz sicher nicht nach Jenna schreien.

„Eben. Aber wer ist es dann?" Ihre Stimme zitterte noch immer, doch sie lockerte ihren Griff.

„Keine Ahnung, aber auf jeden Fall kein rachsüchtiger Geist."

Sie ließ mich endgültig los und ich trat einen halben Schritt hervor.

Das Grunzen und Keuchen wurde lauter. „Ich bin zurück! Freut ihr euch denn gar nicht, mich zu sehen?"

Ich schluckte. „Sicherlich würde ich mich freuen, wenn du tatsächlich mein Bruder wärst!", rief ich dem Übeltäter entgegen. Ich konnte hören, wie er stehenblieb. „Wer auch immer du bist, verschwinde hier. Du bist ein verdammtes Schwein! Ich will niemanden in meinem Haus haben, der die Erinnerung meines Bruders mit Füßen tritt!"

Allmählich wurde ich wütend. Niemand hatte das Recht, sich als mein Bruder auszugeben!

Nach einer Weile hörte ich ein belustigtes Lachen. „Okay Niko, mach das Licht wieder an, wir sind aufgeflogen!", rief er so laut, dass alle ihn hörten.

Um mich herum wurde erleichtert ausgeatmet. Es war absurd, wie lange zwei Dutzend Menschen verstummen und die Luft anhalten konnten.

Kurz darauf wurde der Strom wieder angestellt und wunderschönes, sicheres Licht erhellte das Haus.

Den Bruchteil einer Sekunde genoss ich meine Erleichterung. Dann packte mich die blanke Wut. Mit stampfenden Schritten rauschte ich zurück in die Eingangshalle, wo der Typ in Tommys Trikot stand.

Jetzt, wo ich ihn richtig sehen konnte, erkannte ich ihn. „Du bist ein jämmerliches Schwein, Cem!", zischte ich und brauste mit erhobener Hand auf ihn zu. Ehe ich wusste, was ich tat, hatte ich ihm bereits ins Gesicht geschlagen. Dort, wo ich seine Wange berührt hatte, zeichnete sich deutlich mein Handabdruck ab.

Es war mir egal. Es interessierte mich auch nicht, dass Cem so was wie der beliebteste Klassenclown der Schule war.

In diesem Moment wollte ich ihm einfach nur wehtun.

Und zwar sehr.

„Man Isi, das war doch lustig!", entgegnete Cem und hielt sich seine schmerzende Wange. „Wenn du euch gehört und gesehen hättest, könntest du dich nicht mehr auf den Beinen halten vor lachen!"

„Du bist echt zu weit gegangen", hörte ich Dante sagen. Er und einige der anderen waren zu uns in den Flur gekommen. Niko, ein Typ aus der Zehnten, der immer tat, was man von ihm verlangte, weil er unbedingt dazugehören wollte, kam gerade aus dem Keller. Er war wohl für den Strom zuständig gewesen.

Emma tauchte neben mir auf. Kaum merklich griff sie nach der Hand, mit der ich Cem ins Gesicht geschlagen hatte, und hielt sie mit einem sanften Druck fest.

„Leute, das war witzig!", lachte Cem laut auf. Als er merkte, dass niemand seinem Beispiel folgte, verschluckte er sich beinahe an seinem eigenen Spaß.

„Du findest es also lustig, Menschen an ihrem wundsten Punkt zu treffen?", fragte ich ihn rhetorisch und klang dabei wie ein unheilvolles Gewitter. „Dann bekommst du jetzt den Hauptgewinn: Von nun an werde ich dir das Leben zur Hölle machen!"

„Nein", sprach Jenna ruhig, aber eindringlich. Auf ihren roten High Heels kam sie neben mich geschwebt. Ihr puppengleiches Gesicht zeigte keine Regung, keinerlei Emotion. „Er soll ruhig sein unwichtiges Leben leben dürfen. Aber von nun an wird es so sein, als hätte er nie existiert. Für uns bist du gestorben, Cem. Ich hoffe, das war es dir wert."

Nach der Sache mit Cem löste sich die Party sehr schnell auf. Es war gerade einmal 23:30 Uhr, als ich nur noch mit Emma, ihrer Cousine, Fabienne, Dante, Percy und dessen Schwester im Kaminzimmer saß. Wir hatten sogar schon aufgeräumt.

„Das war der totale Reinfall", stellte ich fest, nahm meinen Hut vom Kopf und warf ihn auf den Boden.

Wir saßen verteilt auf 3 Sofas und starrten in das dunkle, rußige Nichts des Kamins hinein. Auf dem Sims musste ausgerechnet die einzige Fotografie stehen, die wir von Tommy eingerahmt hatten.

Es war nicht so, dass wir ihn vergessen wollten. Mein Vater und ich hielten es nur für einfacher, mit unseren Leben weiterzumachen, wenn unser größter Verlust uns nicht ständig entgegen lächelte.

„Am Anfang war die Party gar nicht schlecht", versuchte Emma, mich aufzuheitern.

Ich grunzte verächtlich.

Der Schock saß mir noch tief im Nacken. Ich glaubte zwar nicht an Geister oder so etwas, aber diese halbe Minute, in der ich gedacht hatte, der Geist meines Bruders würde hier spuken, hatte es in sich gehabt.

„Ich hab Cem noch nie leiden können", verkündete Fabienne, die mit verschränkten Armen Percy gegenüber saß und sich partout weigerte, ihn anzusehen. „Er hat mal seine Schwester beim Duschen gefilmt, bloß weil er es lustig fand!"

„Das ist echt krank", pflichtete Odine ihr bei.

Mit gerümpfter Nase weigerte sich Fabienne, auf Percys Schwester einzugehen.

„Ich finde, ihr übertreibt."

6 Augenpaare richteten sich auf Indra, die ein Sofa ganz für sich alleine hatte. Ihre Schnurrhaare waren halb verwischt. „Mal ehrlich, er hat einen Fehler gemacht. Na und? Wir machen alle Fehler. Ihn deswegen von eurer ach so tollen Gesellschaft auszuschließen, finde ich echt nicht in Ordnung."

Sie richtete sich auf, während ich nichts anderes tun konnte, als sie fassungslos anzustarren. „Ihr tut so, als wärt ihr etwas Besseres", fuhr sie fort, während sie aufstand. „Aber das seid ihr nicht. Ihr seid genauso Abschaum wie die Menschen es sind, die ihr so sehr hasst."

Ohne zu wissen, warum, tauchte vor meinem inneren Auge eine Erinnerung auf.

Die Erinnerung an einen Jungen mit schwarzem Haar, grünen Augen und einem halben Lächeln.

Ich wartete, bis Indra mir in die Augen sah. Dann sagte ich mit einer selbst für mich überraschend monotonen Stimme: „Du hast keine Ahnung vom Hass."

Sie hielt meinem Blick stand. „Ich weiß genug."

„Ich denke, wir gehen jetzt besser!", quiekte Emma dazwischen, ehe die Situation eskalieren konnte.

Sie war ein guter Mensch. Ihr Herz war so groß, dass sie nicht erkennen konnte, was gerade passiert war.

Denn wenn sie ihre Augen, metaphorisch gesprochen, auch nur einen spaltbreit geöffnet hätte, dann wäre ihr die Kriegserklärung nicht entgangen, die Indra soeben ausgesprochen hatte.

Kapitel Zwei

Indra

Am Sonntag nach der Halloweenparty ging ich Emma so weit wie möglich aus dem Weg. Zu meinem Glück verabschiedete sie sich nach dem Mittagessen und besuchte Isabel, die auf der anderen Seite des Sees wohnte. Wenn man sich auf den Bootssteg stellte, konnte man ihr Haus sogar erkennen.

Jan kümmerte sich überraschenderweise gut um meinen kleinen Bruder. Er hatte ihm versprochen, am letzten Ferientag mit ihm zusammen ins Kino zu gehen. Und da Marie Besuch von einer Freundin bekam, mit der sie sich in ihr eigenes Zimmer verzog, hatte ich unseren *Jugendraum*, wie die Golds den Dachboden nannten, für mich ganz allein.

Emma hatte ihn mir an meinem ersten Tag bei ihnen gezeigt. Ihre Eltern hatten den Dachboden ausbauen und renovieren lassen. Von der Dachluke aus, standen an der rechten Seite drei Regale mit alten Büchern und Zeitschriften. In einer Kommode auf der gegenüberliegenden Seite wurden Gesellschaftsspiele und DVDs aufbewahrt. In der Mitte des Raumes standen zwei alte Sofas, von denen eins früher einmal Isabel gehört hatte, und dazwischen ein alter Couchtisch.

In einer Ecke des Raumes hatte meine Geige Platz gefunden. Die Gitarre hatte ich unter meinem provisorischen Bett verstaut.

Ich nutzte den letzten Ferientag und tat, was jedes Mädchen in meiner Situation tun würde – ich bemitleidete mich selbst.

Schmollend rollte ich mich auf einem der Sofas zusammen, so wie ich es als kleines Kind immer getan hatte, und betete zu einem Gott, an den ich nicht glaubte, dieser Albtraum möge bald ein Ende haben. Ich stellte mir vor, wie mein Vater morgen einen Anruf und dadurch einen neuen Job bekam und dass wir wieder zurück nach Berlin ziehen würden, wo meine alten Freunde und ich so tun konnten, als wäre ich nie fort gewesen.

Stundenlang lag ich einfach nur da.

Irgendwann kam mir der erschreckende Gedanke, mich zumindest mit meiner Cousine gut stellen zu müssen. Ich dachte an Cem und an Jennas Worte und ein Gefühl der Angst überkam mich. Ich glaubte zwar nicht, dass ein einzelner Mensch so viel Macht haben könnte, um eine ganze Schule gegen eine Person zu stellen, wollte es aber auch möglichst nicht am eigenen Leib erfahren. Wenn zumindest Emma auf meiner Seite stand, konnte mir wohl nicht mehr ganz so viel passieren.

Andererseits widerstrebte es mir, mich mit jemandem anzufreunden, den ich nicht leiden konnte. Voller Stolz konnte ich von mir selbst behaupten, noch nie in jemandes Arsch gekrochen zu sein. Ich hatte immer mein Ding durchgezogen. Das konnte wohl kaum eine andere Fünfzehnjährige von sich behaupten.

Und dennoch … Mir war ganz und gar nicht wohl bei dem Gedanken, morgen zur Schule gehen zu müssen.

Da half mir Emmas betretene Miene, als sie später am Abend nach mir suchte, auch nicht.

„Essen ist fertig", verkündete sie vorsichtig.

Ich rollte mich noch weiter zusammen, damit sie mein gerötetes Gesicht nicht sehen konnte. „Hab keinen Hunger."

„Egal. Meine Eltern wollen trotzdem, dass wir alle am Tisch sitzen." Ihr Lockenkopf verschwand im Boden, nur um den Bruchteil einer Sekunde später wieder aufzutauchen. „Alles okay bei dir?"

Ohne zu wissen warum, regte mich ihre Frage fürchterlich auf. Als ob noch *irgendetwas* in meinem Leben okay war.

Grunzend richtete ich mich auf und sprang vom Sofa. „Nerv mich nicht", brummte ich und machte eine gehetzte Handbewegung, um ihr zu bedeuten, von der Leiter zu verschwinden. Ich konnte noch ihren fassungslosen Blick sehen, ehe sie sich abwandte und eilig herunterkletterte.

Ich hatte noch nicht einmal ein schlechtes Gewissen deswegen.

Als erstes hatte ich Klavier gelernt. Wir waren bei den Eltern meiner Mutter gewesen, zum ersten Mal in meinem Leben, und die hatten einen Flügel gehabt. Damals war ich 4 Jahre alt gewesen und als ich so auf den Tasten herumklimperte, beschloss ich, dieses Instrument zu lernen.

Zum folgenden Geburtstag hatten mir meine Eltern Klavierunterricht geschenkt. Zwei Jahre später beherrschte ich dieses monströse Instrument gut genug, um mich unterfordert zu fühlen und beschloss, mir eine Geige zu wünschen.

Meine Eltern waren anfangs nicht begeistert. Sie hatten Angst, ich könnte mir eine teure Geige wünschen und dann doch lieber Klavier spielen wollen.

Eines Tages, als ich von der Schule nach Hause kam, lag ein roter, rechteckiger Kasten auf meinem Bett. Es war weder mein Geburtstag, noch irgendein anderer Feiertag. Ich werde nie vergessen, wie es sich angefühlt hatte, den Kasten zu öffnen und meine erste, eigene Geige in meinen feuchten Kinderhänden zu halten … Es war unbeschreiblich. Ich fühlte mich wie auf einer Wolke.

Es fiel mir schwerer, die Geige so zu beherrschen wie das Klavier, doch das hielt mich nicht davon ab. Jeden Tag setzte ich mich hin und übte. So wie andere Mädchen Ballerina oder Prinzessin werden wollten, gab es für mich nur eins: Musik. Meine Mutter scherzte manchmal, ich wäre ihre eigene, weibliche Version von Mozart. Ein Wunderkind.

Die Wahrheit sah anders aus. Ich war kein Wunderkind. Mein Können war gut, aber nicht herausragend. Die Wettkämpfe, an denen ich teilnahm, schloss ich höchstens als Zweite ab. Nie besser. Frustriert über den ewigen zweiten Platz stellte ich meine Geige irgendwann in eine Ecke und sah ihr beim Einstauben zu.

Musik zu machen war für mich allerdings wie atmen. Es gehörte einfach zu mir. Mit jedem Tag, an dem ich nicht musizierte, wurde ich unglücklicher. Zum Geige spielen fehlte mir allerdings die Motivation und ein eigenes Klavier konnten sich meine Eltern nicht leisten, also beschloss ich, mir von meinen Ersparnissen eine Akustikgitarre zu besorgen.

Seitdem spielte ich Gitarre. Ich verliebte mich in ihren, verglichen zur Geige, rauen Klang und ihre Leichtigkeit. Während ich Geige und das Klavier spielte, um etwas zu lernen, brachte die Gitarre *mir* etwas bei: zu spielen, um der Musik willen. Ich wollte nicht die Beste sein. Ich wollte nicht einmal auftreten.

Es gab nur mich und meine Gitarre.

Vermutlich war das der Grund, weshalb ich es in der Nacht auf Montag um 5 Uhr nicht mehr in meinem Bett aushielt, meine Gitarre schnappte und nach draußen schlich. Nur im Pyjama setzte ich mich im Schneidersitz auf den Steg und zupfte leise die Saiten meiner Gitarre. Graue Nebelschwaden zogen über den Silbersee und ich hatte das Gefühl, der einzige Mensch auf Erden zu sein.

Es war unbeschreiblich. Die hohe Luftfeuchtigkeit zog sich in den Stoff meines Schlafanzugs, doch es war mir egal.

In diesem Moment war mein Leben tatsächlich wieder okay.

Um 7:30 Uhr stand ich unten im Flur und betrachtete mein Ebenbild in einem ziemlich großen und uralten Spiegel. Mein rotblondes Haar hatte ich an einer Seite beginnend und zur anderen fortlaufend geflochten. Das war auch das spektakulärste an meinem Outfit. Mir war durchaus bewusst, dass meine schwarze Jeans und die dunkelgraue Bluse mit ihren Dreiviertelärmeln nicht sonderlich einladend auf andere wirken würden.

Die Alternative wären zerrissene Hosen und Pullover mit Band-Logos gewesen. Allerdings hatte ich es mir nicht nehmen lassen, eine Brosche mit dem Nirvana-Smiley anzustecken.

Svea kam mit vier Brotboxen im Arm aus der Küche und sah direkt zu mir. „Meinst du nicht, dass es für eine Bluse schon ein bisschen zu kalt ist?", fragte sie bemüht neutral.

Sie selbst hatte sich an diesem Morgen für eine dunkelblaue Jeans und einen weißen Pullover entschieden. Die Hose, so wusste ich, würde sie in ihrer Praxis gegen eine Weiße austauschen. Sie glaubte, ihren Patientinnen bei ihrem Besuch beim Frauenarzt ein angenehmeres Gefühl zu geben, wenn sie eine gewisse Reinlichkeit vorgaukelte.

Leichtfüßig kam sie zu mir und deutete auf die Boxen in ihrem Arm. „Jedenfalls, nimm dir schon mal eine. Bei dir ist Käse drauf."

„Danke", murmelte ich und nahm eine rote Box, auf der ein Sticker mit meinem Namen klebte. Gedankenverloren gnabbelte ich an dem Sticker herum.

„Du brauchst keine Angst zu haben", deutete Svea mein Schweigen falsch. „Alle an der Schule sind ganz nett. Die Lehrer benoten auch fairer, als Emma der Meinung ist, versprochen. Und alleine bist du ja auch nicht."

Als hätte es ein Stichwort gegeben, trampelten just in diesem Augenblick Emma und ihre kleine Schwester die Treppe herunter.

Erstere hatte sich die Haare geglättet und trug ein braunes Wollkleid, welches ihre Figur betonte, und dazu eine dunkelgraue Strumpfhose mit braunen Stiefeln. Marie hingegen hatte ihr Haar zu einem hohen Pferdeschwanz gebunden. Dennoch wirkte sie in ihrer hellen Röhrenjeans und ihrem weißen Pullover, auf dem rote- und roséfarbene Rosen gestickt waren, unglaublich hübsch.

Sie beide strahlten eine Schönheit aus, die mich unwillkürlich schlucken ließ. Ein klitzekleiner Teil von mir hasste mich selbst für mein Mauerblümchen-Auftreten.

Svea bedachte ihre Mädchen mit einem Blick, den ich nicht deuten konnte. „Ihr seht gut aus", versicherte sie ihnen und deutete dann auf die Brotboxen in ihrem Arm. „Vergesst euer Frühstück nicht."

„Jan ist gerade aufgestanden", sagte Marie und griff nach einer glitzernden, pinken Box.

„Sag mal, Emma, ist das meine Kette?", fragte Svea plötzlich in einem schärferen Ton.

Ich konnte sehen, wie ihre älteste Tochter rot anlief

und ihre Hand an ihr Dekolleté hielt, als wollte sie den Anhänger verstecken.

Doch bevor sie sich verteidigen konnte, tauchten Viktor und mein Bruder im Torbogen zum Esszimmer auf. In seinen Armen hielt er eine kleine, blaue Zuckertüte.

„Wir mussten noch ein Männergespräch führen", sagte Viktor erklärend und legte seine Hände auf Imrans Schultern, als wäre es das Normalste auf der Welt.

Ein Stich jagte durch meine Brust. Am liebsten hätte ich meinen Bruder an mich gezogen und die Golds angeschrien, sie sollen uns in Ruhe lassen.

Doch so sehr ich es auch hasste, hier zu sein; ich hatte keine andere Wahl. Also lächelte ich bloß, und als Viktor kurz verschwand und mit einer roten Zuckertüte wieder auftauchte, die er mir schenkte, bedankte ich mich so herzlich, wie ich es mit dem Kloß in meinem Hals zustande bringen konnte.

Die Nebelschwaden von heute Morgen hatten sich nicht wirklich verzogen. Der November begrüßte uns mit seinen kalten, diesigen Armen. Viktor Gold fuhr uns mit seinem Wagen zur Schule. Zuerst setzte er uns Mädels vor unserem Gymnasium ab. Anschließend brachte er Imran zur Schule und wollte noch mit seinem neuen Klassenlehrer sprechen.

Sobald wir das Auto verlassen hatten und das Schultor ansteuerten, achteten Emma und Marie auf einen gewissen Abstand zwischen sich, als wäre ihnen der Gedanke, jemand könnte sie zusammen sehen, zuwider.

Mir war schon vorher aufgefallen, dass die Beiden kein einfaches Verhältnis hatten. Woran das lag, wusste ich nicht. Zwischen Imran und mir war es immer anders gewesen.

Während Marie ihren Schritt beschleunigte und zu einem Mädchen mit schwarzen Haaren eilte, die am Tor wartete, blieb ich in Emmas Nähe. Wir redeten zwar kein Wort miteinander, aber ich wollte mich auch nicht an meinem ersten Schultag direkt verlaufen. Ich konnte mir bessere Einstiege vorstellen.

„Hey Emma!", rief ein Junge mit dunklen Haaren vom Fahrradständer aus. Neben ihm stand ein weiterer Junge, der uns fröhlich zuwinkte.

Geh einfach weiter, dachte ich.

Emma hob zum Gruß ihren Arm – Und ging zu ihnen.

Ich stieß einen genervten Seufzer aus und folgte ihr.

„Hallo ihr Zwei!", begrüßte sie die beiden Kerle und blieb vor ihnen stehen. „Wie waren eure Ferien?"

„Timon war der Meinung, sich mit einer Katze anzulegen!", witzelte der Schwarzhaarige und deutete auf den Typen neben ihm. Aus der Nähe konnte ich blonde Haarspitzen unter seiner Kapuze hervorlugen sehen.

„Oh! Wer ist das denn?", fragte der Schwarzhaarige, als er mich bemerkte. Ich hatte gehofft, mich nicht an der Unterhaltung beteiligen zu müssen.

„Das ist meine Cousine Indra", stellte Emma mich

vor. „Sie wohnt eine Weile bei uns."

„Hi, ich bin Till", sagte der Schwarzhaarige und reichte mir seine Hand. „Und der dämliche Zwerg hier -"

„Ich heiße Timon und mein Bruder ist ein Idiot!", unterbrach der Jüngere den Schwarzhaarigen. „Indra ist ein cooler Name. Woher kommt der?"

„Ist indisch", antwortete ich knapp und warf einen Blick über die Schulter. Marie war längst im Gebäude verschwunden und ich bereute es, mich nicht an sie gehängt zu haben. Beim Sekretariat hätte sie mich vermutlich auch abliefern können. „Sag mal, Emma, könnten wir reingehen? Ich will echt nicht zu spät kommen."

„Oh, ja, na klar", sagte sie und wandte sich von den Jungs ab. Zu meinem Bedauern schlossen sich die Beiden uns allerdings an.

Es war nicht so, dass ich ungern neue Leute kennenlernte. Ich wollte schlicht nichts mit Emmas Freunden zu tun haben. Der Zwischenfall bei der Halloweenparty hatte mir schon gereicht.

Auf dem Weg zum Eingang unterhielten sie sich über irgendeinen Jungen namens Justus, der wohl mit einer Grippe im Bett lag. Es hätte auch Pfeiffersches Drüsenfieber sein können, sicher war ich mir da nicht. Ich gab mir auch keine sonderlich große Mühe, zuzuhören.

Till hielt uns die Tür auf. Anschließend brachte mich Emma wie vereinbart zum Sekretariat. Der Direktor hatte meinen Eltern gesagt, man würde mich hier abholen.

„Also dann", sagte Emma und machte eine unbeholfene Handbewegung. „Wir sehen uns." Und dann war sie verschwunden. Sie drehte sich noch nicht einmal nach mir um. Es war, als würde sie vor mir fliehen; vor diesem düsteren Mädchen, mit dem sie sich das Zimmer teilen musste.

Das Sekretariat war ein stiller Raum, den man von der Aula aus betreten konnte. Der Boden war mit blauem Teppich ausgelegt und die Wände aus Glas, durch die ich meine neuen Mitschüler beobachten konnte.

Sie sahen alle so *normal* aus.

Die Gesichter der vorbeigehenden Mädchen und Jungen verschwammen zu einer undeutlichen Masse, die ich schon wieder vergessen hatte, sobald sie aus meinem Blickfeld waren. Niemand von ihnen stach besonders heraus. Die meisten hetzten mehr am Sekretariat vorbei, als dass sie schlenderten.

Wenn ich es nicht besser gewusst hätte, hätte ich beinahe geglaubt, in meiner alten Schule zu sein.

Menschen waren so austauschbar. Jeder Einzelne von uns glich eher einem Glas, welches man versehentlich in ein falsches Regal stellte, ohne sich dafür schuldig zu fühlen – es war ja nur ein einfaches Glas.

„Kann ich dir helfen, Liebes?"

Ein wenig überrascht, einer anderen Person in diesem so stillen Raum zu begegnen, wandte ich mich der zarten Frauenstimme zu. Sie gehörte zu der Sekretärin, die hinter einem Tresen saß, eine Hand auf die Maus ihres Computers gelegt. Als ich nähertrat, lächelte sie mich mit ihren rot bemalten Lippen herzlich an.

„Ich bin Indra Rosenberg", beantwortete ich ihre Frage monoton. „Heute ist mein erster Schultag. Ich weiß nicht, wo ich hin soll."

„Ah, richtig. Ich erinnere mich", sagte die Sekretärin und tippte etwas in den Computer ein. „Muss echt blöd sein, so mitten im Halbjahr hineinzuplatzen. Mussten deine Eltern wegen der Arbeit umziehen?"

Ich wusste nicht, was ich sagen sollte, also nickte ich nur.

„Ah, mhm. Na ja, hier sind alle ziemlich nett, brauchst dir da also keine Sorgen zu machen." Sie warf mir über den Rand des Tresens hinweg ihr Lippenstift-Lächeln zu. „Du kommst in die 9a zu Frau Haluca. Sie weiß Bescheid und wird dich gleich hier abholen. Setz dich einfach da – Ah! Wie aufs Stichwort!"

Durch eine Tür hinter dem Tresen, die mir vorher nicht aufgefallen war, kam eine großgewachsene Frau mittleren Alters. Mit einem breiten, beinahe angsteinflößenden Grinsen nickte sie der Sekretärin zu. „Wie immer, Helene!" Mit demselben Grinsen kam sie auf mich zu. „Du bist demnach Indra, richtig?"

Eingeschüchtert von ihrer Größe und diesem freudlosen Lächeln nickte ich.

„Schön! Dann komm gleich mal mit." Sie deutete mit einer Armbewegung zur Glastür, durch die Emma Minuten zuvor geflohen war. Stillschweigend folgte ich ihrer Aufforderung.

„Eigentlich habt ihr in der ersten Stunde Englisch, aber ich habe mit Frau Nickel getauscht, um dich kennenzulernen", teilte mir Frau Haluca mit, während ich ihr eilig durch die Schule folgte. Ihre Beine waren entsprechend ihrer Größe lang und für jeden Schritt, den sie tat, musste ich mindestens drei gehen. Wenn das so weiterging, würde ich total verschwitzt bei meiner neuen Klasse ankommen. Verstohlen öffnete ich den Reißverschluss meiner schwarzen Jacke.

„Indra – was für ein exotischer Name!", dachte Frau Haluca laut. „Du musst sehr froh sein, einen solchen Namen zu haben. Es gibt schon genug Lisas und Majas."

„Ehrlich gesagt, wäre ich gern eine Lisa oder eine Maja", gab ich kleinlaut zu, doch meine Klassenlehrerin schien mich nicht gehört zu haben. Und wenn doch, so hatte sie ganz offensichtlich kein Interesse an meinen Worten.

„Wir haben 5 Trakte", erklärte sie mir stattdessen. „Trakt A bis C findest du auf dieser Seite. Hier sind die Räume der festen Klassen. Da du im 9. Jahrgang bist, gehst du in den B-Trakt, zusammen mit den Sechstklässlern. Auf der anderen Seite der Schule findest du noch den künstlerisch-musischen Trakt und den Naturwissenschaftlichen, die werden aber erst wirklich wichtig für dich, wenn du dein Abi machst. So, da wären wir!" Sie bog in den zweiten Flur ein, von dem ich annahm, es wäre der B-Trakt, und hielt mir eine gläserne Doppeltür auf.

Und da standen sie. Meine neuen Mitschüler.

Geduldig wie Hunde im Tierheim warteten sie auf ihre Klassenlehrerin, die ihnen den Raum aufschloss. Ich konnte schon ihre neugierigen Blicke sehen und fühlte mich plötzlich unglaublich nackt. Mit hochgezogenen Schultern folgte ich Frau Haluca nach vorn zur Tafel und wünschte mir, ganz woanders zu sein. Am besten in einem anderen Körper.

Ich wollte ein ganz anderes Mädchen sein. Eine, deren Vater nicht arbeitslos war. Die ein eigenes Zimmer hatte. Und vor allem: Die nicht die Schule wechseln musste.

„Jetzt macht mal ein bisschen schneller, ich will nicht ewig auf euch warten müssen", brummte Frau Haluca griesgrämig, um ihre Klasse anzuspornen.

Und da entdeckte ich sie. Ausgerechnet *sie*.

Sie saß in der vorletzten Reihe und betrachtete mich mit ihren braunen Augen von oben bis unten. Dabei kräuselte sie abschätzig ihre Oberlippe. Ihr kastanienbraunes Haar fiel in sanften Wellen über ihre linke Schulter. Sie trug einen rostrot schimmernden Pullover, der ihre Brüste betonte, ohne billig zu wirken. Und so, wie alle anderen um ihren Tisch herumschlichen, wie die Jungs sie anschmachteten oder die anderen Mädchen ihr neidische oder bewundernde Blicke zuwarfen, wusste ich, wer hier das Sagen hatte.

Jenna de Már war an dieser Schule der Chef, egal was die Lehrer behaupteten.

Und sie hasste mich.

Frau Halucas Hand, die mich sanft am Unterarm

berührte, rettete mich aus meiner Schockstarre, ehe mein peinliches Benehmen jemandem auffiel, und deutete auf einen Platz an der Seite; weit weg von Jenna. Zumindest weit *genug* weg. Ich verstand die Anspielung und setzte mich in Bewegung. Die meisten rückten zur Seite, damit ich zwischen den Stühlen an der Wand entlanggehen konnte, bis ich meinen neuen Platz erreichte. Rechts von mir kam nur noch das Lehrerpult, aber links saß ein Mädchen mit flammend rotem Haar. Sie lächelte mir freundlich, aber schüchtern, zu.

„Hi. Ich bin Indra", stellte ich mich ihr vor.

„Ahmmmes", nuschelte sie, lief rot an, räusperte sich und wiederholte: „Agnes."

„Und ich bin Claire!", trällerte eine Blondine, deren Tisch in einem 45 Grad Winkel von unserem weg stand. „Ich bin Agnes' beste Freundin. Und wenn ich mir so zuhöre, klingt mein forsches Gerede wohl nach einer ziemlich verrückten Kuh. Bin ich aber nicht!"

Ich kicherte leise.

„Sie ist wirklich ganz in Ordnung", versicherte Agnes mir mit einem Augenzwinkern. Ihr Blick blieb an meiner Brosche hängen. „Oh!", rief sie mit aufgerissenen Augen aus. „Come as you are, as you were, as I want you to be!", zitierte sie einen Song von Nirvana.

„Das ist einer meiner Lieblingssongs!" Ich konnte meine Überraschung nicht verbergen. In meiner Generation war Nirvana leider nicht mehr so bekannt, wie die Band sein sollte. Heutzutage wurden lieber diese 0815 Songs rauf und runter gespielt, die null Tiefgang hatten.

Agnes schnalzte mit ihrer Zunge. „Du sitzt neben dem größten Nirvana-Fan der Neuzeit!"

„Das kann gar nicht sein", konterte ich. „Ich kann ja schlecht neben mir selbst sitzen."

Und damit war das Eis gebrochen. Meine Nervosität und Unsicherheit wegen Jenna waren wie weggeblasen. Ganz offensichtlich gab es doch einen Gott.

Vielleicht hatte Kurt Cobain höchstselbst seine Finger im Spiel gehabt. Zwei Mädchen, die ganz am Rand einer Gruppe saßen, und durch seine Musik zu Freunden wurden.

Er hatte nicht umsonst gelebt.

Vielleicht lebte ja tatsächlich niemand umsonst.

Isabel

„Und? Wie war Indras erster Schultag?", fragte ich Emma am nächsten Tag. Wie in jeder Pause saßen wir zusammen mit unseren Freunden an unserem Tisch in der hintersten Ecke der Aula. Natürlich an der begehrten Fensterseite.

„Keine Ahnung", antwortete Emma mit einem Schulterzucken. „Sie kam gestern erst spät nach Hause, weil ihre Eltern mit ihr und Imran den Tag verbracht haben."

Ich entdeckte Indra zusammen mit zwei Mädchen, die mir vorher noch nie aufgefallen waren, durch die Halle schlendern. Offensichtlich waren sie noch nicht einmal wichtig genug, einen Tisch zu haben.

„Was ist bloß aus den einfachen Namen geworden?", überlegte Jenna laut.

„Weißt du, es gibt Leute, die *Jenna* auch ungewöhnlich finden", konterte ich und nahm mir eine Apfelspalte aus Emmas Brotbox.

„Ich finde ihren Namen schön!", verteidigte Gina ihre beste Freundin. Ich hatte große Mühe, mir meinen bissigen Kommentar zu verkneifen. Stattdessen blickte ich zu Fabienne, die wortkarg zwischen Jenna und mir saß und vor sich hinstarrte.

„Hey, meine Lieblings-Französin – Was hast du?" Fabienne blinzelte verwirrt, als wäre sie überrascht, mich zu sehen. „Ach, gar nichts."

Freundschaftlich stupste ich sie mit meiner Schulter an. „Kannst uns ja sagen, wie du den Namen Percival findest!"

Zu meiner Verwunderung rümpfte sie angewidert ihre Nase. „Jemand, der seinen Sohn so nennt, hat ganz offensichtlich nicht alle Tassen im Schrank. Und jetzt entschuldigt mich bitte. Ich muss für kleine Französinnen gehen!"

Energisch stand sie auf und entfernte sich von unserem Tisch Richtung Toilette.

Einen kurzen Augenblick lang spielte ich mit dem Gedanken, ihr zu folgen und sie zu fragen, was los war. Aber dann musste ich an ihr Verhalten mir gegenüber denken, als Tommy gestorben war. Wie sie mir in den Rücken gefallen war.

Ich blieb sitzen und wandte meinen Blick von ihrem Rücken ab. Ein Stück weit konnte ich sie sogar verstehen. Sie stand mehr als alle anderen unter Jennas Pantoffel. Mir war zwar schleierhaft, warum sie sich so herumschubsen ließ, aber so war es immer schon gewesen. Seit ich Fabienne kannte, hatte Jenna eine unbeschreibliche Macht über sie, als wäre sie bloß ihre Marionette.

Doch mit all dem Verständnis, welches ich für sie aufbringen konnte ... Ich konnte nicht über die Tatsache hinwegsehen, dass sie mich im Stich gelassen hatte. Und dass Emma für mich dagewesen war, obwohl wir uns nicht hatten leiden können.

Und jetzt saß sie mir gegenüber, ihre haselnussbraunen Locken zu einem unordentlichen Dutt gebunden, und starrte gedankenverloren in ihre Brotbox.

„Mach dir keine Sorgen", versuchte ich sie aufzumuntern. „Selbst wenn Indra dich nie mögen wird – Irgendwann ist sie wieder weg."

Sie gab bloß ein Grunzen von sich.

Plötzlich tauchte Cem an unserem Tisch auf. Augenblicklich erlosch die – mal von Emma abgesehen – ausgelassene Stimmung. Es war, als hätte er unsere gute Laune aus dem Weg gedrückt. Hier war kein Platz mehr für ein Lächeln.

Emma warf ihm einen vorsichtigen Seitenblick zu, griff heimlich nach einer Apfelspalte und knabberte daran, um nicht versehentlich mit ihm zu sprechen. Ich für meinen Teil drehte ihm meine Schulter zu und sprach Jenna an.

„Hast du es schon gehört? Jeanette Novolic ist jetzt mit Nick zusammen!", plapperte ich, als wäre es eine unglaubliche Neuigkeit, obwohl wir alle nur darauf gewartet hatten, dass sie es offiziell bestätigten.

„Hi Leute", versuchte es Cem.

„Mit dem Nick aus der Basketballmannschaft?", hakte Jenna mit großen Augen nach. „Dem Mannschaftskapitän?"

Ich nickte aufgeregt.

„Ich wollte mich für die Sache am Samstag entschuldigen. Ich bin echt zu weit gegangen. Es tut mir leid."

Ich konnte das Zittern in seiner Stimme hören. Doch während Emma eine Apfelspalte nach der anderen verdrückte, ließ es mich kalt.

„Hast du was gehört, Isabel?", fragte mich Jenna und horchte. Als ich meinen Kopf schüttelte, fügte sie hinzu: „Merkwürdig, ich dachte ich hätte etwas gehört." Sie machte eine wegwerfende Handbewegung. „War vermutlich nur eine Fliege. Diese lästigen Viecher!"

„Kommt schon, Leute!", rief Cem inbrünstig und schlug mit seinen geballten Fäusten auf die Tischplatte. Emma zuckte erschrocken zusammen und ließ ihre Apfelspalte fallen. „Ich bin *hier*! Ich stehe direkt vor euch! Schaut mich an!"

Keiner tat es. Nicht einmal Emma wagte es. Als sie meinem Blick begegnete, lächelte ich ihr aufmunternd zu. Ich wusste, wie schwer ihr diese Situation fiel. Sie hasste es, irgendjemanden zu verletzen – Selbst wenn dieser jemand es verdient hatte.

So schnell sie konnte, schaute sie wieder in ihre

Brotbox.

„Dante!", bellte Cem laut. Nun hatten wir endgültig die Aufmerksamkeit der anderen Schüler erregt. „Komm schon, wir sind doch *Freunde*!"

Ich hielt die Luft an. Direkt angesprochen zu werden war hart. Und irgendwie hatte Cem auch Recht. Von uns allen war er mit Dante am engsten befreundet gewesen.

Eine halbe Ewigkeit schien zu vergehen, ehe Dante reagierte. Langsam, wie in Zeitlupe, stand er auf und ging auf Cem zu. Ich konnte meinen Blick nicht mehr abwenden; es war wie ein Unfall, man musste einfach gucken.

Cems Miene hellte sich auf. Die Andeutung eines Lächelns umspielte seine dünnen Lippen.

Doch Dante rempelte ihn hart mit der Schulter an und ging einfach weiter, als wäre nichts gewesen. Als hätte da niemand im Weg gestanden.

Damit war Cems Schicksal besiegelt. Es war, als hätte er nie existiert. Mit hängenden Schultern trat er zurück und rannte davon, begleitet vom Lachen unserer Mitschüler, die die Szene beobachtet hatten.

„Das war irgendwie -", begann Emma, doch Jenna schnitt ihr das Wort ab. „Du bist jetzt eine von uns. Gewöhn dich daran. Entweder du stehst hinter uns und unseren Entscheidungen, oder du gehst."

Mein Leben hatte eine neue Routine. Wenn ich von der Schule nach Hause kam, wartete Ingrid mit dem Mittagessen auf mich. Während des Essens schwiegen wir meistens. Jedes Mal erkundigte sie sich zwar nach meinem Tag und versuchte, ein Gespräch aufzubauen, doch meistens schaffte ich es, sie abzuwiegeln. Ich konnte sie einfach nicht ausstehen.

Danach verkroch ich mich in meinem Zimmer und legte eine Pause ein. Meistens las ich in der Zeit, manchmal schaute ich auch einfach nur fern oder surfte im Internet. Montags und Donnerstags würde ich mich Nachmittags aufraffen und zum Volleyballtraining fahren, aber da Dienstag war, überwand ich meinen inneren Schweinehund und wollte mich an meine Hausaufgaben setzen. Zumindest mit Mathe wollte ich es versuchen. Nächste Woche stand ein Test an.

So geschah es, dass ich beim Herausholen meiner Hefte und Mappen einen Flyer entdeckte, der aus meiner Tasche segelte. Verwundert legte ich meine Schulsachen auf meinem Schreibtisch ab und bückte mich nach dem Papier.

Hilfe zur Selbsthilfe stand ganz oben in kursiven Lettern. Vorne war ein Bild zweier Menschen abgebildet, die sich gegenseitig tröstend im Arm hielten. Darunter stand: *Trauergruppen in Neustadt-Hausen – Weil niemand alleine weint.*

„Das darf doch wohl nicht wahr sein!", brummte ich und raste mit dem Flyer in der Hand aus meinem Zimmer, die Rundtreppe am Ende des Flurs hoch und in das Büro meines Vaters unterm Dach hinein. Ich klopfte nicht einmal an. „Papa!", bellte ich, blind vor Wut. „Jetzt ist sie echt zu weit gegangen! Sie kann mir solche Flyer nicht einfach heimlich in die

76

Schultasche stecken! Wenn den jemand gefunden hätte, hätten mich doch alle für verrückt gehalten!" Lautstark knallte ich ihm den Flyer auf den Schreibtisch.

Mein Vater sah mit gerunzelter Stirn zu mir auf. Sein graumeliertes Haar war ordentlich zur Seite gekämmt, seine Brille saß weit vorne auf seiner Nase, wie immer, wenn er sich etwas notieren wollte. Da entdeckte ich auch den Kugelschreiber in seiner Hand, in dem sein eigener Name eingraviert war. *Georg Schneider.* Ich hatte auch so einen in meinem Etui, und Emma besaß mittlerweile ein halbes Dutzend, weil man mit ihnen ihrer Meinung nach perfekt schreiben konnte.

„Möchtest du meinen Gast nicht vielleicht auch noch begrüßen, Isabel?", entgegnete mein Vater eine Spur zu ruhig.

„Hä?" Und dann verstand ich. Peinlich berührt drehte ich mich zur Seite und entdeckte ausgerechnet Dantes Vater, der in einem Stuhl vor dem wuchtigen Schreibtisch saß. In meiner Wut war er mir gar nicht aufgefallen. Mit hochrotem Kopf wandte ich mich wieder an meinen Vater. „Bitte sag mir, dass das hier ein Treffen unter Freunden ist."

„Ein Treffen, bei dem es um sehr viel Geld geht", entgegnete mein Vater mit einem freudlosen Grinsen.

Ich biss mir auf die Unterlippe. Er hatte sein Büro nur zu Hause eingerichtet, weil Ingrid und ich ihm versprochen hatten, ihm nicht seine Geschäfte zu versauen. Der Firma, für die er arbeitete, war es so ziemlich egal, *wo* er arbeitete, solange er genug Aufträge bearbeitete.

„Zieh nicht so ein Gesicht, wir kommen eh gerade nicht weiter", seufzte mein Vater und warf seinen Kugelschreiber auf die Tischplatte. „Die Ambrosius' wollen ihr heruntergekommenes Anwesen immer noch nicht verkaufen und wir können das neue Einkaufszentrum schlecht *drumherum* bauen."

„Noch dazu ist uns unser Architekt abgesprungen", fügte Herr van Holland zerknirscht hinzu. „Und diese Aurelia Ambrosius hat uns die Naturschutzbehörde an den Hals gehetzt."

„Diese alte Hexe", knurrte mein Vater, woraufhin Dantes Vater ein Grunzen von sich gab.

„Das mit dem Architekt ist schnell geregelt", warf ich ein. Die Männer sahen mich aufmerksam an. „Emmas Vater ist doch Architekt. Viktor Gold."

„Stimmt!", rief mein Vater aus, als fiele es ihm tatsächlich erst jetzt wieder ein. „In Neustadt-Hausen hat er schon einige Häuser entworfen. Ich kann ihn ja einfach mal anrufen."

„Wenigstens etwas Gutes", kommentierte Herr van Holland nickend. „Schlag ein Geschäftsessen mit der ganzen Familie vor. Es gibt keine bessere Gelegenheit, Geschäfte zu besprechen, als bei Wein und gutem Essen!"

Mein Vater griff nach seinem Telefon. Ehe er wählte, bedachte er mich mit einem Du-kannst-jetzt-gehen-Blick. „Danke, Isabel. Ich rede mit Ingrid wegen dem Flyer."

Triumphierend zogen sich meine Mundwinkel hoch.

„Mehr wollte ich gar nicht!", trällerte ich, verabschiedete mich von Dantes Vater und ließ die Männer zurück. Meine eigenen Aufgaben warteten.

Fabienne

Es regnete. Der November trumpfte mit miesem Herbstwetter. Hier und da waren bereits Gullys verstopft und riesige Pfützen verwandelten die Straßen von Neustadt-Hausen in eine Seelandschaft. Meinen Eltern nach zu urteilen, war es die richtige Jahreszeit, um nicht mehr mit dem Bus zur Schule fahren zu müssen. So kam es, dass mich unser Chauffeur am Donnerstagmorgen hinfuhr. Allerdings war ich so früh dran, dass mir in der Aula nur ein weiterer Schüler begegnete. Schnell wandte ich den Blick von ihm ab, um ihn nicht begrüßen zu müssen. Um mir die Zeit zu vertreiben, lief ich ganz langsam auf unseren Tisch zu. Ich könnte meinen Englischaufsatz überarbeiten. Dazu war ich gestern Abend nicht mehr gekommen.

Ich stellte mir vor, was ich wohl in einer solchen Situation tun würde – wenn ich nicht *ich* wäre. Vermutlich würde ich mich zur Toilette schleichen, mich in die hinterste Kabine setzen und meine Mathehausaufgaben nachholen. Die hatte ich allerdings bereits am Dienstag erledigt, direkt an dem Tag, an dem wir sie auf bekommen hatten. Vielleicht würde ich mich auch in eine Ecke der Aula setzen und ein Buch lesen.

Bei diesem Gedanken schüttelte ich meinen Kopf. Wahrscheinlicher war es, mit dem Handy herumzuspielen.

Auch das kam nicht in Frage. Jedes mal, wenn ich einen Blick auf mein Handy warf, hatte ich eine neue Nachricht von Percy. Den ignorierte ich seit der Halloweenparty allerdings.

Unsere Beziehung war unvorstellbar. Es sollte einfach nicht sein. Ich konnte mich nicht in der Öffentlichkeit mit ihm sehenlassen, verabscheute allerdings den Gedanken, er könnte mit einem anderen Mädchen zusammen sein. Die Tatsache, dass ich seine Schwester als *Riesentitte* beschimpft hatte, ließ mich sogar jetzt noch erröten.

Seufzend blieb ich stehen.

Und stellte fest, dass ich direkt vor dem Altar stand, den Isabel aufgebaut hatte. An der Wand hingen schwarz-weiß Fotografien von Tommy und Carmen. Auf dem Tisch darunter stand ein Rahmen mit einem Zitat, eine weiße Kerze und irgendwer hatte einen Strauß frischer Blumen hingelegt.

Ich wurde der traurigen Erkenntnis reicher, keine Ahnung zu haben, ob eine meiner Freundinnen dafür verantwortlich sein könnte, was bedeutete, dass ich nicht nur total beziehungsunfähig, sondern auch noch eine schlechte Freundin war.

Mein Herz fühlte sich auf einmal unendlich schwer an. Das war der einzige Beweis dafür, dass ich kein seelenloser Roboter war. Ich hob meinen Kopf und betrachtete die Fotografien, als könnte ich in den Augen Verstorbener all die Antworten auf mein

Leben finden, die ich so dringend brauchte.

Aber wie alle Toten schwiegen auch sie.

Ich seufzte und ließ die Schultern hängen. Vermutlich war ich gerade dabei, verrückt zu werden.

Um nicht total unnütz dazustehen, zündete ich die Kerze mit Hilfe der Streichhölzer an, die immer hinter dem kleinen Rahmen lagen. Anschließend faltete ich meine Hände, schloss meine Augen und sprach ein kurzes Gebet.

Als ich meine Augen wieder öffnete, stand Indra neben mir.

Sie lächelte mich freundlich an. Etwas, das sie laut Emma noch nie getan hatte. „Sorry, ich wollte nicht stören."

„Tust du nicht", sagte ich eine Spur zu schnell. „Ich wollte sowieso gerade gehen." Ein Blick über die Schulter verriet mir allerdings, dass ich von meinen Freunden noch immer die Einzige war, also wandte ich mich hastig wieder an Indra. Nichts war schlimmer, als ganz alleine dazustehen, während sich alle anderen in der Aula in die Arme fielen. „Was machst du denn hier ganz allein?"

„Ach, es gab irgendein Problem wegen einer fehlenden Unterschrift, deswegen hat mich meine Mutter hergebracht, hat sich aber wieder geklärt."

„Aha." Ich wandte mich wieder dem Altar zu, sah aber nicht mehr richtig hin. Mir fiel nichts ein, worüber ich mit Indra reden konnte. Mit ihren schwarzen Klamotten und den Bandlogos auf ihrem Rucksack war sie so ganz anders als ich. Mein Blazer war zwar auch schwarz, allerdings trug ich darunter eine edle, weiße Bluse und eine goldene Kette rundete mein Outfit ab.

„Warum siehst du immer so steif aus?", fragte Indra unverhohlen.

„Wie bitte?"

„Du siehst immer aus, als hätte dir jemand einen Besenstiel auf den Rücken gebunden."

„Eine gerade Haltung ist wichtig für die Gesundheit und stärkt die Wirbelsäule", rezitierte ich meine Mutter, wobei es mehr nach einer Verteidigung klang, als nach einer Erklärung.

„Ja, das hat meine Mutter mir auch immer gesagt, und trotzdem mache ich einen Buckel, wenn ich Chips esse", entgegnete Indra. „Ich hab dich aber bei der Party gesehen und selbst da hast du ausgesehen wie eine Puppe. Viel zu perfekt, um menschlich zu sein." Sie endete mit einem Quieken, was vermutlich ein Kichern sein sollte.

„Können wir jetzt zu dem Punkt vorspulen, an dem du mir erklärst, warum du mich ansprichst?", konterte ich spitz.

„Oh, natürlich." Sie deutete auf die Bilder an der Wand. „Wer sind die Beiden?"

Ich blinzelte überrascht. Ihre Frage klang so absurd, dass ich beinahe geglaubt hätte, es mir nur eingebildet zu haben, doch ihr neugieriger Blick verriet etwas anderes.

„Das sind Tommy und Carmen", sagte ich. Als ich ihre Namen aussprach, wurde meine Stimme vor Ehrfurcht leiser.

Indra sah nicht aus, als würde ihr diese Antwort ausreichen. „Emma hat ein Foto von ihr auf ihrem Schreibtisch stehen."

„Warum fragst du sie dann nicht einfach selbst, wer die Beiden sind?", gab ich schnippisch zurück.

„Wenn du wirklich mit Emma so gut befreundet wärst, wie du tust, wüsstest du, warum", entgegnete Indra schlicht.

Zu spät erkannte ich meinen Fauxpas. Natürlich wusste ich, warum. Sie konnten sich nicht ausstehen. Emma würde ihr wohl kaum die ganze Tragödie berichten.

Dennoch hatte Indra unbewusst etwas angesprochen, was ich mir selbst nicht eingestehen wollte.

„Sie wurden ermordet", erzählte ich ihr, ohne sie dabei anzusehen. Stattdessen blickte ich hoch und sah erst Tommy in seine Augen, dann Carmen. „Mehr nicht. Es gibt keine schmutzigen Details."

„Die gibt es immer", dachte Indra laut. „Meistens sind sie nur gut verborgen."

Und mit diesen Worten machte sie auf dem Absatz kehrt und ließ mich allein.

Ich blieb noch einen Moment lang am Altar stehen, obwohl ich Jenna und Gina entdeckte, die gerade eintraten, und dachte über Indras Worte nach. Unwillkürlich dachte ich an die Blumen, deren Ursprung ich nicht kannte, und fragte mich, wie viel meine Freundinnen noch vor mir geheim hielten.

Und ob jemand, der Geheimnisse vor dir hatte, wirklich dein Freund sein konnte.

Könnte ich, die eine Beziehung geheim hielt, ihnen

einen Vorwurf machen?

Emma

„Ich hab noch nie im Schlossrestaurant gegessen!", rief meine Mutter und klatschte aufgeregt in ihre Hände. Mein Vater, der hinter dem Steuer saß, lachte.

„Ich übrigens auch nicht, Mama", warf Marie neben mir ein. „Und ehrlich gesagt, hätte ich auch drauf verzichten können. Mein Kleid kneift und Mona gibt eine Schlafparty, über die am Montag *alle* reden werden!"

„Alter, beschwer dich nicht", brummte Jan, der ganz außen am Fenster saß. „Erstens nervst du, und zweitens verpasst du nicht viel, wenn deine Freundinnen *schlafen* wollen."

„Als ob!", quietschte Marie unerträglich laut. „Sie hat sogar *Jungs* eingeladen!"

Svea beugte sich vom Beifahrersitz zu uns, so gut sie konnte. „Und jetzt weißt du, warum ich dich nie wieder bei Mona übernachten lassen werde, Liebes."

„Boah, das ist so unfair! Ich werde in zwei Monaten 13!"

„Das ist der Punkt", entgegnete unsere Mutter unbarmherzig. „Als du 4 warst, war es dir egal, ob Jungs zu einer Schlafparty kommen. Mit 8 Jahren hättest du dann ganz laut *Ihh* geschrien. Die Tatsache, dass du heute lieber bei einer Schlafparty mit Jungs wärst, bringt mich dazu, mit dir ein Gespräch über Bienchen und Blümchen zu führen."

Reflexartig hielt ich mir die Ohren zu. „Lalala! Wollt ihr dieses Gespräch nicht lieber woanders führen?"

„Außerhalb des Autos und am allerbesten unter vier Augen?", fügte Jan hinzu.

„Ich kann mich übrigens nicht daran erinnern, dass du mit mir ein solches Gespräch geführt hast."

„Tja, das sagt jetzt einiges über dich aus, *Schwesterherz*", zischte Marie giftig.

„Stimmt!", konterte ich und suchte nach einer schlagfertigen Erwiderung. „Hauptsächlich, dass ich intelligent genug bin, um sowieso ein Kondom zu benutzen!"

„Und bis zur Ehe zu warten", kam ein schwacher Versuch unseres Vaters, dieses Gespräch in eine andere, für ihn angenehmere Richtung zu lenken.

Ich konnte sehen, wie Svea meinem Vater eine Hand auf die Schulter legte und ihn tätschelte. „Ganz bestimmt, Viktor", versicherte sie ihm mit einem unüberhörbar sarkastischen Unterton.

Kurz darauf fuhren wir auf den Parkplatz vor dem Schloss, hielten an und stiegen aus.

Das Schloss war nicht das, woran man im ersten Moment bei dem Namen dachte. Tatsächlich verbarg sich dahinter eine große, gläscrne Kuppel, in deren Überdachung winzige Lampen eingelassen waren, die Nachts wie Sterne aussahen. Vermutlich sollte das Essen deswegen erst um 20 Uhr beginnen.

Vor ein paar Tagen hatte Georg Schneider bei uns angerufen und meinem Vater ein Jobangebot gemacht. Um die Einzelheiten zu besprechen, sollte er zu einem Geschäftsessen kommen – Mitsamt seiner ganzen Familie. Indra und Imran waren mit ihren Eltern unterwegs, weshalb wir tatsächlich nur als Familie Gold auftraten.

Eine angenehme Abwechslung. Egal, wie viel Gift Marie auch noch versprühen mochte, ich genoss diesen Abend in vollen Zügen. Ich hätte es niemals laut gesagt, aber Indra kam mir vor wie ein kleiner Parasit. Diese Veranstaltung erinnerte mich daran, wie es war, bevor ich ihre ständige schlechte Laune ertragen musste.

Wir hatten uns zur Feier des Tages alle schick gemacht. Sogar Jan trug eine Krawatte, die er sich von unserem Vater geliehen hatte. In den letzten Monaten hatte er genug zugenommen, um sein weißes Hemd auszufüllen. Nur sein Jackett schlackerte noch ein bisschen.

Während wir zum Restaurant schlenderten, alberten wir noch herum, als wären wir wie jede andere Familie auch. Selbst meine Mutter wirkte ausgelassener als Daheim, wo sie seit Wochen einen Eiertanz aufführte, um Indra nicht zu verletzen. Imran war das geringere Problem.

Vor dem Restaurant wartete Georg Schneider mit einer Zigarette in der Hand. Neben ihm stand ein Mann ungefähr in seinem Alter, allerdings einen halben Kopf größer und mit Halbglatze. Auch er rauchte.

„Viktor!", rief Georg und schüttelte meinem Vater überschwänglich die Hand. Irgendwann in den letzten Monaten hatten sie sich das *Du* angeboten. „Und hallo Svea." Meiner Mutter drückte er einen angedeuteten Kuss auf die Wange. Uns Kindern nickte er lächelnd zu. „Ich bin so froh, dass dieses Treffen zustande gekommen ist. Das hier ist mein Partner, Amadeus van Holland."

Als ich seinen Namen hörte, spürte ich, wie mir ganz heiß im Gesicht wurde. Ich verlagerte kaum merklich mein Gewicht, um an den Männern vorbei durchs Glas zu schauen, ob vielleicht …

Ich kniff mir selbst in Unterarm. Dante war einfach nur nett zu mir, so wie zu allen anderen auch. Ich sollte aufhören, so oft an ihn zu denken. Es gab keinen ersichtlichen Grund, schon bei der Vorstellung, er könnte auch hier sein, nervös zu werden.

Und ehrlich gesagt war ich noch immer schockiert von der Art und Weise, wie er Cem am Dienstag behandelt hatte. Ich konnte nicht verstehen, wie man einen Freund einfach im Stich lassen konnte.

Die Erwachsenen schüttelten ihre Hände.

„Meiner Frau war es ein bisschen unangenehm, Sie heute zu treffen", erzählte Herr van Holland meiner Mutter. „Ihr gefiel der Gedanke nicht, mit ihrer Frauenärztin zu dinieren."

„Deswegen hab ich mich so hübsch gemacht", witzelte meine Mutter mit einer wegwerfenden Handbewegung. „Sie wird mich gar nicht wiedererkennen!"

Georg warf seine Zigarette auf den Boden und trat sie aus. „So, wollen wir?", fragte er, trat allerdings bereits zur Tür und hielt sie uns auf.

Er führte uns an einen länglichen Tisch in der

hintersten Ecke des Restaurants. Das Licht war gedimmt, damit man die Sterne am Himmel sehen konnte. Beziehungsweise die Stern-Imitationen.

Als ich kurz innehielt und hochschaute, musste ich unwillkürlich lächeln. Es sah so echt aus!

„Hübsch, nicht wahr?"

Als ich seine Stimme hörte, zuckte ich zusammen, als hätte mir jemand einen Eimer kaltes Wasser über den Kopf gekippt. Ich dankte dem matten Licht, welches verhinderte, dass Dante meine roten Wangen bemerkte, als ich zu ihm sah.

Schüchtern nickte ich.

Er deutete auf den freien Stuhl neben sich. „Noch hast du freie Platzwahl."

„Ich gehe ans Kopfende!", verkündete eine melodische Mädchenstimme hinter mir.

Isabel drückte mich aufgeregt an sich, nur um mich anschließend auf Armeslänge von sich weg zu halten. „Okay, wow", bemerkte sie nach einer eingehenden Musterung. „Erstens, dieses hellblaue Kleid steht dir! Für meinen Geschmack ist es ein wenig zu lang, aber … Und zweitens, wie hast du deinen Lidstrich so gut hingekriegt?"

Ich zuckte mit den Schultern. „Übung!"

„Naturtalent", entgegnete sie, als wäre es eine Beleidigung. Kurz darauf zwinkerte sie mir zu.

Sie setzte sich ans Kopfende des Tisches. Ich nahm zwischen ihr und Dante Platz. Uns Gegenüber ließen sich Jan und Marie nieder, während die Erwachsenen bereits mit geschäftlichem Small Talk begonnen hatten.

„Worum geht es hier eigentlich?", wollte Marie neugierig wissen.

„Es soll ein neues Einkaufszentrum gebaut werden", erklärte ihr Dante charmant. „Am nördlichen Wald und so."

Stirnrunzelnd musterte ihn mein Bruder. „Wohnt da nicht noch wer?"

Isabel nickte. „Prinzipiell schon. Der alte Arnold Ambrosius wollte sein Anwesen eigentlich verkaufen. Mündlich hatten er und mein Vater auch schon alles besprochen. Nur noch die Verträge mussten unterschrieben werden. An dem Tag, als Arnold deswegen zu meinem Vater fahren wollte, hatte er einen Herzinfarkt und starb, ohne auch nur *irgendetwas* zu unterschreiben. Das Ende vom Lied ist, dass seine Frau, die das Anwesen geerbt hat, sich nun weigert, zu verkaufen."

„Was ein riesiges Verlustgeschäft wäre", fügte Dante hinzu. „Deswegen hoffen unsere Väter auch noch, Familie Ambrosius umstimmen zu können."

„Und dann ist auch noch ihr Architekt abgesprungen. Es war meine Idee, deinen Vater zu fragen!" Isabel warf mir einen vielsagenden Blick zu.

Ich dachte über die Geschichte nach. „Ambrosius", wiederholte ich langsam. „Irgendetwas klingelt da in meinen Ohren."

„Vermutlich klingelt da Agnes", erklärte mir Dante mit einem verschmitzten Grinsen auf den Lippen. „Sie geht in Jennas Klasse und ist die Enkelin unseres allseits geliebten Arnold."

„Möge er in Frieden ruhen", pflichtete Isabel ihm bei

und hob ihre Cola wie zu einem Toast. Zumindest nahm ich an, dass die dunkle Flüssigkeit in ihrem Glas Cola war.

„War da nicht letztes Jahr irgendein Unfall?", fragte Jan in die Runde. „Ich meine, die Ambrosius' hatten mehrere Kinder, aber irgendeines ist bei ihnen auf dem Grundstück tödlich verunglückt."

„Können wir nicht über etwas anderes reden?", ging Marie genervt dazwischen. „Ich will nicht den ganzen Abend über schlimme Dinge sprechen. Mein Leben ist schon tragisch genug!"

Als ich Isabels fragenden Blick bemerkte, raunte ich ihr zu: „Sie durfte nicht zu einer Schlafparty."

„Waren Jungs eingeladen?" Als ich nickte, gab sie einen bedauernden Ton von sich. „Das ist echt hart, Emma!"

Ich wurde abgelenkt von Kellnern, die die ersten Teller mit Vorspeisen brachten.

Das nannte ich gutes Timing.

Zwischen dem Hauptgericht und der Nachspeise brauchte ich eine Pause. Das Essen war gut, viel besser, als ich erwartet hätte, und die Portionen waren riesig. Viel größer, als es im Fernsehen in Nobelrestaurants aussah.

„Ich brauche frische Luft", verkündete Dante und schob seinen Stuhl zurück.

Als er plötzlich seine Hände auf meine Schultern legte und sich so nah zu mir herunterbeugte, dass ich seinen Atem in meinem Nacken spüren konnte, verschluckte ich mich an meiner Limonade.

„Willst du mitkommen?", fragte er unschuldig.

„Ich?", fragte ich zurück, als könnte ich noch nicht einmal bis Drei zählen.

Er lachte. „Ich kann auch Isabel fragen …"

„Vergiss es", brummte diese und strich über ihren Bauch. „Ich bin so voll, ihr müsstet mich nach draußen rollen. Und das kann ich diesem wundervollen Kleid nicht antun! Geh mit Emma. Ich wollte eh Marie gerade etwas fragen."

„Was denn?", piepste meine kleine Schwester überrascht.

„Welche Jungs du heute verpasst -"

„Okay, ich gehe", rief ich hastig und folgte Dante nach draußen.

Ein frischer Wind begrüßte uns, als wir durch die gläserne Tür traten. Obwohl ich meine Jacke drinnen vergessen hatte, war mir nicht kalt. Die Tatsache, hier ganz allein unter freiem Himmel mit Dante van Holland spazieren zu gehen, sorgte ganz allein dafür, dass mir warm wurde.

Ich hoffte nur inständig, man merkte es mir nicht an.

Als wir unter einer Straßenlaterne durchliefen, warf ich einen Blick zu ihm rüber.

Scin Lächeln war verschwunden, er wirkte beinahe zerknirscht.

Ich blieb stehen. „He, was ist los?"

Er tat es mir gleich, seine Hände in seinen Hosentaschen steckend, und schaute zu Boden. Zuckte mit den Schultern. Dann: „Ich fühle mich irgendwie schlecht bei dir."

Autsch. Seine Offenbarung fühlte sich schlimmer an,

als ein Schlag mitten ins Gesicht. All meine Hoffnungen zerbarsten und fielen klirrend auf den Boden meiner Selbst.

Plötzlich spürte ich die Kälte um mich herum. Sie stach in meine Haut wie tausend kleine Nadeln.

Als er seinen Kopf hob und mir direkt in die Augen sah, konnte ich nicht fassen, wie viel Schmerz ich darin sah. Er gab mir einen Korb – ohne, dass zwischen uns auch nur *irgendetwas* gelaufen war – und *ihm* tat es weh?

Sogar in meiner Welt klang das völlig falsch.

„Ich weiß, dass meine Freunde nicht die besten Menschen sind. Ich meine, Jenna kann ein ziemliches Biest sein. Und wie sie Cem bei der Party abgefertigt hat, war vermutlich auch nicht fair. Aber ..." Er atmete tief ein und aus, suchte nach den richtigen Worten. „Ich hab immer gedacht, ich könnte das, was wir anderen antun, wieder gutmachen, wenn ich ansonsten nicht schlecht bin. Türen aufhalten, gut in der Schule sein, so was eben. Und dann kamst du!"

Ich starrte ihn mit halboffenem Mund an. „Hä?", war alles, was ich herausbringen konnte.

Er seufzte, als würde ihm all das hier ziemlich schwerfallen. „Ich bin noch nie einem Mädchen wie dir begegnet", sagte er, und hielt meinem Blick stand. „Und die Art, wie du mich angesehen hast, als ich Cem angerempelt hab, hat mich echt fertiggemacht."

Noch immer verstand ich kein Wort. „Es ist auch nicht gerade nett, sich gegen einen Freund zu stellen ..."

„Hab ich nicht", entgegnete er schlicht. „Ich war nur nicht auf Cems Seite."

Und in diesem Moment begriff ich. „Du hast das für Tommy getan."

Als ich seinen Namen sagte, wandte Dante den Blick von mir ab und schaute gen Himmel. Schluckte. Als er mich wieder ansah, konnte ich Tränen in seinen Augen glitzern sehen. „Ich kann nicht glauben, dass er nicht mehr hier ist. Es klingt blöd, aber manchmal vergesse ich, was passiert ist. Morgens, wenn ich noch im Halbschlaf bin, zum Beispiel. Und dann denke ich darüber nach, was ich am Nachmittag machen könnte, und dass ich mich ja vielleicht mit Tommy treffen könnte. Und dann fällt es mir wieder ein."

Es zerriss mir mein Herz. Mit jeder Faser meines Körpers verstand ich ihn. All die Male, an denen ich mir wünschte, mit Carmen ins Kino zu gehen. Oder mit ihr ein Referat vorzubereiten, ohne dass wir wirklich viel für die Schule taten.

Überhaupt einfach nur mit ihr Zeit zu verbringen … All diese Male, in denen ich mir das gewünscht hatte, konnte ich nicht mehr zählen.

Sie fehlte mir.

„Ich weiß, was du meinst", sagte ich leise und schlang die Arme um mich. „Nach dieser verkorksten Party hab ich mir eine alte Hörspielkassette angehört, die Carmen und ich in der Fünften gemacht haben. Total dumm, aber es tat so gut, ihre Stimme zu hören."

„Wird es irgendwann leichter, sie zu vermissen?",

fragte er mich leise.

„Ich weiß es nicht!", gab ich zu und eine Träne kullerte meine Wange herunter.

Dante trat auf mich zu. Er hob seine Arme und legte sie um mich, drückte mich sanft an seine Brust.

In diesem Moment wurde mir etwas klar.

Dante, ich und die anderen, die man Goldkinder nannte, wir hatten eine Gemeinsamkeit. Wir alle waren die Zurückgebliebenen.

Er hielt mich solange in seinem Arm, bis Isabel nach uns rief.

„Ich wollte euch ja nicht stören", entschuldigte sie sich, als sie bei uns ankam, „aber ich hab da zwei Sachen. Erstens, der Nachtisch ist da. Und zweitens: Ich hab eine Idee, wie wir unseren Eltern helfen können!" Entweder war sie so aufgeregt, dass sie unsere Tränen tatsächlich nicht sah, oder sie ignorierte sie gekonnt. Um ehrlich zu sein, ich war froh darum.

„Schieß los", sagte Dante um einen unbekümmerten Tonfall bemüht und trat unauffällig einen halben Schritt von mir weg.

„Wir müssen uns mit Agnes anfreunden und so an schmutzige Details rankommen."

Ich lachte freudlos. Als sie mich mit ihrem Todesblick strafte, verschluckte ich mich. „Du meinst das ernst?"

„Natürlich meine ich das ernst. Während ihr hier draußen gekuschelt habt -"

„Wir haben nicht gekuschelt!"

„- hab ich darüber nachgedacht, warum man

unbedingt den Ort behalten will, wo man ein Kind verloren hat. Ich wette, die Ambrosius' haben etwas zu verbergen!"

„Und dann?", wollte Dante gelangweilt wissen. „Willst du die Familie erpressen?"

Ganz offensichtlich kannte Dante Isabel nicht so gut wie ich. Als sie sich daraufhin aufbaute und ganz selbstsicher „Ja!" sagte, war ich nicht einmal überrascht – Er schon.

„Isabel, das kannst du nicht bringen!", rief er aus.

„Ach nein?", gab sie brüsk zurück. „Ich tue das nicht für mich, klar? Mein Vater musste in den letzten Monaten sehr viel zurückstecken und er verdient diesen kleinen Erfolg! Wenn ich dafür eine Vierzehnjährige verarschen und erpressen muss, dann mach ich das auch!"

Eine Weile sagte keiner von uns ein Wort. Zwischen uns schwebte diese plötzliche Stille, die immer dann aufkam, wenn man etwas sagen wollte, aber nicht wusste, wie.

Unwillkürlich musste ich an Jenna denken, und wie sie mir eingeschärft hatte, jetzt dazuzugehören. Und was das bedeutete.

„Okay", brach ich das Schweigen schließlich. Ich sprach vorsichtig, als würde ich ein ängstliches Kind beruhigen. „Ich helfe dir."

„Danke." Sie sah auffordernd zu Dante. „Und was ist mit dir?"

Augenblicke verstrichen. Ich beobachtete ihn, wie sein Kiefer mahlte. Schließlich gab er widerwillig nach. „Bin dabei."

Damit war es besiegelt. Wir würden eine Gleichaltrige in den Abgrund stürzen.

Und ihr das Schlimmste antun, was man einer Mitschülerin nur antun konnte.

Kapitel Drei

Fabienne

Eifersucht war ein stinkendes, grünes Monster, welches sich von hinten an dich heranschlich, in einem unbeobachteten Moment seine Klauen nach dir ausstreckte und sich dann an dir festsaugte. Ganz langsam nahm es von dir Besitz. Es kroch durch deine Glieder in deine Knochen hinein, stetig die Wirbelsäule hoch, nur um sich dann in deinem Herzen einzunisten, wo du es nur noch schwer wieder loswurdest.

Ich hasste dieses Monster. Ich hasste den schmerzenden Stich in meiner Brust, als hätte mich jemand mit einem Messer attackiert, immer dann, wenn Isabel mit Emma in den Pausen vom Tisch aufstand und sie zu Zweit verschwanden, ohne dass sie sich noch einmal zu mir umdrehten. Ich hasste die Selbstsicherheit, mit der Gina immer in Jennas Nähe blieb, als wären sie bloß zwei Seelen in getrennten Körpern. Ich hasste Dante und Henrik, die so eng miteinander verbunden waren, dass sie nicht mehr die ganze Zeit zusammen hocken mussten.

Aber vor allem hasste ich die Tatsache, dass ich ganz alleine war.

Niemand drehte sich mit einem wissenden Grinsen zu mir um, wenn der Lehrer „Tut euch zu Zweit zusammen!" rief. Niemand teilte sich mein Essen, als wäre es selbstverständlich. Für niemanden war ich die beste Freundin. Sicher, es gab immer noch Cho. Aber die sagte so wenig, dass ich noch nicht einmal wusste, wie es ihr ging, wenn ich sie direkt nach ihrem Befinden fragte. Sie war einfach nur bei uns, wie ein Schatten, und profitierte von unserem Glanz.

Ich konnte mich noch gut an eine andere Zeit erinnern. An die Grundschul-Tage, als es nur Jenna, Isabel und mich gegeben hatte. Als wir ein starkes Trio waren, eine undurchdringbare Mauer. Da hatte es keine Gina und auch keine Emma gegeben. Und wir waren trotzdem glücklich gewesen. Zufrieden. Wir hatten gespielt und uns über andere lustig gemacht und uns wie kleine Prinzessinnen aufgeführt.

Wann hatte das bloß aufgehört?

Ein Teil von mir wünschte sich diese Tage zurück. Ein winziger, von der Eifersucht besessener Teil, wollte Gina und Emma einfach wegstoßen.

Was aber überwog, war mein schlechtes Gewissen, wann immer ich über so etwas nachdachte. Im Grunde genommen wollte ich einfach nur dazugehören.

Ich war mir nicht ganz sicher, was ich dagegen tun konnte. Statt etwas zu sagen, blieb ich einfach in der metaphorischen zweiten Reihe stehen.

Bis ich am Montag Zeugin einer unglaublichen Tat wurde: Als ich zur Schule kam, waren Emma und Isabel bereits da. Sie standen zusammen mit Dante vor dem Eingang unseres Traktes und unterhielten sich. Allerdings verstummten sie augenblicklich, als ich mich zu ihnen gesellte.

Ein unerträgliches Schweigen entstand.

„Echt mieses Wetter", schnitt Emma ein unverfängliches Thema an und spielte auf meinen vom Regen nassen Mantel an.

Das alte Monster Eifersucht schrie in mir. Ein Teil von mir wollte Emma die Augen auskratzen. Ironischerweise sah man mir nichts davon an. Ich beherrschte meine Maske perfekt.

Stattdessen lächelte ich und fragte: „Worüber habt ihr eben gesprochen?"

„Nichts Wichtiges", antwortete Isabel mit einem Schulterzucken.

Ich wusste, dass sie mich anlog. Direkt ins Gesicht. Ich war ihr noch nicht einmal die Wahrheit wert.

Henrik tauchte auf. „Wir haben Physik", meinte Dante und verabschiedete sich von uns. Sich kabbelnd, schlenderten die Jungs davon.

„Ich finde wirklich, die Schule sollte ihre Warte-Regel vor den Trakten überdenken", dachte Isabel laut. „Wir sind ja wohl alt genug, um die Schule nicht in die Luft zu sprengen."

„Und überleg mal, wenn jetzt ein Amokläufer hereinspazieren würde, wären wir ein ziemlich leichtes Ziel", sagte Emma.

„Warum sollte jemand noch vor der ersten Stunde einen Amoklauf machen?"

„Warum nicht?"

„Weil es der letzte Tag auf Erden ist? Ich würde ausschlafen wollen."

Isabels Kommentar brachte mich zum Schmunzeln. Es erinnerte mich daran, wie einfach sie doch gestrickt war. Als wir noch jünger gewesen waren, hatte ich mir ihre Gedankengänge immer wie ein Tetris-Spiel vorgestellt.

„Ach, wo wir schon dabei sind", fügte sie hinzu. „Wie geht es eigentlich Justus?"

Ich warf Emma einen Blick zu. Sie sah auf einmal gar nicht mehr so erfreut aus. Wobei sie mit ihrer hellblauen, unförmigen Regenjacke auch generell nicht viel zu lachen hatte.

„Keine Ahnung, er geht mir irgendwie aus dem Weg", murmelte sie.

Ich öffnete meinen Mund, um etwas Tröstliches zu sagen, als Isabel mir zuvorkam. „Jeanette ist übrigens nicht mehr mit Nick zusammen. Sie hat sich gestern nach dem Spiel von ihm getrennt."

„Immerhin hat sie bis nach dem Spiel gewartet", witzelte Emma.

Und irgendetwas zwischen ihren Worten und dem Augenblick, als ich zu ihnen gestoßen war, brachte mein persönliches Fass zum Überlaufen.

„Warum tut ihr das?", fragte ich sie eine Spur zu energisch. Ich klang beinahe wütend. Dabei wollte ich gar nicht wütend sein.

Isabel und Emma sahen mich mit großen, verwirrten Augen an. „Was genau meinst du?", hakte der blonde Engel nach.

„Ihr habt aufgehört zu reden, als ich zu euch gekommen bin", erinnerte ich sie. „Ihr schließt mich aus. Schon seit Monaten! Ich dachte, wir wären

Freunde."

Isabel verzog ihr Gesicht zu einer merkwürdigen Fratze. „Freunde?", wiederholte sie süffisant. Ein eiskalter Schauer lief mir über den Rücken. „Wenn wir so gute Freunde sind, warum hast du uns dann nichts von dir und Percy erzählt?"

Unwillkürlich, als hätte sie mir ins Gesicht geschlagen, trat ich einen Schritt zurück. Emma seufzte laut. „Das hat sie nicht so gemeint", versuchte sie Isabel zu retten, doch diese grunzte bloß.

„Ich hab jedes Wort genau so gemeint. Wenn Fabienne denkt, wir wären keine Freunde, dann sind wir das wohl auch nicht."

Just in diesem Augenblick lief unser Klassenlehrer Herr Maßlab mit einem Schlüssel für die Trakte an uns vorbei. Augenblicklich machte Isabel auf dem Absatz kehrt und folgte ihm.

„Ich rede mit ihr", versprach Emma noch, ehe sie unserem blonden Engel hinterherlief.

Wie erstarrt blieb ich zurück. War mir nicht ganz sicher, was eben passiert war.

Ohne ganz zu wissen, was ich tat, machte ich auf dem Absatz kehrt und ging.

Ich stolzierte hocherhobenen Hauptes an den anderen Schülern vorbei und aus der Schule hinaus. Es war mir egal, wer mich dabei beobachtete.

Wichtig war nur eins: Ich wollte verschwinden.

Hinter unserer Schule gab es ein großes Feld mit einem Wäldchen. Ich lief durch die tiefhängenden Äste und Büsche hindurch, einen schmalen

Trampelpfad entlang, bis hin zu einer kleinen, steil abfallenden Erhöhung. Ich sprang vorsichtig herunter.

Ich lief den Weg zwischen kahl gewordenen Bäumen entlang. Es war nicht mehr so schön wie im Sommer, als ich mit Percy hier war, aber es genügte mir.

Als ich den Tümpel erreichte, setzte ich mich ans Wasser und starrte die spiegelnde Oberfläche an. Meine Jacke war zu kurz, weshalb ich mit meinem Hintern direkt auf dem nassen Boden saß. Der Jeansstoff saugte sich immer weiter voll.

Es interessierte mich nicht. Ich zog meine Knie an mich, schlang meine Arme darum, bettete mein Kinn obenauf und seufzte.

Es kam mir so vor, als wäre mein Leben nicht mehr mein Leben. Vor noch nicht allzu langer Zeit hatten sich alle darum gerissen, mit mir befreundet zu sein. Ich musste nie einen zweiten Gedanken daran verschwenden, eventuell ganz alleine nach Hause zu gehen. Im Zweifelsfall hatte es immer Isabel und mich gegeben.

Und jetzt hatte ich gar keinen mehr.

Hinter mir raschelte es. Ich dachte an all die Geschichten über Mädchen, die mitten im Wald überfallen und vergewaltigt worden waren, und blieb einfach sitzen. So konnte wenigstens ein Penner seinen Spaß mit mir haben.

„Hier bist du also."

Als ich seine Stimme hörte, füllten sich meine Augen unwillkürlich mit Tränen.

Ich hörte, wie er hinter mir in die Hocke ging, und

spürte seinen Arm, der sich um meine Schultern legte und an sich zog.

„Was machst du hier? Du musst doch zur Schule", fragte ich, und lehnte mich gegen seine Brust.

„Hab zur Dritten", antwortete Percy noch immer mit einem Schmunzeln. „Emma hat mich angerufen, als sie dich nach irgendeinem Streit mit Isabel nicht in der Klasse gesehen hat. Sie meinte, du wärst ziemlich aufgelöst gewesen, und hat sich Sorgen gemacht." Er strich mir sanft über meine Schultern. „Ich sollte dich wohl fragen, warum du mir aus dem Weg gegangen bist", sagte er ruhig. „Aber ich schätze, es ist wegen dem, was auf der Halloweenparty passiert ist. Und damit meine ich nicht diesen Oscar-reifen Auftritt von diesem Idioten."

„Mir ist nur klar geworden, dass wir niemals offiziell zusammen sein können."

„Oh man", seufzte er und nahm von hinten meine Hände in seine. „Odine hält dich für eine Zicke, aber das ist selbstgemachtes Leiden. Ich wette mit dir, meine anderen Schwestern werden dich lieben. Vor allem Nola. Ich glaube, ihr Beide schwebt auf derselben Wellenlänge. Und meine Eltern würden dich sicher sehr gern kennenlernen, wenn ich ihnen von dir erzählen dürfte."

„Meine Eltern würden mich umbringen." Diese Tatsache machte mich traurig. „Seit ich denken kann, war ich ihre liebe, brave Tochter. Nie hatte ich Widerworte. Ich hab immer alles genau so getan, wie sie es von mir verlangten. Und wenn ich schon keine Freunde mehr habe, sollte ich es mir nicht auch noch mit meinen Eltern verscherzen."

Mit einer Hand ließ er die meinen los und strich mein Haar hinters Ohr. „Ich wette, du siehst das alles viel dramatischer, als es tatsächlich ist. Rede doch einfach nochmal mit Isabel. Sie wird es sicher verstehen."

„Was denn?", entgegnete ich brüsk, beugte mich energisch vor und sah ihm in die Augen.

Und da fiel es mir wie Schuppen von den Augen. Wie sie ganz alleine dagestanden hatte, als Jenna verkündet hatte, die ganze Sache mit Tommy würde sie noch verrückt machen. Wie wir alle glaubten, Tommy wäre nicht umgebracht worden, nur Isabel davon überzeugt war.

Und wie ich sie mit dieser Überzeugung alleine gelassen hatte.

„Ich hab sie im Stich gelassen."

„Hey." Seine Stimme war ein Flüstern. Er legte einen Finger unter mein Kinn und zwang mich, ihm wieder in die Augen zu blicken. „Hab ich dir jemals gesagt, wann ich wusste, dass ich mit dir zusammen sein will?"

Ich schniefte. Schüttelte meinen Kopf.

Percy lächelte auf eine Art, die mich plötzlich mit Liebe füllte. „Immer, wenn ich dich mit Jenna zusammen gesehen hab, fragte ich mich, warum ihr euch wie Puppen aufgeführt habt. Ihr wart so aalglatt. Nie hab ich auch nur den Hauch einer Emotion in euren Gesichtern gesehen. Als wärt ihr gar keine Menschen. Und dann war da diese Sache an der Spuckbrücke, als ich gesehen hab, wie du über das Geländer klettern wolltest. Da war etwas in deinem Blick, was ich bis dahin noch nie in einem anderen Gesicht gesehen habe. Eine … Traurigkeit, die so tief geht, dass sie die Seele verändert.

Da wusste ich, wie schön du bist.

Ich wollte dich unbedingt kennenlernen. Also hab ich dich von der Schule abgeholt, erinnerst du dich? Und bin mit dir hierher gekommen. Und du warst ein arrogantes, zickiges, vorlautes Biest. Und unglaublich taff.

Da wusste ich, wie stark du bist."

Er umfasste mein Gesicht mit beiden Händen. „Ich weiß noch, wie wir uns am Samstag darauf auf dem Wochenmarkt getroffen haben. Du hast mich ignoriert, weil Jenna irgendetwas erzählt hatte, und wolltest vor mir weglaufen. Aber du warst so aufgeregt und nervös, ich konnte dich einfach nicht so gehen lassen. Als ich den Grund erfuhr, wusste ich es – Ganz egal, was ich tun müsste, ich wollte mit dir zusammen sein."

Tränen flossen über meine Wangen. Ich war mir nicht sicher, wann ich angefangen hatte zu weinen. Seine Worte taten weh und heilten zugleich.

Er schlang seine Arme um mich und drückte mich an sich. Ihm schien die feuchte Erde genauso wenig etwas auszumachen wie mir.

Und das brach schließlich endgültig den Damm. Ich heulte; ich heulte so sehr wie noch nie in meinem Leben.

„Niemand ist ein schlechter Mensch, bloß weil er einmal einen Fehler macht", sagte er, und es klang wie ein Versprechen.

Isabel

„Warum takelst du dich so auf?“, fragte Emma.

Unsere Blicke trafen sich im Spiegel, während ich an meiner blau-weiß gestreiften Strickjacke mit Schleifen oberhalb der Taschen herumzupfte. Darunter trug ich ein weißes Top mit Rüschen am Saum. Eyecatcher waren goldene Kreolen.

„Ich will nicht aussehen, als würde ich zu einer Selbsthilfegruppe gehen“, antwortete ich und überprüfte ein letztes Mal meine Locken. Jede einzelne saß perfekt.

„Aber du *gehst* zur Selbsthilfegruppe.“

„Emma, du bist wirklich keine Hilfe, wenn du mich schon vorher runterziehst!“

Sie rollte wortlos mit ihren braun-grünen Augen. Grinsend tippte ich auf den Spiegel. „Ich kann dich sehen!“

„Gut.“ Und prompt streckte sie ihre Zunge raus.

Sie saß im Schneidersitz auf meinem Bett und blätterte den Flyer durch, den Ingrid mir letzte Woche in meine Schultasche gesteckt hatte. „Warum genau gehst du da jetzt nochmal hin?“

„Ich hab einen Deal mit Ingrid“, erklärte ich ihr zum dritten Mal. „Wenn ich da heute einmal hingehe, lässt sie mich für den Rest meines Lebens mit so etwas in Ruhe.“

„Ich find's gut, dass du ihr eine Chance gibst.“

„Oh Darling, täusche dich da mal nicht. Ich hasse

Ingrid immer noch." Neben meinem Spiegel stand eine Kommode, auf der ich all meine Schminkutensilien lagerte. Ich griff in einen Korb und nahm mir einen golden schimmernden Lipgloss heraus. „Da meine Mutter aber noch in der Klapse festsitzt und irgendwer für mich kochen muss, habe ich mich mit der Situation abgefunden." Ich tupfte ein wenig Gloss auf meine Unterlippe und verteilte anschließend alles gleichmäßig auf meinen Mund.

Emma sah mich aufmerksam an. „Wie geht es deiner Mutter eigentlich?", fragte sie vorsichtig.

Ich zuckte mit den Achseln. „Mein Vater telefoniert hin und wieder mit ihrem Arzt. Vielleicht fahren wir Weihnachten zu ihr. Je nachdem, wie es ihr dann geht. Was läuft da eigentlich zwischen dir und Dante?"

Mit dem Lipgloss in einer Hand und einem kecken Grinsen im Gesicht, wandte ich mich meiner Freundin zu.

Reflexartig richtete sie ihren Blick auf den Flyer und lief knallrot an. „Da läuft gar nichts!", quiekte sie einige Oktaven zu hoch.

Lachend warf ich den Lipgloss zurück in seinen Korb, durchquerte mein Zimmer und setzte mich vor sie auf mein Bett. „Dir ist doch klar, wie schlecht du lügen kannst, oder? Spiel bitte niemals Poker!" Ich nahm ihr den Flyer weg, damit sie mich ansah. „Ich möchte nicht, dass wir irgendetwas voreinander verheimlichen, so wie Fabienne."

Sie sah mir in die Augen. Dann nickte sie. „Ich auch nicht."

„Dann erkläre mir, was dich davon abhält, auf Dantes Flirtversuche einzugehen! Ich verstehe es nämlich wirklich nicht. Er ist total scharf, extrem beliebt *und* seine Eltern sind stinkreich."

„Wie gut, dass du nicht oberflächlich bist", witzelte sie. Ein tiefes Seufzen folgte. „Ich weiß auch nicht. Ich mag Dante, er ist echt nett und so, aber irgendwie … Na ja, wie du schon sagtest. Er sieht gut aus und ist beliebt. Er könnte jede haben! Was sollte er schon von einer wie mir wollen."

„Wie kann es sein, dass du immer so selbstsicher bist, und jetzt so schüchtern?"

„Ich kann mir eben nicht vorstellen, dass sich irgendwer in mich verlieben könnte."

„Emma Gold!", sprach ich ihren Namen voller Empörung aus. „Du bist so ziemlich das liebenswürdigste Mädchen auf der ganzen Welt!"

Sie lächelte zaghaft. „So toll bin ich nun auch wieder nicht. Und jetzt hören wir auf, über unwichtige Dinge zu sprechen. Wir müssen los. Also hopp!"

Es gab in Neustadt-Hausen ein Kurhaus, in dem auch das Sozialzentrum untergebracht war, wo sich die Selbsthilfegruppe traf. Genau dorthin fuhren wir mit dem Bus. Das Gebäude stand im Tierviertel, einer eher heruntergekommenen Gegend.

An Orten wie diesen brauchte man auch ganz dringend Sozialhelfer.

„Warst du schon mal da?", wollte Emma wissen. Wir waren gerade aus dem Bus gestiegen.

Ich schüttelte meinen Kopf. „Und du?"

Zu meiner Verwunderung nickte sie. „Meine Mutter hat mal mit Susann, Justus' Mutter, Mützen und Schals und so was gestrickt und die beim Weihnachtsmarkt im Kurhaus verkauft. Und ich war da mal in einer Jugendtheatergruppe, zusammen mit Jan."

„Wow, und ich kann noch nicht einmal mit einem Krippenspiel in der Gemeinde meines Onkels trumpfen."

„Wie, dein Onkel ist Pastor?"

„Pfarrer", korrigierte ich sie automatisch. „Wir Schneiders sind katholisch. Mehr oder weniger. Mein Onkel ist sogar hier in Neustadt-Hausen stationiert. Sagt man das so? Ist auch egal. Wusstest du das nicht?"

Sie schüttelte überrascht ihren Kopf. „Dann war der Typ, der die Grabrede auf Tommys Beerdigung gehalten hatte, dein Onkel?"

Ich nickte, noch immer ein wenig überrascht, dass Emma nichts von meinem eigenen *Pastor Lars Iwanow* gewusst hatte. Obwohl wir erst seit ein paar Monaten befreundet waren, fühlte es sich so an, als wüsste sie alles über mich.

Die Tatsache, dass es nicht so war, erinnerte mich schmerzlich an die Zeit, als ich Emma noch wie die Pest gemieden hatte.

Unwillkürlich musste ich an Fabienne denken. Und prompt hatte ich ein schlechtes Gewissen.

„He, woran denkst du?", holte Emma mich zurück aus meinen Gedanken.

„Ich habe gerade beschlossen, mich bei Fabienne zu

entschuldigen."

„Puh, Gott sei Dank!", rief Emma aus. „Wir könnten am Wochenende eine Pyjama-Party veranstalten. Ich kann meine Eltern fragen, ob wir den Dachboden kriegen. Wenn wir Indra auch einladen, haben sie sicher kein Problem damit!"

Ich schmunzelte. So wie ich Emma kannte, grübelte sie schon seit Fabiennes Verschwiegenheit heute in der Schule über diesen Vorschlag nach. „Pyjama-Party klingt gut. Ich backe Brownies!"

„Ähm, lieber nicht. Du kannst nicht backen."

Wir erreichten das Kurhaus. Von außen betrachtet wirkte es wie jedes andere, größere Gebäude auch. Ein Schild war an der Außenmauer angebracht, wo jede einzelne Stelle gekennzeichnet war.

Kommunaler Sozialdienst: Erdgeschoss, linker Flügel. Städtische Bücherei: Erdgeschoss, rechter Flügel. Polizeirevier 02: Etage 1, linker Flügel. AIDS-Nothilfe: Etage 1, rechter Flügel. Städtisches Sozialzentrum: Etage 2.

„Wir müssen hoch. Sehr weit hoch. Klingt nicht grad verlockend. Komm, wir gehen wieder." Ich wollte schon wieder umdrehen, als Emma ihren Arm ausstreckte und mich zurückhielt. „Vergiss es, meine Liebe. Die Gruppe fängt in 5 Minuten an. Wir kommen genau rechtzeitig!"

Wir klingelten und als der Summer ertönte, öffnete Emma die Tür.

„Es gibt noch nicht einmal einen Fahrstuhl!", jammerte ich und steuerte die Treppe an. „Noch können wir umdrehen, weißt du?"

„Ich weiß", lachte Emma und drückte mich zur Treppe.

Das Sozialzentrum nahm eine ganze Etage ein. Eine Frau an einem kleinen, schäbigen Empfangstresen, auf dem ein Strauß frischer Rosen blühte, erklärte uns, die Trauergruppe wäre im zweiten Gruppenraum des linken Flurs. Wir folgten ihren Anweisungen und gelangten in einen Raum von der Größe unseres Kaminzimmers. Ein halbes Dutzend Jugendlicher saß hier in einem Kreis um einen Erwachsenen herum, der aufstand, als Emma und ich den Raum betraten. Mit einem einladenden Grinsen kam er auf uns zu.

„Zwei neue Gesichter! Herzlich Willkommen!" , begrüßte er uns und schüttelte unsere Hände. „Mein Name ist Thomas Buchsbaum und ich bin Leiter dieser Gruppe. Setzt euch einfach dazu. Nick? Kannst du bitte -"

„Wird gemacht!" Ein rothaariger Typ mit unzähligen Sommersprossen im Gesicht war bereits aufgestanden. Ohne dass ich selbst wusste, was dieser Typ wollte, ging er zu einem Stapel mit Stühlen und nahm zwei herunter. Während er sie zum Stuhlkreis brachte, rutschten die anderen zur Seite.

Es kam mir beinahe so vor, als hätte jeder hier längst auf mich gewartet. Schweigend nahmen Emma und ich Platz. Der Rothaarige saß direkt neben mir. Sobald ich mich auf meinen Hintern gesetzt hatte, beugte er sich zu mir rüber. „Hi, ich bin Nick."

Ich versuchte zu lächeln, schaffte es aber nicht. „Isabel."

Jetzt, wo ich tatsächlich hier saß, zwischen diesen Mädchen und Jungen, die wie ich einen Verlust hinter sich hatten, fühlte ich mich wie auf dem Präsentierteller. Einige von den anderen Jugendlichen musterten mich und Emma von oben bis unten. Vermutlich fragten sie sich, was genau passiert war. In ihren Köpfen sammelten sich gerade obszöne Ideen und sie alle waren auf die schmutzigen Details aus … Ich wollte abhauen und verschwinden. Auf der Stelle.

„Ich freue mich immer wieder darüber, neue Gesichter kennenzulernen, auch wenn der Grund unseres Zusammenseins so traurig ist", eröffnete Thomas die Runde, nachdem er sich auf seinen Stuhl gesetzt hatte. Seine Stimme hatte einen tiefen Unterton, als würde er den Grund für dieses Treffen tatsächlich traurig finden. Ich unterdrückte ein verächtliches Grunzen.

Thomas sah in meine Ecke. „Wollt ihr Zwei euch vielleicht vorstellen?"

„Ich bin Isabel Schneider."

„Emma Gold", trällerte es neben mir. „Ich bin aber nur die seelische Unterstützung."

Thomas Buchsbaum nickte. „Das ist schön. Gerade in schwierigen Zeiten brauchen wir unsere Freunde dringend. Da fällt mir ein – Lisa, wie lief denn dein Gespräch mit deiner besten Freundin?"

Lisa war eine dickliche Brünette, die mit verschränkten Armen zwei Plätze neben Thomas saß. Als er sie ansprach, zuckte sie mit ihren Achseln. „Ganz okay, glaub ich. Ich hab Nadine gefragt, warum sie mich seit Laras Tod meidet, und sie hat sich tatsächlich bei mir entschuldigt und gemeint, sie und Lara wären sozusagen *zusammen* gewesen, bevor sie gestorben ist. Was bedeutet, dass meine Schwester nicht nur depressiv war, ohne mir etwas davon zu erzählen, sondern auch noch lesbisch. Tja, was sagt man dazu!"

Thomas nickte verständnisvoll. „Tut es dir weh, das deine Schwester etwas mit einem anderen Mädchen hatte?"

„Nein, gar nicht", entgegnete Lisa und schüttelte ihren Kopf. „Es wäre mir egal, mit wem sie zusammen ist, solange sie noch hier wäre."

„Das glaub ich dir", pflichtete ihr ein anderes Mädchen mit dunkler Haut bei. „Ich hab letztens Bijans Tagebuch gefunden und war dumm genug, es zu lesen. Es ist echt ätzend herauszufinden, dass der eigene Bruder Geheimnisse hatte."

An dieser Stelle konnte ich mir ein Grunzen nicht mehr verkneifen. Alle sahen aufmerksam zu mir.

„Mal ehrlich, jeder hat doch Geheimnisse. Zu glauben, wir würden einen Menschen weniger kennen, bloß weil wir nicht alles über ihn wissen, ist dumm. Dann würde niemand auch nur irgendwen kennen, nicht einmal sich selbst", murmelte ich.

„Wie poetisch", kommentierte der Rothaarige neben mir.

Thomas Buchsbaum sah mir direkt in die Augen. „Das klingt sehr interessant. Wen hast du verloren?"

Ich verschränkte meine Arme vor der Brust und nahm eine abwehrende Haltung ein. „Meinen

Bruder."

„Und hatte der Geheimnisse vor dir und deiner Familie?"

Ich dachte an Tommy mit seiner Lockenmähne und seinem stetigen Grinsen auf den Lippen. An seinen besten Freund Elias, der ihn umgebracht hatte. Und daran, dass es so viele Dinge dazwischen gab, von denen ich keine Ahnung haben *wollte*.

Statt zu antworten, stand ich auf und nahm meine Tasche. „Komm, Emma", sagte ich eindringlich und verließ den Gruppenraum.

Unsere Sicherheit wurde auf den Geheimnissen anderer Leute gegründet.

Emma

„Nein, nein, ich finde die Idee mit der Pyjama-Party ja gut, ich habe nur … Bedenken", sagte meine Mutter, während sie die Spülmaschine einräumte. „Die Tatsache, dass ihr bei Isabels Party Bier getrunken habt, hat mir die Augen geöffnet."

„Und was hast du gesehen?", fragte ich stirnrunzelnd.

Meine Mutter warf mir einen warnenden Blick zu. „In deinen Ohren wird sich das total lächerlich anhören."

„Probier es aus! Ich versuche auch, nicht zu lachen."

Sie legte einen Tab in die Spülmaschine und schlug sie zu. „Es hat mich daran erinnert, dass ihr alle älter werdet und eines Tages … auszieht und eure eigenen Wege geht."

„Ach Mami, ich gehe doch sowieso schon meinen

eigenen Weg." Ohne noch länger nachzudenken, lief ich zu ihr rüber und schlang meine Arme um sie.

Zärtlich strich mir meine Mutter durchs Haar. „Ich weiß, ich hab dich so erzogen", seufzte sie und hielt mich plötzlich auf Armeslänge von sich weg, um mich zu betrachten. „Aber auf einmal geht alles so schnell! Jan hat mit seinem Nebenjob genug Geld gespart, um nächsten Monat mit dem Führerschein anzufangen, und will sich im Frühjahr an einer Schule bewerben, um Erzieher zu werden. Und dann hab ich dich am Freitag mit diesem Jungen gesehen und mir ist klar geworden, dass du inzwischen alt genug bist, um den ersten Freund mit nach Hause zu bringen und – uff. Euch dabei zu zusehen, wie ihr immer erwachsener werdet, erinnert mich daran -"

„- dass du selbst älter wirst?"

„- dass meine Zeit als wichtigste Person in euren Leben bald vorbei sein wird."

Ich grinste verschmitzt. „Wer sagt, dass du es jetzt noch bist?"

„Du bist gemein", entgegnete sie und stupste mir mit der Spitze ihres Zeigefingers auf meine Nase. „Ich weiß, du willst das sicher nicht hören, aber ich kann mich noch an jeden Meilenstein erinnern. Nie werde ich den Moment vergessen, als ich dich zum ersten Mal im Arm gehalten hab. Und jetzt bist du schon 15 und trinkst Bier mit deinen Freundinnen und willst Pyjama-Partys veranstalten, wo ihr über eure Eltern herziehen könnt … Ich hab irgendwie gedacht, ich hätte noch ein bisschen Zeit, deine Heldin zu sein."

Ich drückte mich ganz eng an sie und legte meinen

Kopf mit dem Ohr an die Stelle, wo ihr Herz in ihrer Brust schlug. „Du wirst *immer* meine Heldin sein, Mama!"

In diesem Moment klingelte es an der Tür. „Das wird Indras Schulfreundin sein", verkündete meine Mutter, und strich ein letztes Mal über meinen Rücken, ehe sie sich von mir losriss und durch die Küche lief. An der Tür wandte sie sich noch einmal zu mir um. „Erwähne bitte nicht den neuen Job deines Vaters. Ich bin ja froh, dass Indra Anschluss gefunden hat, aber musste es ausgerechnet ein Mädchen aus der Familie sein, die Georg aus ihrem Haus treiben will?"

Ich spitzte meine Ohren. „Indras neue Freundin ist Agnes Ambrosius?" Plötzlich hatte ich einen Einfall. „Die Pyjama-Party am Samstag steht, ja?" Doch ohne auf eine Antwort zu warten, lief ich an ihr vorbei in den Flur, wo Indra gerade die Haustür öffnete.

„Hey!", rief ich ein wenig zu überschwänglich.

Indra warf mir einen Blick mit einer hochgezogenen Augenbraue entgegen. „Was genau willst du hier?"

„Ich hab gehört, dass du Besuch bekommst und wollte Hallo sagen!" Ich wandte mich an das Mädchen mit dem feuerrotem Haar, die vor der Tür stand und verwirrt zwischen Indra und mir hin und her blickte. „Hi! Ich bin Emma!"

„Ich weiß", murmelte Agnes schüchtern.

„Ich wollte fragen, ob ihr am Samstag zu einer Pyjama-Party kommen wollt!" Mir entging Indras skeptischer Blick nicht im geringsten, ich ignorierte ihn bloß getrost. „Ihr habt doch noch nichts vor?"

„Eigentlich schon", meinte Indra vorsichtig. „Wir wollten ins Kino."

„In die 14-Uhr-Vorstellung", warf meine Mutter von hinten ein. „Alles, was später ist, erlaube ich nicht. Das weißt du, Indra. Für eine Pyjama-Party wäre danach noch jede Menge Zeit." Sie zwinkerte mir vielsagend zu.

„Wird das wieder so ein Desaster wie auf der Halloweenparty?", fragte Indra zurück. Sie klang genervt.

Ich schüttelte energisch den Kopf. „Nein, es kommen nur du und deine Freundin hier, Isabel, Fabienne … Und ich natürlich. Wir könnten Pizza selbst machen!"

„Oder sie einfach liefern lassen", kommentierte Svea. „Das macht nicht ganz so viel Unordnung. Und jetzt gehe ich zurück in die Küche und lasse euch das mal unter 6 Augen bereden." Ohne ein weiteres Wort verschwand sie.

Mit einem breiten Grinsen wandte ich mich zurück an Indra und Agnes. „Und? Was sagt ihr?"

Die beiden tauschten Blicke. Dann zuckte Indra ihre Schultern und meinte: „Warum nicht? Kann ja vielleicht ganz lustig werden."

„Super!", rief ich und klatschte in die Hände. „Dann bis Samstag!"

Am Donnerstagmorgen kam das schlechte Gewissen. Von Schuldgefühlen zerfressen, tat ich in der Pause so, als müsste ich ganz dringend mit unserer Englischlehrerin sprechen und während Isabel,

Fabienne und Cho Richtung Aula schlenderten, versteckte ich mich auf dem hintersten Schulhof. Abgesehen von einem Dutzend Jungen, die hier Fußball spielten, war nicht viel los. Ich setzte mich auf eine Bank in einer Ecke zwischen einer Gruppe kahler Laubbäume und seufzte tief.

Ich hatte niemals damit gerechnet, eines Tages ein Mädchen zu einer Party einzuladen, nur um früher oder später ihre Geheimnisse gegen sie verwenden zu können. Und meine Mutter hatte mir gestern Abend noch versichert, wie stolz sie auf mich war, dass ich so sehr versuchte, Indra miteinzubeziehen.

Am schlimmsten daran war Indra selbst, die mich jedes Mal, wenn wir uns sahen, mit einem skeptischen Blick bedachte, als wüsste sie ganz genau, was ich vorhatte.

„Hey Ems."

Ich zuckte erschrocken zusammen.

„Oh, das wollte ich nicht", sagte Timon schnell, grinste dabei allerdings breit. Zur Antwort streckte ich ihm die Zunge entgegen. Lachend setzte er sich neben mich auf die Bank. „Was ist los?"

„Alles gut", log ich halbherzig.

„Klar. Wenn es mir gut geht, verstecke ich mich auch immer auf dem hintersten Schulhof, ganz weit weg von meinen Freunden."

„Den sarkastischen Tonfall kannst du dir echt in deinen Allerwertesten stecken."

„Ah, wir sind heute kratzbürstig", schlussfolgerte er. „Entweder, irgendein Lehrer war gemein zu dir, oder eine Freundin."

Die Art, wie er das sagte, brachte mich unwillkürlich zum Schmunzeln.

Schlagartig drängte sich meine Erinnerung an Agnes, wie sie sich ehrlich über meine Einladung gefreut hatte, vor mein inneres Auge und mein Grinsen erstarb. Ich senkte meinen Blick und starrte einen weißen Kieselstein am Boden an.

„Weißt du, wir können es gern auf die harte Tour machen", sagte Timon auf einmal. „Sprich, du sitzt hier und bläst weiterhin Trübsal, was aber für mich bedeuten würde, dich solange zu nerven, bis ich weiß, was los ist. Oder du sagst es mir gleich."

„Kannst du nicht vielleicht die Gold nerven, die in deine Klasse geht?", entgegnete ich schlicht.

„Marie nervt mich selbst zu Tode! Du bist die einzige Gold, deren Gegenwart ich zumindest ertrage."

„Na danke."

„Also?"

„Was also?"

„Das weißt du ganz genau." Er stupste mich mit seiner Schulter an. „Die Pause ist nicht ewig lang."

„Herrje! Ich sage es dir nur ungern, aber du bist tausendmal nerviger als Marie!" Ich seufzte tief. „Ich hab festgestellt, dass ich gar nicht so ein guter Mensch bin, wie ich immer dachte. Ich bin genauso schlecht und verdorben wie alle anderen."

Um die Dramatik noch ein bisschen zu unterstreichen, kickte ich den Kieselstein weg.

„Du hast also etwas Schlimmes getan?", hakte Timon nach.

Ich nickte. „Ich hab ein Mädchen zu einer Pyjama-

Party eingeladen, nur um an hässliche Informationen über ihre Familie zu gelangen, die wir gegen sie verwenden können, damit sie ihr Haus verkaufen und unsere Väter ein Einkaufszentrum auf ihrem Grundstück bauen können."

Einen Moment lang sagte er nichts, bis er auf einmal geräuschvoll ausatmete. „Puh! Ich bin mir ehrlich gesagt nicht sicher, ob ich dir richtig folgen kann. Davon einmal abgesehen, kann ich dir eins versichern: Bloß, weil jemand einmal etwas Schlimmes getan hat, ist er noch lange kein schlechter Mensch."

„Entschuldigst du so auch Kinderschänder?", erwiderte ich.

„Okay, warte", brummte er säuerlich. „Anders ausgedrückt: Es gibt unverzeihliche Dinge. Solche, die niemals entschuldigt werden können, ganz egal wie viel Reue man auch zeigt. Wie zum Beispiel, wenn man einen anderen Menschen so sehr verletzt, dass das, was man ihm angetan hat, ihn für immer verändert. Oder wenn man ein Leben einfach beendet. Aber manchmal müssen wir auch etwas Schlimmes tun, um einem Menschen, den wir lieben, zu helfen. Hin und wieder kommt es vor, dass wir verletzen müssen, um heilen zu können."

Ein schwaches Lächeln huschte über meine Lippen. Seine Worte schmiegten sich um mein Herz wie Honig und schlossen die kleinen Wunden, die ich mir selbst zugefügt hatte.

Zum ersten Mal, seit er sich neben mich gesetzt hatte, schaute ich ihn an. Und plötzlich sah ich so viel mehr als den blonden Zwölfjährigen, der immer zur richtigen Zeit auftauchte, bloß um all die richtigen Worte zu sagen, die ich hören musste.

Reife hatte etwas mit den Erfahrungen zu tun, die man in seinem Leben gemacht hatte. So konnte es passieren, das ein Junge wie Timon, der noch viel mehr Kind war als ich, besser Bescheid wusste.

Er bemerkte meinen Blick und wurde auf einmal verlegen. „Was ist?", fragte er abermals.

Ein Teil von mir wollte ihn fragen. Wollte wissen, was geschehen war. Ob seine Art zu denken wirklich an dem lag, was er mit seinem Bruder alles hatte durchmachen müssen. Oder ob viel mehr hinter diesen klaren, blauen Augen mit den silbernen Sprenkeln steckte.

Aber dann dachte ich an all die Dinge, die ich sogar vor mir selbst verbarg; eingeschlossen tief in mir drin, so tief, dass niemand versehentlich daran rütteln konnte. Mit den Jahren hatte ich selbst den genauen Inhalt dieser verschlossenen Truhe in mir drin vergessen.

Vielleicht ging es ihm ja genauso. Vielleicht hatte er in seiner eigenen, inneren Truhe ein Monster versteckt, von dem ich nicht einmal zu träumen wagte. Und ich wollte ganz sicher nicht diejenige sein, die an dem Schloss rüttelte.

Statt ehrlich zu antworten, schüttelte ich bloß meinen Kopf und sagte: „Nichts."

Unsere Blicke trafen sich. Wir sahen einander an, und keiner wandte sich ab. Wir saßen einfach nur da; und er wusste, dass ich ihn soeben angelogen hatte, und ich wusste, dass ihm klar war, warum.

Indra

„Schau nicht so", sagte Agnes mit einem tadelnden Unterton. „Es wird sicher ganz lustig!"
Sie war vor knapp 10 Minuten bei den Golds aufgetaucht. Noch saßen wir im Esszimmer und spielten Karten. Diese unsägliche Pyjama-Party sollte erst in einer halben Stunde losgehen, aber da die Gastgeberin höchstselbst noch im Badezimmer war, dachte ich mir, könnten wir uns zunächst hier verschanzen. Und vielleicht stellte Agnes innerhalb der nächsten 30 Minuten fest, wie blöd das Ganze war. Die Hoffnung starb bekanntlich zuletzt.
Aber sie starb.
So erleichtert ich auch darüber war, Agnes kennengelernt zu haben und somit nicht ganz alleine zu sein, mich überkam inzwischen das Gefühl, sie wäre viel lieber mit Emmas wichtigtuerischen Freunden befreundet. Wenn sie von denen sprach, bezeichnete sie sie stets als *Goldkinder* und ihre Augen funkelten dabei sehnsüchtig. Ich hatte ein wenig Angst, sie würde diese Pyjama-Party als eine Art Sprungbrett zur Elite ansehen, und nicht die Wahrheit erkennen. Die Tatsache war nämlich, dass Menschen wie Emma und ihre Leute nur nette Dinge taten, wenn sie davon einen Vorteil hatten.
Ich bekam jetzt schon Mitleid mit Agnes – und dabei *vermutete* ich ihre baldige Enttäuschung bloß.
Wir spielten noch eine Weile weiter, bis es an der

Tür klingelte und ich hörte, wie Emma die Treppe heruntergepoltert kam. Ich ließ mir überdurchschnittlich viel Zeit beim Einsammeln der Karten, während Agnes schon ganz nervös wurde. Ich konnte es in ihren Augen sehen; jedes Mal, wenn sie ganz zittrig wurde und Angst vor einer Situation bekam, schaute sie im Sekundentakt hin und her. Es war, als würde sie vergessen, etwas zu fokussieren.

„Hey, das sind auch nur Menschen", erinnerte ich sie ironisch und legte das Kartenspiel zurück in die oberste Schublade einer Kommode. Agnes schaffte bloß ein leises Quieken hervorzubringen.

Kopfschüttelnd marschierte ich an ihr vorbei in den Flur.

„- Penner, der uns gefragt hat, ob wir Kleingeld haben!", echauffierte sich gerade Fabienne, als wir zu ihnen stießen. Sie bedachte uns mit einem flüchtig abschätzigen Blick, ehe ihr wieder einzufallen schien, heute nett sein zu müssen, und ein kaum hörbares „Hi" murmelte.

Isabel hingegen begrüßte Agnes und mich jeweils mit einer überschwänglichen Umarmung. „Na ihr? Wie geht es euch?"

Ich kann dich immer noch nicht leiden und dein Parfüm stinkt, dachte ich unbarmherzig und trat einen halben Schritt zurück, sobald sie mich aus ihren Fängen ließ.

„Gut", antwortete ich brav. Agnes würde es mir nie verzeihen, wenn ich ihre einzige Chance, Isabels Freundin zu werden, im Keim erstickte. Und wie das immer so mit neuen Freundschaften war: Ich wollte mir zumindest ein wenig Mühe geben. Ich hatte nichts davon, Agnes gleich wieder zu verlieren.

Wir folgten den anderen hoch auf den Dachboden. Emma hatte bereits alles hergerichtet. Das alte Sofa konnte man ausziehen, sodass zwei Personen darauf schlafen konnten. Ihre eigene Matratze hatte sie mit Jans Hilfe hoch geschafft, zusammen mit meiner Liege. Eine Schlafmatratze für Gäste hatten sie noch über. Das Bettzeug wirkte da noch zusammengewürfelter als bei mir. Sie und ich hatten zwar unsere eigenen Decken und Kissen, aber auf dem Sofa beispielsweise lag ein Schlafsack neben einer Patchworkdecke. Auf dem Gästebett befand sich noch eine weitere Bettgarnitur. Ich schätze, es musste Maries Zeug sein. Das würde erklären, warum Emma ihre Schwester mit 15€ bestochen hatte, heute bei irgendeiner Freundin zu übernachten.

Die Betten hatte sie, mal von dem Sofa abgesehen, in einem Kreis aufgestellt. In der Mitte stand der alte Couchtisch mit der Lampe. Sie hatte Schüsseln mit Chips und Studentenfutter, sowie mehrere Tafeln Schokolade, dazugestellt. Um den Tisch herum hatte sie mehrere Flaschen Limonade aufgebaut. Auf dem Boden hatte sie, im sicheren Abstand zu den Betten, zwei Dutzend große Kerzen drapiert.

„Das sieht ja toll aus!", stellte Fabienne überrascht fest. „Ich schlafe auf -"

„Agnes und ich gehen aufs Sofa", ging Isabel dazwischen. Sie beugte sich vor und blickte zu dem schüchternen Mädchen rüber. „Wäre das okay für dich?"

Sie lief knallrot an und nickte bloß. Am liebsten hätte ich sie einmal bei den Schultern gepackt und sie kräftig geschüttelt, so albern benahm sie sich. Ich konnte auch bei bestem Willen nicht verstehen, was Agnes so toll an diesen Wichtigtuern fand.

Wir setzten uns alle auf die vorgesehenen Betten und – schwiegen. Keine von uns schien etwas zur Stimmung beitragen zu wollen. Ich sah, wie Isabel Emma einen vielsagenden Blick zuwarf, die daraufhin mit den Worten „Äh, ich mach mal Musik an", aufstand und zu einer Anlage in der Ecke ging. Kurze Zeit später erklang eine sanfte, dennoch rockige Melodie. Als Emma zu uns zurückschlenderte, hielt sie schließlich inne. „Wir könnten ein paar Spiele spielen."

„Uh, Flaschendrehen?", schlug Isabel aufgeregt vor.

„Ich dachte an Gesellschaftsspiele, aber Flaschendrehen geht wohl auch. Allerdings haben wir noch keine leere Flasche."

„Ach, das ist schnell erledigt." Isabel krabbelte an den vorderen Rand des Sofas, nahm sich eine Colaflasche und verteilte den Inhalt gleichmäßig auf die fünf Gläser, die Emma hochgeholt hatte. Den Rest trank sie selbst direkt aus der Flasche.

Als sie diese absetzte, musste sie so laut rülpsen, dass Emma erschrocken quiekte und Fabienne ihrer Freundin einen empörten Blick zuwarf. Ich für meinen Teil musste kichern.

„Ups", entschuldigte sich Isabel nicht gerade überzeugend. Sie rutschte ein wenig zurück, schob ihre Decke zur Seite und begann, die leere Flasche zu drehen. „Auf wen die Flasche zeigt, muss mir diesen königlichen Rülpser nachmachen!"

Gespannt wartete ich auf das Ergebnis. Die Flasche drehte und drehte sich, pendelte allmählich aus … und blieb auf Fabienne zeigend stehen. Ihre Augen weiteten sich überrascht. Ich dachte schon, sie würde diese Runde aussetzen, als sie nach ihrem Glas griff und den Inhalt auf ex herunterkippte. Anschließend legte sie ihre freie Hand an ihren Bauch und wartete. Dann öffnete sie auf einmal ihren Mund und es kam ein unglaublich lauter, alle Anwesenden sprachlos machender Rülpser heraus, der Isabels in nichts nachstand.

Mit einem triumphierenden Lächeln auf ihren Lippen, nahm sich Fabienne die Flasche und legte sie vor sich auf ihre Matratze. „Auf wen die Flasche zeigt, der muss … Der muss … Nach unten gehen und Emmas Mutter wortlos umarmen!"

„Dein Ernst?", fragte Isabel gespielt schockiert. „Denkst du nicht, das wäre vielleicht ein bisschen zu aufregend für unsere schwachen Herzchen?"

Ich konnte mir ein Grinsen nicht verkneifen. Vielleicht wurde der Abend doch nicht so blöd.

Als hätte Fabienne nichts gehört, gab sie der Flasche einen Schubs. Sie drehte sich ein paar Mal um sich selbst, ehe sie schließlich stehenblieb – und zur Enttäuschung aller auf Emma zeigte.

Diese lachte auf. „Gut, Fabienne kommt mit, um zu gucken, ob ich es wirklich mache." Sie standen auf und ließen uns allein.

„Ich hoffe, Emma hat eine bessere Idee", teilte Isabel

uns mit. „Das wird ja sonst sehr schnell langweilig."

„Ach, ich finds okay", entgegnete Agnes mit einer piepsigen, nervösen Stimme.

Innerlich rollte ich mit den Augen und hoffte inständig, sie würde sich im Laufe des Abends daran erinnern, sich auch normal verhalten zu können.

Kurze Zeit später tauchten Fabienne und Emma lachend wieder auf und setzten sich auf ihre Betten.

„Wollen wir uns vielleicht erst mal umziehen?", schlug ich schließlich vor. „Dann ist es bequemer."

Die Mädchen bejahten meinen Vorschlag und die nächsten 10 Minuten waren wir damit beschäftigt, uns umzuziehen. Ich blieb bei einem ausgeleierten Nirvana-Shirt und einer langen, gelben Jogginghose. Isabel überraschte mich mit einem alten Herrenshirt und einer roten Boxershort. Agnes hatte sich da mit ihrem lindgrünen Pyjama schon mehr Mühe gegeben. Emma trug wie immer ein altes Shirt von Svea, dieses Mal ein dunkelblaues mit einem Teddy vorne drauf, und dazu eine pinke Jogginghose. Fabienne sprengte mit einem grauen Nachthemd aus Seide und einem passenden Morgenmantel eindeutig den Rahmen.

„Wen willst du denn heute noch verführen?", witzelte Isabel, als sich Fabienne auf ihrer Matratze niederließ.

„Meine Mutter hat immer gesagt: So wie man sich bettet, so liegt man", entgegnete Fabienne mit einem schnippischen Unterton.

Emma erstickte den Streit im Keim, als sie sich die Flasche holte und sagte: „Auf wen die Flasche zeigt, der muss in Maries Zimmer schleichen und ihr Tagebuch klauen."

„Das ist doch was Gutes!", rief Isabel und klatschte in ihre Hände.

Emma begann, die Flasche zu drehen. Die kleine Marie tat mir jetzt schon leid.

Die Flasche pendelte allmählich aus … Und zeigte am Ende ausgerechnet auf Agnes. Sie knabberte nervös auf ihrer Unterlippe herum, als sich alle Blicke auf sie richteten.

„Emma kommt zum Gucken mit?", sagte sie, wobei es sich aus ihrem Mund wie eine Frage anhörte.

Die beiden Mädchen erhoben sich und gingen zur Dachluke. Leise, wie zwei Löwinnen auf der Jagd, schlichen sie die schmale Leiter herunter. Sobald sie außer Sichtweite waren, konnte ich nicht einmal mehr ihren genauen Standort bestimmen, so leise waren sie.

„Warum sind sie eigentlich so leise? Marie ist doch bei Mona", meinte Fabienne.

„Wer ist Mona?", wollte ich wissen.

„Maries beste Freundin."

„Ja, aber wer ist sie, dass du ihren Namen kennst?" Fabienne starrte mich verständnislos an. Ich seufzte.

„Menschen wie ihr merken sich doch nur die Namen derer, die entweder wichtig für euch sind, oder bei euch unten durch sind."

„Ich merke mir nicht einmal die Namen meiner Freunde", warf Isabel ironisch ein. „Ehrlich wahr. Manchmal stehe ich vor dem Spiegel und überlege, wie ich selbst noch einmal heiße. Mein

Namensgedächtnis wäre personifiziert ein Sieb."

„Das geht nicht, Maus", entgegnete Fabienne vorsichtig. „Wenn du einen Gegenstand oder etwas anderes personifizierst, wird es zu einem Menschen."

„Ja ja, ich glaube, sie kommen wieder."

Isabel hatte Recht. Kurz darauf tauchte Agnes' hochroter Kopf in der Dachluke auf – Die Farbe ihres Gesichtes war nur eine Nuance heller als ihre Haare. Mit einem kleinen Notizbuch in der Hand kam sie zurück. Emma folgte ihr breit grinsend und mit vor Aufregung geweiteten Augen.

„Jan hätte uns beinahe erwischt!", flüsterte sie und setzte sich im Schneidersitz auf ihre Matratze. „Er kam gerade die Treppe hoch. Und ich so: Lass uns wieder hochgehen! Und Agnes so: Nö, warte hier! Und Zack, war sie in Maries Zimmer verschwunden. Jan kam hoch und er so: Was machst du da, Emma? Und ich so: Wir spielen gerade Flaschendrehen und ich muss 10 Minuten hier stehen und mich langweilen. Und er so: Zu meiner Zeit haben wir uns coole Sachen ausgedacht. Dann ist er Gott sei Dank in sein Zimmer geschlappt und Agnes ist mit dem Tagebuch aus Maries Zimmer gekommen!"

Einstimmiges Kichern erhellte den Raum. Ich war mir noch immer nicht sicher, was ich von der Aktion halten sollte. Ein Tagebuch war zu intim, um sich darüber lustig zu machen.

Als ich sah, wie Agnes das Buch zur Seite legte und nach der Flasche griff, ohne etwas darin zu lesen, atmete ich erleichtert aus.

Dann allerdings sagte sie etwas, womit ich niemals

bei einem so herzensguten Menschen wie Agnes gerechnet hätte.

„Auf wen die Flasche zeigt, muss die letzte Seite des Tagebuchs laut vorlesen!"

„Marie bringt mich um!", kicherte Emma.

Sie würde nicht eingreifen. Ein Blick durch die Runde sagte mir deutlich, dass niemand hier einen großen Wert auf die Privatsphäre einer Zwölfjährigen legte.

Und plötzlich hatte ich Mitleid mit Marie. „Findet ihr das nicht ein wenig zu krass? Ich meine, so ein Tagebuch ist ziemlich privat. Da stehen ihre geheimsten Gedanken und sehnsüchtigsten Wünsche drin."

„Ich würde meine geheimsten Gedanken und sehnsüchtigsten Wünsche aber nicht auf meinem Schreibtisch liegen lassen", sagte Agnes.

Ausgerechnet Agnes.

Es kam mir so vor, als würde ich sie gar nicht kennen. Als wäre sie ganz plötzlich ein anderer Mensch. Aber wie gut konnte man einen Menschen auch schon nach ein paar Wochen kennen …

Statt länger darüber zu diskutieren, drehte sie einfach die Flasche.

Und die zeigte am Ende ausgerechnet auf mich.

Herausfordernd streckte Agnes mir das Tagebuch entgegen. „Und? Bist du ein Spielverderber?"

Alle sahen mich an. Ein Teil von mir wollte einfach aufstehen und gehen. Das tun, was ich früher ohne nachzudenken getan hätte.

Aber dieser Mensch war ich nicht mehr. Mit einem

Mal verstand ich, warum Agnes so erpicht auf Isabels Freundschaft war.

Es war gar nicht so wichtig, dass sie beliebt war. Was zählte, war das hier. Diese Pyjama-Party und all die, die noch kommen würden.

Ich wollte mich nicht jedes mal in Emmas Zimmer verstecken, wenn sie ihre Freunde einlud.

Ich wollte dabei sein. Eingeladen werden.

Also beugte ich mich vor, nahm Maries Tagebuch in meine Hände und schlug die letzte Seite auf.

Viel stand nicht drin. Eigentlich hatte sie auch nur einen Namen in die Mitte der Seite geschrieben und mit unzähligen, bunten Herzen versehen. Über dem Namen standen ganz klein, so dass ich sie beinahe übersehen hätte, die Worte *I love*.

Mein schlechtes Gewissen stieg ins Unermessliche. Das war viel zu privat.

„Und?", hakte Isabel sensationslüstern nach. „Was steht drin?"

„I love Timon", las ich laut vor, ohne irgendjemanden anzusehen.

Demnach erschrocken war ich, als plötzlich Emmas Hände auftauchten und mir das Tagebuch ihrer Schwester hastig wegnahm. Dabei segelte ein Papier zwischen den Seiten hervor und landete mit der unbeschriebenen Seite voran direkt vor mir. Niemand hatte es bemerkt.

„Marie steht auf Timon?", sprach Fabienne pikiert. „Wieso?"

„Und wieso wird Emma deswegen rot?", fragte Isabel amüsiert.

„Ich werde gar nicht rot!", entgegnete Emma einige Oktaven zu hoch. „Es ist nur ... Sie nervt ihn total."

Ich streckte meinen Arm aus und griff nach dem Zettel. Es war kein Papier, sondern ein Foto. Ich drehte es um und betrachtete die drei Mädchen, die mit weißem Mehl im Gesicht in die Kamera grinsten. Eine von ihnen war Marie. Die andere Emma. Und neben Emma stand das Mädchen, deren Fotografie in der Aula hing. Carmen.

„Was hast du da?", wollte Agnes neugierig wissen, die mich beobachtet hatte.

Ich zeigte den anderen das Foto. „Das ist eben aus Maries Tagebuch gerutscht."

Emma legte das Buch zur Seite und nahm das Foto an sich, dieses mal weniger enthusiastisch. „Oh. Ich wusste gar nicht, dass sie das noch hat." Sie klang tatsächlich verwundert. „Carmen hat in der 6. Klasse mal für eine Woche bei uns gewohnt, weil ihr Vater einen schweren Fall hatte und ihre Mutter gerade in Spanien war. Marie war da 8 oder 9 Jahre alt gewesen. Wir haben einen Kuchen für meinen Vater zum Geburtstag gebacken." Ein Lächeln huschte über ihre Lippen. „Der Kuchen ist nichts geworden. Wir haben den Zucker mit Salz verwechselt."

Eine ungewöhnliche Stille senkte sich über uns. Es war, als würde plötzlich jeder seinen eigenen Gedanken nachhängen; nur ich saß einfach nur da, völlig verwirrt über diesen Stimmungsumschwung.

Agnes durchbrach die Stille mit einem leisen, kaum vernehmbaren Seufzen. „Wir könnten eine Séance abhalten."

Ich musterte sie stirnrunzelnd. Sicher, ich hatte schon einmal was von solchen Geistersitzungen gehört, aber nie länger darüber nachgedacht.

Emma atmete geräuschvoll aus, während Isabel fragte, was das ist.

„So kann man mit dem Jenseits kommunizieren", erklärte Agnes behutsam. „Man kann auch einen ganz bestimmten Geist rufen. Meine Mutter hat mir gezeigt, wie das geht. Am besten macht man das mit einem Hexenbrett, aber Gläserrücken funktioniert auch. Dafür brauchen wir nur Zettel und einen Stift. Und der Tisch hier muss frei sein."

Hilfesuchend blickte ich zu Emma, die noch immer das Foto anstarrte. Agnes' Vorschlag klang in meinen Augen fürchterlich. Erstens glaubte ich nicht an so einen Quatsch, und zweitens hielt sogar ich es für unnötig, auf Emmas Verlust herumzutrampeln.

Allerdings wurde ich wieder einmal enttäuscht.

„Okay", hörte ich Emma leise sagen. „Wir können es ja versuchen."

Und damit war es beschlossene Sache. Emma holte aus ihrem Zimmer Zettel und einen Stift, während Fabienne und Isabel den Tisch leerräumten. Agnes zählte die Kerzen und pustete schließlich ein Teelicht aus, um das Glas, in dem es eben noch gestanden hatte, umgedreht auf den Tisch zu stellen.

Als Emma mit den Utensilien zurückkam, nahm Agnes alles an sich und riss die Zettel so gut sie konnte in kleine Quadrate. Auf jedes einzelne schrieb sie jeweils einen Buchstaben und legte die Zettel an den Rand des Brettes, um das Glas herum, bis das Alphabet vollständig war. Anschließend machte sie dasselbe mit den Zahlen 1 bis 9. Als auch diese auf dem Brett vertreten waren, schrieb sie *Ja* auf einen und *Nein* auf einen anderen Zettel. Ersteres legte sie von ihr aus gesehen auf die linke Seite des Brettes, das *Nein* auf die Rechte.

„Okay, kommt alle her. Wir müssen um den Tisch herum sitzen", sagte Agnes dann. Ich folgte ihrem Befehl nur widerwillig. Sie legte ihren rechten Zeigefinger an das Glas. „Wir müssen alle mit unseren Fingerspitzen das Glas berühren", erklärte sie.

„Ich hab mal gehört, man muss einen Geist fragen, ob er gut oder böse ist", teilte Isabel uns mit und berührte das Glas. „Und wenn er böse ist, dieses Sensen-Ding sofort abbrechen."

„Séance", korrigierte Agnes sie schlicht. „Und diese Frage ist Blödsinn. Geister haben nicht mehr das Moralempfinden wie wir Menschen es kennen. Solange man höflich ist und keine albernen Fragen stellt, wodurch sie sich irgendwie verarscht vorkommen könnten, ist alles in Ordnung."

Ich war die Letzte, die ihren Finger ans Glas legte. Mir war nicht wohl bei der ganzen Sache. Die Tatsache, dass der Dachboden nur von den brennenden Kerzen erleuchtet wurde, tat sein Übriges.

„Was passiert jetzt?", wollte Emma im Flüsterton wissen.

„Wir müssen ein paar Minuten warten", antwortete Agnes. „Insgeheim glaube ich ja, dass Geister nicht viel von Pünktlichkeit halten." Sie kicherte leise.

Das Gruseligste daran war, dass Agnes wie ein Lehrer klang, der seinen Schülern etwas beibrachte, als hätte sie wirklich Ahnung von diesem Zeug.

Als genug Zeit verstrichen war, fragte Agnes ehrfürchtig: „Ist ein Geist bei uns?"

Ich beobachtete eine Kerze, die hinter ihr in gebührendem Abstand stand. Ihre Flamme flackerte kurz auf, dann erlosch sie gänzlich. Ich schauderte.

Plötzlich fing das Glas an, sich zu bewegen.

„Oh mein Gott!", schrie Fabienne erschrocken und zog ihre Hände reflexartig an sich.

„Du darfst das Glas nicht loslassen", ermahnte Agnes sie.

Zögernd legte Fabienne ihren Finger wieder zurück ans Glas. Sie wimmerte etwas Unverständliches.

„Es ist wichtig, dass ihr eure Finger am Glas lasst, damit die Verbindung ins Jenseits nicht unterbrochen wird", erklärte Agnes. Mit ihrer ehrfürchtigen, einen Ton tieferen Stimme fuhr sie fort: „Geist, bitte bleib bei uns. Eine von uns war sich unsicher, ob sie dir wirklich begegnen will. Ihr Verhalten war nicht böse gemeint und es tut ihr leid. Geist, bist du da?"

Abermals fing das Glas an, sich zu bewegen, und blieb dann am Ja-Schnipsel stehen.

„Gut. Wir sollten mit leichten Fragen anfangen", flüsterte Agnes uns zu. „Bist du weiblich?"

Das Glas rückte kurz vor, nur um wieder zurück zu schlittern.

„Ja", las Agnes die Antwort laut vor. „Bist du eine

Frau?“

Das Glas schoss so plötzlich zum gegenüberliegenden *Nein*, dass ich erschrocken nach Luft schnappte. Beinahe hätte ich meine Hände instinktiv an mich gezogen, allerdings wollte ich auch nicht als Feigling dastehen.

„Das scheint dich wütend zu machen“, stellte Agnes fest, als würde sie tatsächlich mit jemandem sprechen. „Bist du früh gestorben?“

Ein wenig langsamer als vorher bewegte sich das Glas zum Ja zurück.

„Warst du schwerkrank?“

Wieder energischer schob sich das Glas zum Nein zurück.

Ich hob meinen Kopf und wurde Zeugin davon, wie Fabienne und Emma eingeschüchterte Blicke tauschten. Nur Isabel saß da mit einem leichten Schmunzeln auf den Lippen.

„Ich will nicht mehr“, wimmerte Fabienne ängstlich.

„Nun hab dich mal nicht so“, entgegnete Isabel leichthin. „Das ist doch lustig.“

„Du hast eine ziemlich beunruhigende Vorstellung von Spaß“, warf ich ein.

„Ach, misch dich da nicht ein.“ Sie wandte sich an Agnes. „Frag sie, wie sie gestorben ist!“

Meine Freundin nickte. Sie fuhr mit ihrer tieferen, ehrfürchtigen Stimme fort: „Wie bist du gestorben?“

Mit einem leichten Ruck setzte sich das Glas in Bewegung. Es war, als hätte jemand die Zeit verlangsamt, so lange dauerte es, bis sich das Glas zum ersten Buchstaben geschoben hatte.

„M", las Agnes laut vor.

Angespannt beobachtete ich das Glas dabei, wie es sich über den Tisch bewegte, unsere Finger noch immer am Rand liegend.

„O."

„Leute, findet ihr nicht auch, dass es hier drin ziemlich kalt geworden ist?", fragte Emma plötzlich.

Ich merkte es auch. Auf meinen Armen zog sich eine Gänsehaut entlang.

„Mir ist auch kalt", bestätigte Fabienne, und vor ihrem Mund bildete sich eine kleine Wolke, die genauso schnell wieder verschwand.

„R", ertönte Agnes Stimme.

Ich schaute zu ihr. Durch Zufall blickte ich auch an ihrem Kopf vorbei, und sah gerade noch, wie eine weitere Kerze erlosch. Stirnrunzelnd schaute ich mich genauer um.

Nur noch die Hälfte der Kerzen brannten. Die, die am weitesten weg standen, waren längst erloschen. Ein eiskalter Schauer lief mir über den Rücken.

Ohne meinen Finger vom Glas zu nehmen, beugte ich mich zu Emma und flüsterte, damit niemand sonst mich hörte: „Hast du dir mal die Kerzen angeschaut?"

Sie nickte. „Ist mir auch eben aufgefallen."

„D", unterbrach Agnes uns. „Mord. Sie wurde ermordet."

Irgendwo im hinteren Teil des Zimmers fiel etwas um. Emma neben mir zuckte erschrocken zusammen, Fabienne gab einen kläglichen Laut von sich. Ich konnte sehen, wie sie am ganzen Körper zitterte.

„Was war das?", fragte sie ängstlich.

„Bloß eine DVD, die umgekippt ist", entgegnete Isabel und rollte mit ihren Augen. „Ich will wissen, wie das arme Mädchen heißt. Stellt euch mal vor, wir könnten einen Mord aufklären!"

„Aber das haben wir doch schon mal!", entgegnete Fabienne kläglich. „Ich will aufhören! Es ist gruselig!"

„Ach komm, ist doch lustig! Los Agnes, frag sie. Frag nach ihrem Namen!"

Agnes' Blick traf meinen. Kaum merklich schüttelte ich meinen Kopf. Das ganze ging langsam echt zu weit.

Sie schaute weg. „Geist, wir wollen dir helfen. Verrätst du uns deinen Namen?"

Das Glas setzte sich wieder in Bewegung.

„I", las Agnes den ersten Buchstaben vor. „H. R. K. E."

Fabienne gab einen bedauerlichen Laut von sich. Ich warf Emma einen Blick zu. Diese zuckte, bedacht darauf, das Glas nicht loszulassen, mit ihren Schultern. Auch sie wusste nicht, was sie machen sollte.

„N."

Eine weitere Kerze erlosch. Es war, als würde der Kerzenkreis um uns herum immer enger werden. Wie etwas, das näherkam.

„T. M. I."

„Das ergibt irgendwie keinen Sinn", murmelte ich leise.

„C. H." Das Glas wanderte zurück in die Mitte.

„Ihrkenntmich. *Ihr kennt mich!*" Jetzt klang sogar

Agnes verunsichert.

„Das verstehe ich nicht", sagte Isabel nachdenklich.

„Ich will nicht mehr!", verkündete Fabienne flehentlich und zog ihre Hand an sich.

„Nein!", rief Agnes noch, als wieder etwas umfiel und mehrere Kerzen gleichzeitig erloschen. Es leuchteten nur noch 6 Stück. Eine von ihnen flackerte, dann ging auch sie aus.

„Ich will das nicht mehr", wiederholte Fabienne und keuchte. „Ich kenne kein ermordetes Mädchen! Das ist gru – Oh!" Ihre Gesichtszüge schienen durch ihre plötzliche Erkenntnis zu erschlaffen. „Wir kannten Carmen."

Ein Luftzug schien durch den Raum zu wehen.

Emma nahm ihren Finger vom Glas. „Das geht zu weit", rechtfertigte sie sich leise. „Fabienne hat Recht. Es ist nicht mehr lustig." Niemandem außer mir schien aufzufallen, dass eine weitere Kerze erlosch. Jetzt leuchteten nur noch 4, und ein bisschen Licht strahlte durch die Dachluke herein. Ansonsten war es stockfinster.

Allmählich bekam sogar ich es mit der Angst zu tun. Plötzlich setzte sich das Glas wieder in Bewegung.

„Agnes, du kannst aufhören", grunzte Isabel und ließ das Glas los. Noch eine Kerze ging aus. Ihr Rauch waberte empor zur Decke. Es roch verbrannt.

„Ich bin das nicht!", verteidigte sich Agnes, als das Glas beim E ankam. Es wurde schneller, als wollte es unbedingt noch etwas loswerden. U. R. Und als das Glas abermals das E erreichte, nahm selbst Agnes ihre Hand an sich. Jetzt leuchteten nur noch 2 Kerzen.

Ich war die Letzte, die ihren Finger am Glas hatte, doch es bewegte sich noch immer. Alle starrten mich an.

S. C.

„Ich bin das nicht!", sagte ich schnell. H. U. „Die Kerzen! Sie erlöschen!"

„Sie hat Recht!", stellte Fabienne fast schon schreiend fest und sprang auf ihre Füße.

L.

Was als nächstes geschah, passierte unglaublich schnell. Ich ließ das Glas los. Die vorletzte Kerze erlosch. Das Glas schob sich wie von selbst zum D, ehe es stehenblieb. Ich blickte zur letzten Kerze. Und es kam mir so vor, als würden im wabernden Rauch der vorher erlöschten Kerzen Schemen eines Mädchengesichts auftauchen, das die Letzte auspustete. Die Flamme erlosch genau in dem Augenblick, als Fabienne den Lichtschalter betätigte. Anschließend rannte sie zu uns zurück, sammelte innerhalb von Sekunden ihre Sachen zusammen und rannte vom Dachboden herunter.

Wir anderen taten es ihr gleich. In Windeseile warfen wir den Tisch um und folgten Fabienne in Emmas Zimmer. Mein Herz schlug viel zu schnell in meiner Brust. „Ich war – das – nicht", versicherte ich noch einmal und schnappte nach Luft.

„Na klar", gab Isabel sarkastisch zurück. „Und das Glas hat sich von alleine bewegt."

„Hat es! Ihr habt es doch gesehen!"

„Hört beide auf!", ging Emma dazwischen. Im Gesicht war sie ganz rot und Schweißperlen leuchteten im Schein des Lichts auf ihrer Stirn. „Uns gegenseitig anzuschreien bringt nichts!"

Isabel verschränkte die Arme vor ihrer Brust, während sich Emma zu Fabienne setzte, die verstört auf ihrem Bett hockte. Freundschaftlich legte sie einen Arm um ihre Schultern und drückte sie an sich. Ich konnte sehen, wie sie sich selbst verstohlen eine Träne fort wischte.

„Das war echt seltsam", meldete sich Agnes zu Wort. „Meine Mutter sagte zwar, dass es wütende Geister gibt, aber so hab ich mir das nicht vorgestellt. Das war echt -"

„Jetzt halt doch die Klappe!", unterbrach Isabel sie unsanft. „Das ist doch alles deine Schuld! Als ob solche Séancen wirklich funktionieren würden. Pah! Das war doch alles totaler Blödsinn! Und soll ich dir etwas verraten?" Sie war auf Agnes zugegangen und stand nun direkt vor ihr. „Du hast keine Ahnung davon, wie es ist, jemanden zu verlieren, den man liebt! Sonst hättest du diese Scheiße gerade nicht abgezogen. Man wird oft genug an diese Menschen erinnert, die viel zu früh gestorben sind, und du hast echt den Nerv, so einen Mist abzuziehen?! Das ist so unfassbar! Du bist ein dreckiges, kleines -"

„Isabel", versuchte Emma halbherzig, ihre Freundin aufzuhalten. Doch sie schien sie gar nicht zu hören.

„Miststück!", schloss Isabel ihre Hasstirade enthusiastisch.

Agnes stand wie angewurzelt da. Ihre grünen Augen füllten sich mit Tränen. Und dann machte sie auf dem Absatz kehrt und rannte schluchzend aus dem

Raum.

Ich wollte ihr hinterherrennen. Absichtlich rammte ich Isabel mit meiner Schulter.

„Boah, was soll das?!", keifte sie mich an.

Im Türrahm blieb ich stehen und sah zu ihr zurück. „Was sollte das denn eben mit Agnes?", fragte ich ruhig zurück, ehe ich mich endgültig abwandte und sie einfach stehenließ. Es war mir egal, ob sie meinen Namen jetzt auf ihre persönliche Hassliste setzte. Ich wollte einfach nur noch weg von ihr.

Ich fand Agnes draußen auf der Veranda sitzen. Sie weinte.

„Hey", murmelte ich und ließ mich neben ihr nieder. „Ich würde ja sagen, sie meint es nicht so, aber ich fürchte, dann würde ich lügen."

Ein schwaches Lächeln huschte über ihre Lippen. „Ich hab … meinen Bruder … angerufen", schluchzte sie. „Er holt … mich … ab."

„Das ist gut, schätze ich." Ich streckte meinen Arm nach ihr aus und tätschelte ihren Rücken.

„Ich kann … nichts … dafür! Ehrlich nicht!"

„Ich glaube dir. Ich war ja dabei. Das Glas hat sich von selbst bewegt, das hab ich gesehen." Ich stolperte ein wenig über diese Worte, sprach sie aber dennoch aus. Genau diese Worte waren es nämlich, die Agnes gerade hören musste.

Sie atmete tief ein und aus und richtete sich mit ihrem Oberkörper ein wenig auf, um ihre Fassung wieder zu erlangen. Als sie sich wieder einigermaßen im Griff hatte, sagte sie: „Es ist schade. Ich hab nicht auf die letzten Worte des Geistes geachtet." Sie seufzte. „Die letzten Worte sind immer wichtig, sagt meine Mutter. Sie sind das, was ein Geist wirklich auf dem Herzen hatte. Das, was wirklich zählt."

„Ich hab darauf geachtet", sagte ich leichthin.

Genau in diesem Augenblick kam ein fremder Typ um die Ecke gebogen. Er war ganz in schwarz gekleidet und als er bei uns an der Veranda stehenblieb, konnte ich sein schwarzes Haar sehen. Ein schelmischen Grinsen tauchte in seinem blassen Gesicht auf. „Na Schwesterherz? Hast du schon wieder *Geisterstunde* gespielt?"

„Hör auf", entgegnete Agnes schwach und stand auf. „Indra, das ist mein liebreizender Bruder Arthur."

Ich erhob mich ebenfalls und reichte Arthur zur Begrüßung meine Hand. „Hi."

„Hey. Agnes, bist du soweit?"

Seine Schwester nickte und wollte loslaufen, als sie plötzlich innehielt und mit geweiteten Augen zu mir sah. „Ich hab meine Sachen oben vergessen!"

Ich machte eine wegwerfende Handbewegung. „Alles gut, ich bringe sie dir am Montag mit in die Schule."

Sie lächelte erleichtert und tat dann etwas, womit ich niemals gerechnet hätte – Sie umarmte mich. „Danke! Ich bin froh, dich kennengelernt zu haben!"

Sie ließ mich los und folgte ihrem Bruder, der bereits weiter geschlendert war. Kurz bevor sie um die Ecke bog, drehte sie sich noch einmal zu mir um. „Ach, was hat der Geist denn nun gesagt?"

Bei der Erinnerung bekam ich wieder eine Gänsehaut. „*Eure Schuld*. Das waren die letzten Worte."

Kapitel Vier

Emma

Der Wecker klingelte. Bereits hellwach schaltete ich ihn aus und drehte mich auf die andere Seite. Während ich zur Wand starrte, hörte ich, wie Indra ihre Decke zurückschlug und aufstand. Die Liege gab dabei ein nervtötendes Quietschen von sich.

Auf leisen Sohlen schlich sie sich aus dem Zimmer und schloss die Tür hinter sich. Nach einer Weile kehrte sie zurück. Sie blieb an meinem Bett stehen und ich konnte ihren musternden Blick praktisch spüren. Ein winziger Teil von mir wollte sich zu ihr umdrehen und ihr ins Gesicht schreien; völlig ohne Grund, es ging nur um das Schreien.

Aber zum Schreien müsste ich mich bewegen und Energie aufwenden, die ich gerade nicht hatte. Ich war mir sicher, wenn ich nur einen Schritt tat, würde ich auf der Stelle zusammenbrechen. Wie ein Kartenhaus. Und vielleicht wäre ich dann einfach nicht mehr da.

Das war es doch, was Menschen taten. Sie hörten einfach auf, da zu sein.

„Emma?", fragte Indra vorsichtig. „Es ist 7 Uhr. Willst du nicht … Also, ich meine, willst du dich nicht fertig machen?"

Ich öffnete meinen Mund und atmete tief aus, ehe ich antwortete. „Ich bin krank." Zu mehr war ich gerade nicht fähig.

Sie ließ mich wieder alleine. Vermutlich würde sie meiner Mutter Bescheid geben, sobald sie sich an den Frühstückstisch gesetzt hatte und ihren Kakao trank. Indra frühstückte nie. Imran hingegen war ein kleiner Vielfraß und aß jeden Morgen mindestens drei Brote. Ich fragte mich, ob Geschwister immer so unterschiedlich waren, und dachte an Marie und mich.

Sie hatte nicht gemerkt, dass wir ihr Tagebuch genommen hatten. Das Foto hatte ich zurück zwischen die Seiten gesteckt.

Irgendwann kam wie erwartet meine Mutter in mein Zimmer. Mir fehlte mein Zeitgefühl. Sie setzte sich zu mir aufs Bett und strich sanft über meine Schultern. „Na Maus?", flüsterte sie. „Indra sagt, es geht dir nicht gut?"

Ich brummte zur Antwort.

„Was hast du denn?" Sie legte ihre Hand behutsam an meine Stirn. „Hm. Fieber scheinst du nicht zu haben."

Natürlich nicht, dachte ich, wusste aber auch gleichzeitig, dass ich ihr den wahren Grund nicht erklären konnte.

Heute war einer dieser Tage … Einer von denen, wenn es mir zu surreal vorkam, in der Schule nicht auf Carmen zu treffen. Oder mich nicht wie selbstverständlich zu Justus und Joshua zu setzen, um mit ihnen über Pantoffeltierchen oder Superhelden zu quatschen.

Heute war einer dieser Tage, an denen ich die

Tatsache, dass sich mein Leben um 180° gedreht hatte, nicht verkraften konnte.

Ich fühlte mich wie eines dieser roten Dinger, die im Meer schwammen, um einen bestimmten Bereich abzugrenzen, und von jeder Welle hoch und runter und von links nach rechts geschubst wurden.

„Kann ich heute bitte zu Hause bleiben?", fragte ich mit einem kläglichen Unterton. Die Gewissheit, dass ich ein totaler Jammerlappen war, trug nicht gerade zur Hebung meiner Stimmung bei.

Meine Mutter zögerte. Dann: „Hm. Willst du nicht darüber reden, Schätzchen?"

„Nein. Ich will einfach nur … Einfach heute zu Hause bleiben. *Bitte*, Mama. Nur heute."

„Nur heute", gab sie sich geschlagen, beugte sich zu mir herunter und drückte mir einen Kuss auf den Hinterkopf. „Aber wenn ich von der Arbeit komme, will ich eine Erklärung." Sie erhob sich und ließ mich allein.

Ich blieb liegen. Hörte, wie sich das Haus allmählich leerte und diese ganz bestimmte Ruhe eintrat, die sich unnatürlich anfühlte; ein Haus, in dem sonst immer geredet, gelacht und gespielt wurde, stand plötzlich ganz still da, weil niemand mehr hier war, der redete, lachte oder spielte.

Ich zog meine Bettdecke bis zur Nase hoch und glaubte, mich verstecken zu können.

Vor dem, was am Wochenende geschehen war.

Vor Carmen.

Der Hunger hatte mich schließlich doch aus dem

Bett und herunter in die Küche getrieben, doch ich hatte keinen Appetit. Mein Magen meldete sich zwar mit einem unaufhörlichen Grummeln, sagte mir damit aber nicht, was er haben wollte. Als ich mich gerade für ein Nutellabrot entschieden hatte – Schokolade ging immer – klingelte es.

Ich dachte, es wäre der Paketdienst. Meine Mutter hatte diverse Onlineshops für sich entdeckt. Jedes Mal, wenn sie uns beim Abendessen von ihren neuen Errungenschaften berichtete, endete sie mit den Worten: „Die Freuden des Internets!" Woraufhin mein Vater seinen Kopf schüttelte und murmelte: „Der Horror des Einzelhandels."

Ein weiteres Mal ertönte die Klingel. Ich ließ mein Brot auf dem Teller liegen, stand auf und ging zur Tür.

Es war kein Paketdienst.

Eingehüllt in seinen Parka und mit vom Regen nassen Haaren stand auf unserer Veranda niemand anderes als Justus Jäger. Mein bester Freund seit der Grundschule und der seit den Geschehnissen im Sommer nicht mehr mit mir gesprochen hatte.

Als ich die Tür öffnete, wirkte er beinahe überrascht, mich zu sehen. „IIi", murmelte er verlegen.

„Du tropfst", stellte ich fest und deutete auf seine Jacke. Um ihn herum hatten sich kleine Pfützen gebildet.

„Ja, es regnet."

„Ich weiß."

„Es regnet schon seit heute Morgen."

„Ich weiß."

„Emma ..." Er brach ab und sah mich auf eine Art an, die ich noch nie in seinen Augen gesehen hatte. Er war unsicher.

„Justus", nannte ich ihn beim Namen, als wäre es ein Spiel.

Aber es fühlte sich nicht lustig an. Zwischen uns hatte sich wie von selbst eine Mauer erbaut und ich wusste nicht, wie ich sie einreißen sollte.

Wusste nicht, ob ich sie einreißen *wollte.*

„Du warst heute nicht in der Schule", sagte er. „Ich hab mir Sorgen gemacht."

„Du sagst mir in der Schule nicht einmal *Hallo* und machst dir Sorgen um mich, wenn ich nicht da bin? Das ergibt keinen Sinn." Meine Worte kamen schärfer heraus, als ich beabsichtigt hatte.

Unsere Blicke trafen sich. Er schürzte seine Lippen, als hätte ich etwas Falsches gesagt. „Es fällt mir auch nicht gerade leicht, dir *Hallo* zu sagen, wenn du immer bei *denen* bist!" All die Verachtung, zu der er fähig war, legte er auf dieses eine Wort.

Und mit *denen* meinte er die Goldkinder. Er meinte die überhebliche Jenna, genauso wie die arrogante Fabienne; den schüchternen Henrik, genauso wie den selbstsicheren Dante. Er meinte die zickige Gina, genauso wie die ruhige Cho. Er meinte Isabel, die immer so tat, als wären ihr andere Menschen egal, und sich gleichzeitig um jeden Einzelnen bemühte.

Und er meinte *mich.*

Ich hatte mich nie wirklich dazugehörig gefühlt, bis Justus hier aufgetaucht war und die Goldkinder schlecht machte. Denn ich wusste, dass Jenna nicht nur überheblich war, sondern vor allem um das Wohl und das Image ihrer Freunde besorgt war. Dass Fabienne nicht nur arrogant, sondern unglaublich unsicher mit sich selbst war. Henrik war zwar schüchtern, kannte sich aber wie ein Profi mit Computerprogrammen aus und hatte der Schule in den Herbstferien dabei geholfen, ein Programm für mehr Sicherheit im Schulnetz zu erarbeiten. Und Dante war zwar selbstsicher, nutzte diese Fähigkeit aber nie dazu, etwas böswilliges zu tun.

Keiner von *denen* war ein schlechter Mensch. Wenn man einen Menschen bloß danach beurteilte, wie er sich nach Außen hin gab, gäbe es nur Bösewichte. Das wusste ich inzwischen. Ich hatte sie kennengelernt. Justus nicht.

„Du weißt doch gar nichts über sie", verteidigte ich meine Freunde.

„Ich weiß genug", entgegnete Justus unbarmherzig. „Ich weiß, dass dein ach so toller Dante einen seiner besten Freunde in der Öffentlichkeit bloßgestellt hat. Und das dank Jenna keiner mehr mit Cem reden will. Wir sind die Einzigen, die er noch hat!" Seine Stimme wurde lauter. Dort, wo ich einst seine Sorge um mich gesehen hatte, blitzte nun Wut auf. „Und ich weiß, dass du dich vor noch nicht allzu langer Zeit für ihn eingesetzt hättest. Du wärst die Erste gewesen, die sich zu Cem gesetzt und mit ihm geredet hätte. Stattdessen meidest du ihn genauso wie *die*."

„Du weißt ja gar nicht, was passiert ist!", keifte ich, selbst ein wenig überrascht über meine heftige

Reaktion. „Du warst ja gar nicht dabei!"

„Na und?", entgegnete Justus achselzuckend. „Dann hat er eben einen Fehler gemacht. Das tun wir doch alle! Niemand ist perfekt. Das solltest *du* am besten wissen!"

In seinen Augen brannte ein Feuer. Er war nicht einfach nur wütend, stellte ich fest.

Und da begriff ich es.

„Du gibst mir die Schuld!"

Er sagte nichts. Er sah mich einfach nur an. Manchmal sagte man mit seinem Schweigen mehr, als es Worte konnten.

Ich schnappte nach Luft. „Das … Das kann doch nicht dein Ernst sein!"

Ein Gefühl der Verzweiflung überkam mich. Meine Beine zitterten. Ich glaubte, irgendeine höhere Macht zog mir den Boden unter meinen Füßen weg.

„Ich habe nie gesagt, du wärst schuldig", sagte Justus monoton. „Ich bin mir nur sicher, dass Carmen noch leben würde, wenn du dich nicht mit Isabel angefreundet hättest."

Ich gab ein säuerliches Grunzen von mir. Starrte ihn fassungslos an. Wusste nicht, was ich sagen sollte. Meine Hände zitterten.

Ausgerechnet jetzt kam Indra um die Ecke auf die Veranda gelaufen. „Oh. Störe ich gerade?", fragte sie verwirrt.

„Nein. Ich wollte eh gerade gehen." Mit diesen Worten wandte sich Justus von mir ab und ging. Er ging, ohne zurückzuschauen; als wären wir nie befreundet gewesen. Als wären Fremde, die sich nichts mehr zu sagen hatten.

Meine Cousine kam zu mir. „Weißt du eigentlich, dass ihr alle irgendwie ziemlich seltsam seid?", fragte sie rhetorisch. „Aber egal. Du siehst nicht gut aus, Emma. Leg dich lieber wieder hin."

Doch das konnte ich nicht. Mein ganzer Körper vibrierte. Ich konnte es einfach nicht fassen.

„Hattest übrigens echt Glück gehabt. Wir haben nach der 4. Stunde Schulfrei bekommen. Anscheinend geht die Grippe gerade herum und es gibt ironischerweise nicht genug Lehrer für die Mittelstufe. Herrlich! Ich wäre auch schon viel eher hier gewesen, wenn das nicht mit Dante gewesen wäre."

Plötzlich horchte ich auf. „Dante? Was war denn mit ihm?"

Sie schüttelte ungläubig ihren Kopf, musste dabei aber grinsen. „Er hat Agnes um ein Date gebeten. Verrückt, oder? Ich hab gar nicht bemerkt, dass er auf sie steht oder so." Sie zuckte mit den Schultern. „Allerdings bin ich wohl auch noch nicht lange genug hier, um das beurteilen zu können. He, wo willst du denn hin?"

Während sie geredet hatte, war ich längst in meine Schuhe geschlüpft und hatte mir eine alte, rote Winterjacke übergeworfen. Es war die erste Jacke, die ich in die Finger bekam.

„Ich muss noch kurz wohin!", rief ich über meine Schulter hinweg, als ich an Indra vorbei die Veranda herunter stürmte. Ich lief zur Garage, nahm mein Fahrrad und radelte los.

Da war dieser winzige Gedanke in mir, den ich mich nicht traute, zu denken. Was war, wenn Justus Recht hatte? Wenn meine Freundschaft zu Isabel Carmen das Leben gekostet hatte?

Ich konnte nicht zulassen, dass Dante Agnes verletzte, ganz egal, was sie am Samstag auch getan hatte. Jetzt nicht mehr.

Wie viel Schuld konnte sich ein Mensch auf die Schultern laden, ehe er darunter zerbrach?

Ich wusste aus den Gesprächen der anderen ungefähr, wo Dante wohnte, wobei mich der ganze Prunk und die Villen der Hafenstadt abschreckten. Bisher war ich erst einmal bei Fabienne gewesen, und da hatte ich mich schon völlig fehl am Platz gefühlt. Ein Teil von mir verstand nun, warum sich ein Großteil meiner Freunde für etwas Besseres hielt. Wer hier aufwuchs, musste sich zwangsläufig wie eine Prinzessin fühlen.

Ich radelte durch die Straßen der Hafenstadt und blieb irgendwann völlig orientierungslos neben einer roten Backsteinmauer, hinter der eine Weide stand und ihre Arme der Freiheit entgegenstreckte, stehen. Ihre Ästen hingen mir ins Gesicht. Ich hätte besser aufpassen sollen.

In der Zwischenzeit hatte es aufgehört zu regnen, aber meine Haare waren dennoch nass und lockten sich vermutlich auf eine unansehnliche, Mopp-ähnliche Weise.

Eine junge Frau kam mir mit fünf verschiedenen Hunden an ebenso unterschiedlichen Leinen entgegen. Als sie auf meiner Höhe ankam, blieb sie stehen und fragte freundlich: „Du siehst ziemlich verloren aus. Kann ich dir vielleicht helfen? *Nein*, Jesaja, du darfst *nicht* auf die Straße!"

Ein hellbrauner Jagdhund sprang beinahe enttäuscht zurück auf den Bürgersteig.

Sie folgte meinem Blick zu den Hunden. „Oh, keine Sorge. Die gehören nicht mir. Ich verdiene mir nur ein wenig dazu. Du ahnst gar nicht, wie viele dieser reichen Leute hier Hunde haben, und wie wenig davon die Welt außerhalb ihrer Mauern kennenlernen dürfen."

Irgendwo in der Nähe bellte wie aufs Stichwort ein Hund.

„Ich hab da so eine Ahnung."

Sie lachte. „Also? Hast du dich verirrt?"

„Sozusagen. Ich suche das Haus von Familie van Holland."

„Haus ist gut", kicherte das Mädchen. „Du hast schon den richtigen Riecher. Du fährst einfach zurück zur nächsten Straßenkreuzung und biegst dann nach links. Das ist die Goethestraße. Ganz hinten findest du das *Haus* von Familie van Holland. Es ist eine Sackgasse. Also, die Straße, nicht das Haus!" Sie lachte über ihren eigenen Witz.

„Du scheinst dich hier ja sehr gut auszukennen", bemerkte ich überrascht, aber dankbar für die Info. Ohne sie hätte ich vermutlich aufgegeben.

„Mit Hunden kommt man ziemlich herum. Die Hollands hatten mal einen Dackel. Er ist letztes Jahr leider gestorben."

Ich schob mein Rad im Halbkreis an ihr und den Hunden vorbei, um in die richtige Richtung zu fahren. „Also dann, danke für deine Hilfe!"

„Viel Glück bei was auch immer!", rief sie mir hinterher, als ich mich schon wieder auf den Sattel setzte und losfuhr.

Die Goethestraße erinnerte mich schmerzlich an die Schwanenallee in Regenhain. Der Straße, in der Timon aufgewachsen war. An das Haus, in dem Carmen gestorben war.

Ich schüttelte meinen Kopf und setzte meinen Weg fort. Versuchte, die Erinnerung zu vertreiben.

Ich blieb erst wieder stehen, als ich vor einem großen Doppeltor stand. Über einer Klingel war ein Schild angebracht, in dem der Familienname eingraviert war. *Van Holland.*

Mit einem mulmigen Gefühl klingelte ich. Es dauerte einen Moment, bis sich jemand durch die Gegensprechanlage meldete.

„Familie van Holland, was kann ich für Sie tun?", ertönte eine durch die Anlage verzerrte Männerstimme.

„Äh, ich möchte zu Dante. Bitte."

„Und wer will zu dem jungen Herren?"

„Äh, Emma", stammelte ich verlegen. „Emma Gold."

„Ich werde meinem Herren sagen, dass Sie hier sind, Frau Gold. Und dann werden wir ja wissen, ob er Sie sehen will." Ein leises Klicken folgte.

„Hallo?", fragte ich vorsichtig, um sicherzugehen, aber es kam keine Antwort mehr. Während ich wartete, ließ ich meinen Blick die weiße Mauer

154

hochwandern. Wer baute eine zwei Meter hohe Mauer um sein Grundstück?

Mir fiel auf, dass alle in dieser Gegend Mauern oder Hecken hatten, um die neugierigen Blicke des gemeinen Volkes zu vermeiden. Zumindest hielt ich dies für ziemlich wahrscheinlich. Als wären ihre Leben so viel lebenswerter als alle anderen.

Ich unterdrückte ein Brummen. Niemandes Leben war wertvoller, bloß weil er mehr Geld auf dem Konto hatte als andere.

Viel Geld machte das Leben wohl nur einfacher, schätzte ich.

Ein kaum wahrnehmbares Geräusch war zu vernehmen. Kurz darauf hörte ich Dantes Stimme durch die Gegensprechanlage dringen. „Hey, Emma. Tut mir leid, Diego ist bei Leuten, die er nicht kennt, ein wenig eigen. Ich mach dir die Tür auf." Und noch ehe ich etwas erwidern konnte, hörte ich ein Surren und das Tor wurde elektronisch geöffnet.

Nicht wissend, was auf mich zukommen würde, stieg ich von meinem Rad ab und schob es durchs Tor.

Eine breite Auffahrt, ausgelegt mit grauen und weißen Kieselsteinen, führte in einer seichten Schlangenlinie einen kleinen Hang hinauf. Der Weg war umsäumt von Birken, die ihre kahl gewordenen Äste dem wolkenverhangenen Himmel entgegenstreckten. Nach ungefähr 20 Metern gabelte sich der Weg. Links führte einer am Hang entlang hinunter, und rechts weiter nach oben.

Ich war so auf den Weg fixiert gewesen, dass ich das Haus erst bemerkte, als ich mich dafür entschied, weiter nach oben zu gehen.

Haus traf es nicht einmal annähernd. Deswegen hatte die Hundefrau so komisch geguckt.

Es war ein Anwesen. Grob geschätzt vermutlich sogar doppelt so groß wie das, in dem Fabienne lebte. Ob das schon als Villa durchging?

Vor dem Anwesen gab es eine Art runden Platz. In der Mitte stand tatsächlich ein Brunnen. Ein verdammter Brunnen!

Eingeschüchtert schob ich mein Rad daran vorbei, weiter auf das Gebäude zu. Mir fielen die Rostflecken auf meinem Drahtesel auf. Und dass ich aussah wie ein Lump. Die kleineren Locken mussten durch die hohe Luftfeuchtigkeit vermutlich wie Schamhaar abstehen. Ich hasste es. Und ich hasste diese Vorstellung. Und die Tatsache, dass ich ausgerechnet jetzt meine uralte rote Jacke trug, die noch ganz dreckig war, nicht zu vergessen meine graue Jogginghose, die am knie ein Loch hatte.

Ich blieb vor einer kleinen Treppe stehen und fragte mich, was ich mit meinem Rad machen sollte, als die breite Eingangstür geöffnet wurde und Dante heraustrat.

„Emma!", begrüßte er mich und seine Mundwinkel zogen sich zu einem breiten Grinsen hoch. Er trug einen enganliegenden, dunkelblauen Strickpullover, der seinen durchtrainierten Oberkörper betonte, und dazu eine braune Jogginghose.

„Eine Jogginghose? Echt jetzt? Du wohnst hier in diesem Schloss und trägst eine einfache Jogginghose?", dachte ich laut, ehe ich auch nur die

Chance hatte, darüber nachzudenken.

„Oh, das ist kein Schloss", entgegnete Dante mit einer wegwerfenden Handbewegung. „Und ja, stell dir vor: Auch in diesen vier Wänden werden Jogginghosen und Schlabbershirts getragen. Meine Mutter läuft Sonntags sogar immer nur im Nachthemd durch die Gegend." Als er bei mir ankam, zwinkerte er mir zu.

Mir war noch nicht nach scherzen zumute. „Ehrlich, mir war ja klar, dass ihr alle stinkreich seit, aber *damit* hab ich nicht gerechnet." Ich warf einen Blick auf das riesige Ungetüm von Haus.

„Wir sind auch nur Menschen, Emmy."

Bei diesen Worten sah ich ihn genauer an. Zum ersten Mal, glaubte ich. Und mir fielen die kleinen Locken auf, die sich selbst bei ihm unansehnlich kringelten, weil es geregnet hatte, ähnlich wie bei mir. Mir fielen die Ringe unter seinen braunen Augen auf, als hätte er letzte Nacht schlecht geschlafen.

„Du siehst wirklich aus wie ein Mensch", stellte ich mit einem Hauch Überraschung in der Stimme fest.

„Und du siehst gar nicht so krank aus, wie ich befürchtet hatte."

Da fiel mir wieder ein, dass ich eigentlich zu Hause im Bett liegen müsste. „Bin ich aber", sagte ich schnell. „Ich bin nur hier, weil ... Also, weil ich dir etwas sagen muss."

Es kam mir so vor, als würde Dante etwas seiner Lockerheit verlieren. Er stellte sich gerade hin und sein Lächeln wirkte plötzlich aufgesetzt. „Was denn?", fragte er, wobei er seine Zähne kaum auseinander bekam, als wäre er nervös. Als würde er sich nicht sicher sein, meine Worte wirklich hören zu wollen.

Ich schaute ihm in die Augen. War mir plötzlich nicht mehr sicher, ob mein Kommen wirklich eine gute Idee war.

„Weißt du noch, wie wir beim Essen draußen standen und du mir erzählt hast, wie sehr du Tommy vermisst?", begann ich, nicht ganz überzeugt von meinem Vorhaben. Die Verwirrung, die in Dantes Augen aufblitzte, half da auch nicht wirklich.

„Ja, das weiß ich noch. Worauf willst du hinaus?"

„Ich will darauf hinaus, dass …" Ich wusste nicht, wie ich meine Gedanken in Worte fassen konnte. „Sie wurden umgebracht. Ein ziemlich schlechter Mensch hat Tommy und Carmen ermordet. Und … Ich weiß, dass nicht ich diejenige war, die sie getötet hat, aber manchmal … Justus war vorhin bei mir und hat mir ins Gesicht gesagt, dass ich in seinen Augen Schuld an Carmens Tod hab. Und ich will nicht -"

Meine Stimme brach. Erst jetzt stellte ich die Tränen fest, die in Strömen meine Wangen hinabrinnen. Ich schnappte nach Luft und wollte meine Tränen wegwischen, wobei ich versehentlich mein Rad losließ und es mit einem lauten Klirren umkippte.

„Verdammt!", fluchte ich mit erstickter Stimme und wollte mich bücken, um es wieder aufzuheben, doch da tauchten plötzlich Dantes Arme auf, die mich sanft in seine Richtung lenkten. Mit einer Hand hielt er meinen rechten Arm fest, mit der anderen zwang er mich sanft, ihn anzusehen.

Er sagte nichts. Er sah mich einfach nur an. Und aus irgendeinem Grund empfand ich die Art, wie er mich ansah, tröstlicher als alles, was er hätte sagen können. Ich schluchzte laut auf und lehnte mich gegen ihn. Und er schlang seine Arme um mich und war einfach nur da; hielt mich so fest, wie er konnte, damit ich nicht auseinanderfiel.

„Ich will nicht Schuld daran sein, dass es Agnes schlecht geht", erklärte ich ihm nach einem schier endlos langen Augenblick und trat einen halben Schritt von ihm weg.

Dante runzelte seine Stirn. „Ich weiß nicht, was du meinst."

Ein letztes Mal schniefte ich laut. Gutes Aussehen konnte ich nach meiner Heulattacke sowieso vergessen. Mein Gesicht war vermutlich von roten Flecken übersät.

„Ich will nicht, dass du dich mit Agnes triffst."

Indra

„Du grinst wie ein Honigkuchenpferd", stellte Claire nach einem Blick auf ihre rothaarige, beste Freundin fest.

Agnes war gerade erst gekommen. Wir würden in der ersten Stunde Physik haben und warteten daher vor dem Naturwissenschaftlichen Trakt auf unseren Lehrer.

Bei Claires Bemerkung lief Agnes prompt rot an und schob nervös ihre Brille höher. „Tue ich gar nicht ...", stammelte sie beschämt.

„Der Typ hat es dir ja echt angetan", witzelte ich, amüsiert über ihr kindisches Verhalten.

„Alter, sie steht schon seit der 5. Klasse auf Dante!", kicherte Claire.

Agnes zischte bedrohlich. „Schrei doch nicht so!"

„Ach, mach dir nichts draus. Wenn du mit Dante gehst, erfahren das doch eh alle!"

In diesem Moment tauchte Jenna auf. Sie stolzierte zusammen mit Gina an uns vorbei und bedachte Agnes mit einem abschätzigen Blick. Als sie sich knapp 5 Meter von uns entfernt auf eine Bank gesetzt hatten, beugte sich Claire ganz dicht zu uns und flüsterte: „Und auf die alte Schnepfe kannst du dann auch gehörig pfeifen! Die wird sich noch wundern. Wenn du erst mal mit Dante gehst -"

Als hätte es ein Stichwort gegeben, tauchte er plötzlich auf. Er war alleine unterwegs, seine Jacke und seine Schultasche hatte er nicht mehr dabei, als hätte er seine Sachen schon zur Klasse gebracht. Sein Gesichtsausdruck war ernst, viel zu ernst, um mit Agnes zu reden.

Ich knuffte Claire in die Seite, damit sie aufhörte zu reden, und beobachtete Dante. *Er wird an uns vorbeigehen*, dachte ich. *So ernst kann niemand gucken, wenn er mit dem Mädchen sprechen will, in das er verknallt ist.*

Agnes neben mir versteifte sich. Ihr war seine Miene vermutlich als Erste aufgefallen.

Er blieb bei uns stehen. Verdammt. „Hey", begrüßte er uns, ohne auch nur zu versuchen, ein gespieltes Lächeln aufzusetzen.

„Hi!", trällerte Claire viel zu laut. „Na, wie geht's dir so?"

Dante ignorierte sie geflissentlich. „Agnes, können wir kurz reden?"

Ich sah, wie sie nickte, doch sie bewegte sich keinen Zentimeter. Es war, als wäre sie zu Stein erstarrt.

„Was auch immer du zu sagen hast, kannst du auch vor uns sagen", kam ich meiner neuen Freundin zu Hilfe.

„Stimmt. Wir erfahren es eh", bekräftigte Claire.

Dante atmete geräuschvoll aus und fuhr sich mit einer Hand durch seine Locken. „Na schön", brummte er. „Ich kann mich am Freitag doch nicht mit dir treffen, Agnes. Ich hab einfach keine Zeit und gerade nicht den Kopf für so was und ehrlich gesagt … Ich hätte mich nur mit dir getroffen, um ein anderes Mädchen eifersüchtig zu machen. Und das wäre dir gegenüber nicht fair."

Die Abfuhr tat sogar mir weh, und ich hatte ihn von Anfang an nicht ausstehen können!

„Ist das dein Ernst?", fragte ich bissig. Ich konnte mich einfach nicht zurückhalten. Dieses ganze Getue dieser selbsternannten *Goldkinder* nervte mich tierisch! „Ich war dabei, als du sie nach einem Date gefragt hast! Und gestern warst du noch sehr charmant und hast sogar verliebt geklungen! Und heute soll das vorbei sein? Herrgott, du bist so ein mieses Arschloch! Wie konntest du nur – Oh mein Gott! Emma!" Während ich mich in Rage redete, wurde es mir schlagartig klar. „Emma hat dir von der Sache am Wochenende erzählt, richtig? Und weil ihr ja so eine eingeschworene Gang seit … Freundschaft sollte nicht über Liebe gehen!"

Ich spürte, wie Agnes an meinem Ärmel zerrte. Ich schüttelte sie einfach ab. „Ihr seid alle solche -"

„Ich rate dir eins: Lass Emma da raus", unterbrach Dante mich mit einem unheilvollen Unterton. „Die Tatsache, dass du mit ihr verwandt bist, rettet dich noch, aber du solltest es nicht zu weit treiben. Es gibt mehr Menschen, die sich sofort für Emma gegen dich stellen würden, als du denkst."

Kampflustig reckte ich mein Kinn vor. „Weißt du, wie egal mir das ist? Wie egal mir Emma und du und eure dreckigen Freunde seid? Ihr seid miese Kröten und ich hoffe, ich werde lange genug hier sein um zu sehen, wie Karma euch ein Bein stellt!"

„Schön", entgegnete er ausdruckslos. „Wenn du in Geschichte aufgepasst hast, wirst du ja sicher wissen, was aus überheblichen Menschen wird."

Ich wusste, worauf er anspielte, und es fühlte sich an wie ein Schlag direkt ins Gesicht an. Unwillkürlich fasste ich nach dem Kettenanhänger, der um meinen Hals baumelte. Ein Judenstern, dessen obere Zacken so geformt waren, dass der Stern ein Herz bildete.

Dieser kleine Dreckssack drohte mir wirklich mit dem Holocaust?

Von welchem Mond war der denn heruntergefallen?!

Doch ehe ich etwas erwidern konnte, wandte er sich plötzlich von mir ab und schlenderte einfach davon, als wären wir nicht weiter wichtig.

Als hätte er soeben nicht das Herz eines Mädchens gebrochen.

„Was für ein Arsch!", sagte Claire noch laut genug, dass Dante es sicher gehört hatte. Dann drehten wir uns praktisch zeitgleich zu Agnes, die so weit zurückgetreten war, wie sie konnte, und mit dem Rücken gegen die Wand lehnte.

„Süße, das tut mir so leid!", murmelte Claire und tätschelte ihrer Freundin die Schulter. „Ich hab echt keinen blassen Schimmer, was in ihn gefahren ist. Sonst war er immer so nett! Ich wette, da steckt mehr dahinter."

Aus dem Augenwinkel heraus nahm ich eine Bewegung war.

„Wisst ihr", hörte ich Jenna mit säuselnder Stimme flöten, „es ist so: Manchmal denkt man, man ist verliebt, und dabei hat man einfach nur Hunger." Sie bedachte Agnes mit einem angewiderten Mustern. „Gott sei Dank hat Dante noch rechtzeitig einen Schokoriegel gefunden."

Nachmittags traf ich mich zusammen mit Imran mit unseren Eltern. Wir aßen Burger – für mich gab es einen Vegetarischen - und unser Vater berichtete uns von seinen Versuchen, einen Job zu finden und sagte, dass das in Neustadt-Hausen gar nicht so einfach wäre. Er würde seine Fühler wohl noch weiter ausstrecken und notfalls müssten wir nochmal umziehen.

Ich schluckte meinen Argwohn über diese Ankündigung zusammen mit meinem Burger herunter. Es hatte ja doch keinen Sinn. Wo auch immer meine Eltern hingingen, ich musste mit.

Es war echt scheiße, erst 15 zu sein.

Sie brachten uns zurück zu den Golds und blieben noch zum Abendessen, obwohl meine Mutter äußerst wenig zur Unterhaltung beitrug. Sie schien sich in der Gegenwart ihrer Schwester nicht wohlzufühlen. Oder lag es vielleicht an Viktor?

Keine Ahnung, und es war mir auch egal. Sollte meine Mutter doch ihre eigene Schwester meiden. Ich hielt mich ja auch von Emma fern. Als sie mir abends *Gute Nacht* sagte, tat ich so, als wäre ich schon eingeschlafen. Entweder wusste sie tatsächlich nichts von der Sache zwischen Agnes und Dante, oder sie ignorierte es.

Mir war das zu blöd. Ich stand hinter Agnes, die für den Rest des Schultages ganz still und in sich gekehrt war. Als unser Mathelehrer sie im Unterricht einfach drangenommen hatte, hatte sie noch nicht einmal nach mehrmaliger Aufforderung geantwortet.

Sie war ein Wrack. Erst da war mir klar geworden, wie gern sie Dante gehabt haben musste. In diesem Moment hatte ich beschlossen, meine Cousine nicht mehr zu beachten. Sie und ihre Freunde würden in meinen Augen nicht mehr existieren.

Dementsprechend groß war meine Überraschung, als Agnes ihr am nächsten Tag eine Schachtel Pralinen brachte. Mit Claire und mir im Schlepptau, marschierte sie direkt zu Emma, die zwischen Isabel und Fabienne vor ihrem Klassenraum wartete, und reichte ihr die Schachtel mit den Worten: „Die sind für dich, Emma. Es tut mir sehr leid, was am Wochenende passiert ist, ehrlich. Das hab ich nicht gewollt. Ich hoffe, du verzeihst mir."

Emma hatte die Pralinen an sich genommen und Agnes zum Dank umarmt.

Mir kam das Ganze nicht ganz geheuer vor. Um ehrlich zu sein, machte ich mir mehr Sorgen um die auf-einmal-wieder-glückliche-Agnes, als um das Wrack, welches sie gestern noch gewesen war.

Irgendetwas ging hier vor, und ich war mir noch nicht ganz sicher, ob ich wirklich wissen wollte, was.

Fabienne

Rein theoretisch gesehen war zwischen Isabel, Emma und mir wieder alles gut. Ich hatte mich nach meinem Treffen mit Percy an unserem Tümpel bei meinen Freundinnen entschuldigt. Und die Idee von Emma, eine Pyjama-Party zu veranstalten, fand ich auch ehrlich toll. Dass es am Ende so aus dem Ruder lief, hätte keiner ahnen können.

Rein theoretisch gesehen, war also wieder alles in Ordnung.

Aber wie jeder wusste, gab es einen großen Unterschied zwischen Theorie und Praxis.

Sie gaben sich Mühe, mich in ihre Mitte zu nehmen. Sie warteten auf mich und fragten mich nach meiner Meinung. Und trotzdem spürte ich ganz deutlich diese feine Linie, die mich von ihnen trennte. Diese schmale Schlucht zwischen Isabel und mir, weil sie im Stich gelassen hatte.

Ich beschloss, damit zu leben. Für meinen Seelenfrieden würde es besser sein, wenn ich mich damit abfand. Den Wunsch, es möge doch bitte so wie früher werden, konnte ich zwar nicht einfach so abstellen, aber ich drängte ihn zurück. Dass war das größte Problem mit der Zeit. Sie veränderte Menschen.

Es war Mittwochabend und ich war gerade von meinem Balletttraining nach Hause gekommen. Meine Mutter saß im Fernsehzimmer, ich hatte sie gerade begrüßt, und war anschließend zurück in die Eingangshalle gegangen, um nach meinem Vater zu suchen. Er kam gerade in einem grauen, nach Maß geschneiderten Anzug die Treppe herunter. „Ma petit princesse!", begrüßte er mich und drückte mir einen Kuss auf die Stirn. „Wie war dein Training?"

„Meine Tanzlehrerin will Schwanensee aufführen", teilte ich ihm mit.

Er nickte. „Ja, deine Mutter hat mir davon schon erzählt."

„Natascha hat die Rolle des Schwans bekommen. Sie solle beide tanzen, den Weißen und den Schwarzen."

„Das wird deiner Mutter nicht gefallen", stellte mein Vater fest.

Ich fragte mich, warum es meiner Mutter gefallen musste, welche Rolle ich bekam. Natascha war nicht nur besser als ich, sie wollte auch Tänzerin werden. Ich nicht. Ich ging nur zum Ballett, weil meine Mutter es von mir verlangte.

„Was gibt es denn zum Essen?", versuchte ich, ein unverfänglicheres Thema anzusteuern. Ich genoss die Tage, an denen mein Vater im Haus war. Sie waren viel zu selten.

„Ich bin mir nicht ganz sicher, laut unserem Koch gab es vorhin ein Problem mit dem Herd. Wir könnte ja auch etwas bestellen. In der Nähe der Victor-Hugo-Schule hat ein mongolisches Restaurant eröffnet."

„Mongolisch?", wiederholte ich nicht gerade überzeugt. Ich musste an arme Menschen und staubtrockenes Brot denken. Davon konnte doch keiner satt werden.

Mein Vater bemerkte meine gerümpfte Nase und musste lachen. Er öffnete seinen Mund, um etwas zu sagen, als es plötzlich an der Haustür klingelte.

„Nanu? Wer kann das denn sein?", fragte er sich stattdessen.

Zazie, unsere Haushälterin, kam in ihrem schwarzen Kleid aus einem Seitenzimmer gerannt und öffnete die Tür. Ich blieb mit meinem Vater mitten in der Eingangshalle stehen und lauschte.

„Ich wollte zu Fabienne", hörte ich eine mir sehr bekannte Jungenstimme und erstarrte. „Beziehungsweise zu ihren Eltern. Sind sie da?"

Zazie warf einen Blick über ihre Schulter zu meinem Vater. „Monsieur Roux?"

Ich konnte den bohrenden Blick meines Vaters auf mir spüren, beschloss aber, dass die marmornen Fliesen viel interessanter waren. „Lass den jungen Mann eintreten, Zazie", sagte mein Vater schließlich. Ich legte meine Hände übereinander und knetete meine Finger. Ein Teil von mir hoffte noch, mich verhört zu haben. Das konnte er nicht tun. Wir hatten darüber gesprochen.

Zazie trat zur Seite, damit unser ungebetener Gast eintreten konnte.

Und das tat er.

Und wie er es tat!

Er trug zwar eine einfache – aber heile! - blaue Jeans, darüber allerdings ein weißes Hemd und ein schwarzes Sakko. In seinen Armen hielt er eine Tüte mit chinesischem Essen. Und sein braunes Haar hatte er sogar gekämmt!

Bei Percys Anblick klappte mein Unterkiefer herunter. Ich hatte mit allem gerechnet – sogar mit einem Tsunami – nur nicht damit.

Als er meinen Vater und mich entdeckte, blieb er ein wenig unsicher stehen. Noch nie hatte ich Percy nervös erlebt. Er lief sogar ein kleines bisschen rot an.

„Äh, Guten Abend, Herr Roux", stammelte er verlegen und versuchte, umständlich meinem Vater eine Hand zu reichen, doch das Essen war im Weg.

„Lass gut sein", sagte mein Vater freundlich. „Nenn mich einfach Jean-Baptiste. Und wer bist du, wenn ich fragen darf?"

Percys Blick huschte zu mir und wieder zurück zu meinem Vater. „Percival von Neustadt-Hausen."

„Oh!", machte mein Vater überrascht. „Ich sehe, du hast etwas zum Essen dabei?"

„Äh, ja. Ich dachte mir, wenn ich schon ungefragt hier auftauche, kann ich mich wenigstens am Abendessen beteiligen."

„Guter Junge!", lachte mein Vater und wandte sich an mich. Als er mir zu zwinkerte, war ich mir nicht sicher, wie ich das deuten sollte. „Geht schon mal ins Esszimmer. Zazie? Deck bitte den Tisch. Für Vier! Ich hole deine Mutter, Fabienne."

„Was zum Teufel tust du hier?!", zischte ich, als Percy und ich das Esszimmer betraten. Zazie huschte hinter uns herein und begann, den Tisch zu decken.
Er zuckte mit seinen Schultern, als wäre sein Auftauchen gar nicht weiter wichtig. Lässig stellte er die Tüte mit dem Essen auf den Esstisch.
„Das ist kein Spaß!", erklärte ich ihm eindringlich. „Mein Vater mag vielleicht ganz cool mit der Situation umgehen, aber meine Mutter – Himmel, meine Mutter wird durchdrehen!"
„Nun entspann dich mal, Fabi", entgegnete er unbekümmert.
„Ich will mich aber nicht entspannen!"
Ein Seufzen drang aus seiner Kehle. „Ich habe einfach keine Lust mehr auf dieses Versteckspiel."
„Und da dachtest du, du tauchst hier einfach mal so auf und spielst ihnen den perfekten Schwiegersohn vor und hoffst, dass sie dich akzeptieren?!"
Er grinste mich auf seine gewohnt schelmische Art an und erwiderte: „Ja, das kommt meinem Gedankengang schon ziemlich nahe."
Frustriert boxte ich ihm gegen die Brust. Lachend griff er nach meiner Hand und hielt sie fest. „Du kannst ja richtig kratzbürstig sein", witzelte er. Als ich in seine Augen blickte, verschwand sein Lächeln. „Hör mal, mein Vater veranstaltet jedes Jahr zwei Bälle. Und der Winterball ist in knapp drei Wochen.

Für mich ist das eine Pflichtveranstaltung und von mir wird verlangt, in Begleitung aufzutauchen. Und ich will *dich* dabeihaben."

„Oh ...", gab ich wenig hilfreich von mir.

Wir hörten Schritte näherkommen. Rasch entfernte er sich einen halben Meter von mir und setzte sein einnehmendes Lächeln auf, als meine Eltern den Raum betraten. Während mein Vater ehrlich versuchte, sich auf das Ganze einzulassen, wirkte meine Mutter verkniffener als sonst.

„Guten Abend, Frau Roux", begrüßte Percy sie und wollte ihr seine Hand reichen.

„*Madame* Roux", korrigierte sie ihn, betrachtete seine Hand, als würde daran Matsch kleben, und setzte sich ohne ein weiteres Wort an ihren Platz an dem einen Ende des Tisches. Mein Vater setzte sich ans andere Ende. Percy und ich ließen uns einander gegenüber an den langen Seiten nieder.

Zazie hatte das Essen bereits verteilt. Chinesische Nudeln mit Gemüse, Hähnchenfleisch und süß-saurer Sauce.

„Vom Mongolen hätten wir mehr gehabt", kommentierte meine Mutter ihre Mahlzeit.

„Sag mal, Percy", ging mein Vater schnell dazwischen. „Was machst du denn so?"

„Ich gehe noch zur Schule, Monsieur Roux", antwortete Percy freundlich.

„Ja, natürlich. Auf die Victor-Hugo-Privatschule, wie man so hört?"

Der Sohn des Grafen nickte. „Es stimmt zwar, dass die meisten meiner Mitschüler ziemliche Schnösel sind, aber die Schule an sich ist wirklich gut. Jeder hat die Chance, in seinen Stärken zusätzlich gefördert zu werden."

„Das hab ich auch gehört. Marcelline und ich haben uns tatsächlich damals überlegt, ob es für Fabienne nicht das Beste wäre, zur Privatschule zu gehen, haben uns dann aber doch dagegen entschieden. Ihre engsten Freundinnen sind auf das städtische Gymnasium gekommen."

„Wie geht es Jenna denn eigentlich so?", erhob meine Mutter ihre Stimme. „Hat sie diese … Sache mit Tommy inzwischen verkraftet?"

„Ja, Mama", antwortete ich und stocherte weiter in meinem Essen herum. Ich hatte es aufgegeben, ihr zu erklären, dass Isabel einen viel größeren Verlust erlitten hatte. Nach Emma fragte meine Mutter erst gar nicht. Ich war mir noch nicht einmal sicher, ob sie sie als meine Freundin betrachtete.

„Und, Percy, hast du schon eine Idee, wie es nach der Schule für dich weitergehen soll?", fragte mein Vater nach einem Moment der Stille.

„Ehrlich gesagt, bin ich da noch sehr unschlüssig", gab Percy zu. „Mein Vater hätte gerne, dass ich in seine Fußstapfen trete und irgendetwas mit Wirtschaft studiere. Medizin würde mich auch reizen. Ich könnte mir aber auch vorstellen, als Journalist zu arbeiten."

Das Letzte überraschte selbst mich. Wir hatten zwar nie über unsere Zukunft gesprochen, aber ich hatte angenommen, er würde so oder so der nächste Graf von Neustadt-Hausen werden. Wenn ich so darüber nachdachte, musste ich allerdings feststellen, dass Journalismus durchaus zu ihm passte.

„Ein Schreiber also", fasste meine Mutter zusammen und klang dabei ganz und gar nicht erfreut. „Sagen Sie, kennen Sie die Werke des Namensgebers Ihrer Schule?"

„Sie können mich gern Duzen, Madame Roux", sagte Percy charmant.

„Dann müsste ich Ihnen früher oder später womöglich das Recht einräumen, mich ebenfalls beim Vornamen zu nennen, und das möchte ich vermeiden."

Ich stieß einen stummen Schrei aus. Fassungslosigkeit machte sich breit und erstickte jedes Gespräch im Keim. Noch nicht einmal mein Vater schien zu wissen, wie er diese Situation noch retten konnte.

„Ich hab *Les Misérables* im Original gelesen", brach Percy höchstselbst das Schweigen. „Und dann nochmal auf Deutsch, weil ich nicht alles verstanden hab. Es ist faszinierend, dass Victor Hugo schon 1850 die Stellung der Prostituierten kritisiert und sich gewünscht hat, sie mögen mehr Rechte in der Gesellschaft erhalten. Außerdem haben wir jedes Schuljahr eine Themenwoche, in der wir uns nur mit Hugo beschäftigen. Ich mag seine Gedichte. Und Sie, Madame Roux? Welches ist ihr Lieblingsgedicht von ihm? Meins ist eindeutig *Morgen, schon*."

„Ich halte generell mehr von Voltaire", gab meine Mutter zurück.

Mein Vater gab sich redlich Mühe, Percy in ein

angenehmeres Gespräch zu verwickeln. Es überraschte mich, dass er weniger Probleme mit dem Grafensohn hatte, als meine Mutter. Ein Teil von mir wünschte sich, sie würde über ihren Schatten springen und zumindest *versuchen*, ihn kennenzulernen. Stattdessen saß sie einfach wortlos da und aß ihre Nudeln.

Nach dem Essen verabschiedete sich Percy von mir und meinen Eltern. Mein Vater bedankte sich sogar bei ihm für das Essen. Im Großen und Ganzen war es besser verlaufen, als ich angenommen hatte.

„Ich mag ihn", verkündete mein Vater, als Zazie unseren Gast aus dem Esszimmer und zur Haustür geführt hatte. Eine Last, derer ich mir erst jetzt bewusst wurde, fiel von meinen Schultern. „Er ist ein aufgeweckter und intelligenter Bursche."

„Das ist er!", bestätigte ich eine Spur zu euphorisch.

„Und es ist ziemlich mutig von ihm gewesen, hier einfach aufzutauchen und sich den Eltern seiner Angebeteten vorzustellen. Ich hätte mich das nicht mit 15 getraut."

Zum ersten Mal an diesem Abend lächelte ich. Zu wissen, dass mein Vater ihn akzeptierte, nahm mir all meine Bedenken.

Zumindest solange, bis meine Mutter sich zu Wort meldete. „Mag sein, dass er aufgeweckt und intelligent ist", sagte sie unbarmherzig. „Er ist dennoch kein Umgang für dich, Fabienne. Ich erwarte von dir, dass du diesen Jungen nicht wiedersiehst. Du sollst dich ganz auf *deine* Leistungen konzentrieren. Er steht dir nur im Weg."

Isabel

Es klopfte an meiner Zimmertür.

„Herein?", rief ich, und mein Vater tauchte auf. „Ich war mir nicht sicher, ob du schon schläfst", entschuldigte er sich und trat ein. „Es ist ja immerhin schon 22:30 Uhr."

„Wenn du mir jetzt eine Predigt darüber halten willst, dass ich schlafen soll, weil morgen Schule ist, kannst du im Türrahmen stehenbleiben. Es interessiert mich eh nicht", entgegnete ich und griff nach einer Praline, die Agnes eigentlich Emma geschenkt hatte, aber die mochte keine Schokolade mit Füllung. Ich schon. Ich hatte mich vor einer guten Stunde mit ihnen und einem guten Buch in mein Bett gekuschelt und die halbe Packung verdrückt.

„Nein, keine Predigt", sagte mein Vater und setzte sich zu mir aufs Bett.

Ich hob die Packung mit den Pralinen an. „Willst du?"

„Nein, Liebes. Ich möchte mit dir über deinen Geburtstag sprechen."

Ich legte die Packung zurück und stopfte eine weitere Praline in den Mund, ehe ich mich wieder dem Thriller vor mir widmete. „Ein ziemlich hässliches Mädchen hat ihre viel hübschere Schwester umgebracht. Voll krass."

„Dein Geburtstag fällt dieses Jahr auf den Tag des

Winterballs", fuhr mein Vater fort. „Wir haben eine Einladung bekommen, aber ich dachte, vielleicht möchtest du mit deinen Freundinnen feiern."

„Nee, schon gut. Geh mit Ingrid lieber zum Ball", sagte ich und lächelte ihm aufmunternd zu. „Sie wird sicher viel Spaß dabei haben, sich in ein schickes Abendkleid zu zwängen und den ganzen Abend lang steif neben der Bowle zu stehen." Als mir klar wurde, wie bissig mein letzter Kommentar klang, ruderte ich hastig zurück. „Das meinte ich nicht so, wie es geklungen hat."

„Wir sind doch jedes Jahr zusammen auf den Winterball gegangen."

„Jep, aber letztes Jahr war Mama noch deine Begleitung und mich habt ihr reingeschmuggelt, weil ihr keinen Babysitter finden konntet, und der reguläre Winterball erst ab 14 Jahren erlaubt ist und er *einen Tag* vor meinem Geburtstag stattfand", entgegnete ich und seufzte bei der Erinnerung. „Tommy musste euch schwören, auf mich aufzupassen, weil er schon 14 Jahre alt war, während du und Mama nochmal so tun konntet, als wäre eure Ehe nicht total kaputt. Er hat mir Walzer beigebracht und mir Punsch geholt. Und deswegen will ich dieses Jahr nicht zum Winterball. Weil ich regulär dürfte und derjenige, der mir Walzer beigebracht hat, nicht mehr da ist, um mit mir zu tanzen. Vielleicht komme ich nächstes Jahr wieder mit."

„Hm", machte mein Vater und nickte, als könnte er mich sogar verstehen. „Okay. Was ich aber noch nicht verstehe, ist, warum du deine Freundinnen nicht einladen willst. Ihr könnt euch hier einen netten Mädelsabend machen. Über eure Eltern lästern, euch gegenseitig die Füße lackieren, über Jungs reden ..."

„Okay, stopp mal, Paps!", unterbrach ich ihn kichernd. „Wenn das hier jetzt zu einem Versuch wird herauszufinden, ob ich einen Freund habe, dann muss ich dich enttäuschen: Hab ich nicht. Und da ist auch kein Typ in der engeren Auswahl."

„Gut", murmelte mein Vater leicht verlegen. „Aber darauf wollte ich auch nicht hinaus."

„Nicht?" Eine leise Vorahnung legte sich um mein Herz und machte es schwer.

„Du hast immer deinen Geburtstag gefeiert, Maus. Jedes Jahr mussten deine Mutter und ich uns etwas einfallen lassen, um den 13. Dezember zu einem kleinen Highlight zu machen. Als du 5 wurdest, wolltest du unbedingt eine Schneeparty machen, weil es in dem Jahr noch viel zu warm war für Schnee. Wir haben im Keller einen Raum freigeräumt und mit Kunstschnee ausgefüllt. Du hast deinen Geburtstag immer geliebt, noch mehr als Weihnachten. Ich hab mich nur gefragt, warum du dieses Jahr nicht feiern willst."

„Ich lade Emma ein, okay? Fabienne wird sicher mit Percy zu dem Ball gehen und Jenna und Gina sind garantiert auch eingeladen. Ich mach mit Emma einen DVD-Abend und wir können Schoko-Fondue essen. Und ich beschwere mich bei ihr über meinen Vater, der mich dazu zwingt, meinen Geburtstag zu feiern."

„Isabelchen", sagte mein Vater und sah mich mit einem wissenden, mitleidigen Blick an. Er hatte mich durchschaut. Vermutlich hatte er von Anfang an gewusst, wo das wahre Problem lag.

Ich setzte mich im Schneidersitz hin und konnte plötzlich seinem Blick nicht mehr standhalten. „Es ist viel passiert, okay?", sagte ich nachdrücklich. „Die Schneeparty, die du eben erwähnt hast – Tommy ist hineingeplatzt und hat eine Schneeballschlacht angezettelt. Als ich zu meinem 12. Geburtstag eine Schlafparty veranstaltet hab, ist er mitten in der Nacht zu mir und meinen Freundinnen geschlichen und wir haben heimlich einen Horror-Film geguckt. Wir haben uns nie gegenseitig etwas zum Geburtstag geschenkt, aber wir haben uns jedes Jahr gegenseitig Briefe geschrieben mit Glückwünschen. Wir haben uns diese Briefe heimlich unter die Türen durchgeschoben und nie darüber gesprochen, weil das eben so unser Ding war. Und es ist einfach ein beschissenes Gefühl zu wissen, dass ich dieses Jahr keinen Brief von ihm unter meiner Tür finden werde. Und dass er auch nicht auftaucht und die Party sprengt. Und am beschissensten ist, dass ich, wenn ich irgendwann 85 werde, mehr Geburtstage ohne meinen Bruder erlebt hab, als mit ihm."

Ich weinte nicht. Es überraschte mich selbst. Tatsächlich machte es mich vor allem wütend. „Es ist unfair, dass ich älter werde und er nicht. Und das will ich nicht feiern."

Mein Vater streckte eine Hand nach mir aus und strich mir sanft eine Strähne hinters Ohr. „Du solltest feiern. Tommy hätte nicht gewollt, dass du deinen Lieblings-Tag im Jahr verpasst. Aber wenn dir wirklich nicht danach ist, dann zwinge ich dich natürlich auch nicht. Es ist *dein* Geburtstag." Er beugte sich vor und küsste mich auf die Stirn. „Und jetzt schlaf. Es ist wirklich schon sehr spät." Er stand auf und wollte mein Zimmer verlassen, blieb dann aber doch noch einmal im Türrahmen stehen. „Den Horrorfilm hatte er übrigens von mir. Ich fand, euch Mädels würde mal ein bisschen Grusel guttun." Grinsend zwinkerte er mir zu und schloss die Tür hinter sich.

Mitten in der Nacht wachte ich schweißgebadet auf. Ich tastete nach dem Lichtschalter meiner Nachttischlampe, fand ihn aber nicht sofort, und bei dem Versuch, weiter danach zu suchen, fiel ich aus meinem Bett. Panisch sprang ich auf meine Beine und rannte zum Lichtschalter neben meiner Zimmertür. Sobald der Raum hellerleuchtet war, lehnte ich mich gegen die Wand und atmete tief ein und aus.

Etwas stimmte nicht. Die Wände schienen sich zu bewegen; sie krümmten sich nach außen und meine Möbel schoben sich merkwürdig durch die Gegend.

Ich blinzelte ängstlich, und die Möbel rückten zurück an ihre angestammten Plätze. *Atmen*, erinnerte ich mich selbst und legte beide Hände über mein Herz. *Du hast nur schlecht geträumt.*

Hast du wirklich nur schlecht geträumt, Schwesterherz?

Erschrocken drehte ich mich um, doch hinter mir war ja nur die Wand.

Suchst du wen?

Da war sie wieder, diese Stimme. Diese mir viel zu bekannte Stimme.

„Tommy?", fragte ich in mein Zimmer hinein, doch ich war allein. Natürlich. Mein Bruder war tot.

Haha, na ja, so tot, wie man eben sein kann!

Er lachte.

„Tommy?", fragte ich noch einmal, dieses Mal vorsichtiger. Ich strich mir die Haare aus der schweißnassen Stirn. Das hatte ich nun davon, Thriller zu lesen. Jetzt wurde ich verrückt.

Ich hatte noch immer das Gefühl, alles in meinem Kopf würde sich drehen, und meine Zunge fühlte sich merkwürdig belegt an.

Na, komm und such mich!, rief mein Bruder, der ja eigentlich gar nicht mehr rufen konnte.

Plötzlich bekam ich Durst. Ich hatte vergessen, frisches Wasser neben mein Bett zu stellen, also tapste ich auf den dunklen Flur hinaus und wollte in die Küche gehen. Im Schein des Lichtes, welches aus meinem Zimmer fiel, glaubte ich, einen Schatten gesehen zu haben, der eilig ins Dunkle schoss.

Fang mich, Isabel! Los, du kannst mich finden!

Einen kurzen Moment lang gab ich mich der naiven Vorstellung hin und folgte der Stimme. Wir hatten eh den gleichen Weg.

Der Teppich unter meinen nackten Füßen fühlte sich rau an. Als ich an der Treppe ankam, schaltete ich das Licht ein. Da war wieder dieser Schatten, der sofort in eine dunkle Ecke huschte; nur dass ich mir todsicher war, dieser Schatten hätte blonde Locken gehabt.

Komm schon, fang mich!

Seine Stimme hatte etwas schelmisches an sich. Unwillkürlich musste ich an die Grinsekatze aus *Alice im Wunderland* denken.

Ein Teil von mir wollte umkehren und zurück ins Bett kriechen. Meine Füße entschieden für mich. Sie trugen mich einfach weiter, die Treppe sicher herunter. Im Eingangsbereich war ein großer Spiegel. Ich glaubte, dort die Umrisse eines Menschen zu erkennen, aber als ich vor ihm stand, blickte mir nur mein eigenes, blasses Ebenbild entgegen.

Hier bin ich!

Ich folgte der Stimme bis ins Kaminzimmer, wo der Mond wie selbstverständlich direkt auf die einzige Fotografie schien, die wir von Tommy aufgestellt hatten.

Komm und hol mich, Schwesterherz!

„Aber das bist ja gar nicht du", entgegnete ich und ging dennoch zum Kamin. Ich nahm das Foto in meine Hände und betrachtete es. „Das ist ja bloß dein Foto …"

„He Isabel, willst du nicht aufstehen?"

Reflexartig richtete ich mich in meinem Bett auf, wobei die Fotografie von Tommy polternd herunterfiel. Ingrid stand in der Tür und musterte mich mit einer hochgezogenen Augenbraue. „Du hast schon verschlafen. Dein Wecker hat ein paar Mal geklingelt, sogar ich bin davon aufgewacht."

„Dann hättest du mich ja auch mal eher wecken können", entgegnete ich barsch und sprang aus meinem Bett, lief durch mein Zimmer und suchte mir frische Klamotten aus meinem Schrank. Mein Hirn fühlte sich an, als bestünde es aus ganz vielen Seilen, die sich miteinander verknotet hatten.

„Was macht denn das Foto hier?", fragte Ingrid, als wüsste sie die Antwort längst.

Ich hielt inne und kratzte mich an der Schläfe.

„Ehrlich gesagt, weiß ich das nicht genau."

Nur noch vage konnte ich mich an die letzte Nacht erinnern. Am deutlichsten erinnerte ich mich an ein Gefühl der Hilflosigkeit. Irgendwie war das Foto in meinem Bett gelandet. Ich musste wohl in der Nacht durchs Haus geirrt sein.

In Windeseile machte ich mich für die Schule fertig. Zu spät würde ich dennoch kommen. Ich saß gerade im Bus, als mir eine plötzliche Eingebung kam.

Geistesgegenwärtig schrieb ich Emma eine SMS, dass ich erst später kommen würde, weil mir heute Morgen schwindelig von meiner Periode gewesen war. Ich stieg in der Nähe der katholischen Kirche aus und schlug den Weg in entgegengesetzter Richtung ein.

Mein Weg führte mich zum städtischen Friedhof. Abgesehen von seiner Beerdigung, war ich noch nie hier gewesen. Mein Vater kam ihn jeden Sonntag nach dem Gottesdienst besuchen, meistens begleitete Ingrid ihn, manchmal kam mein Onkel mit, hin und wieder schlossen sich meine Großeltern auch an. Aber mich hatten sie noch nie überzeugen können.

Ich war kein Fan von Friedhöfen. Es waren ruhige Orte; seltsam ruhig, tödlich ruhig. Mir gefiel es nicht, Wege entlangzuschlendern, an denen links und rechts Tote beerdigt waren. Alte neben Kindern. Kranke zwischen bis zu ihrem Todestag gesunde Menschen. Ein Friedhof sollte Frieden darstellen, ich hingegen musste bei der Vorstellung immer an all die Leben denken, die einfach vorbei waren. An all die Chancen, die nicht mehr ergriffen werden konnten; die Träume, die nie gelebt worden waren.

Jeder endete hier. Egal ob man reich oder arm war, Kinder hatte oder mit seiner Arbeit verheiratet gewesen war. Im Endeffekt war es ganz egal, wie sehr man sich zu seinen Lebzeiten anstrengte. Sterben taten wir alle gleich. Ganz am Ende unterschieden uns nur noch die Bestattungsart und die Wahl des Grabsteins voneinander, und wie viel Mühe sich unsere Angehörigen bei der Grabpflege gaben.

Ich wusste noch ganz genau, wo ich ihn finden würde. Es gab einen Bereich, der extra für Kinder reserviert war. Laut Friedhofsordnung war Tommy zwar eigentlich schon aus dem Alter für diesen Bereich raus, aber irgendwer hatte ein paar Augen zugedrückt.

Der Punkt war: Es gab eine große Statue eines weinenden Engels in der Mitte des Platzes. Viele Trauerweiden standen hier, als wäre die Tatsache, dass hier Kinder beerdigt waren, nicht schon bedrückend genug.

Er lag in einem der hinteren Gräber, nahe der Friedhofsmauer. Hier waren die Urnengräber der toten Kinder. Mit gesenkten Schultern lief ich zu ihm.

Wir hatten uns für eine schlichte Marmorplatte entschieden. Dort war sein voller Name eingraviert, sowie die zwei wichtigen Daten. Der Tag, an dem er geboren war, und der, an dem Elias ihn uns genommen hatte.

Zumindest war ich davon überzeugt. Emma behauptete, es wäre ein Unfall gewesen. Dass er bloß zur falschen Zeit am falschen Ort gewesen war.

„Na, schwänzt du auch die Schule?"

Ich zuckte erschrocken zusammen und gab einen kleinen Schrei von mir. „Erschrick mich doch nicht so!", schnauzte ich diesen anderen Menschen an, mit dem ich ehrlich gesagt nicht gerechnet hätte. Es kam mir absurd vor, zwischen all dieses toten Menschen auf einen Lebenden zu treffen.

„Tut mir leid, das wollte ich nicht", entschuldigte er sich und streckte mir seine Hand entgegen.

Erst jetzt sah ich ihn an. Es war dieser rothaarige Typ aus der Selbsthilfegruppe.

„Ach, du bist doch Nick, oder?"

Er grinste. „Ja, der bin ich."

„Was, echt?" Ich konnte meine Überraschung nicht verstecken. „Das ist jetzt aber komisch."

„Lustig-komisch oder merkwürdig-komisch?"

„Beides, irgendwie", versicherte ich ihm schnell. „Es ist nur so, dass ich mir eigentlich keine Namen merken kann. Letztens wurde ich gefragt, wie mein Vater mit Vornamen heißt, und ich musste tatsächlich einen kurzen Moment überlegen!"

„Autsch!", machte Nick, und verzog gespielt schmerzerfüllt das Gesicht.

Mir fielen die unzähligen Sommersprossen auf, die seine Haut zierten, und seine moosgrünen Augen, die zu diesem Ort hier passten. Mir war noch nie klar gewesen, dass Augen farblich zu einem Friedhof passen konnten.

„Du siehst traurig aus", stellte ich fest. Sobald ich die Worte ausgesprochen hatte, bereute ich es schon. „Sorry, das geht mich eigentlich gar nichts an."

„Schon okay." Nick zuckte mit den Schultern. „Du warst …. Isabel, richtig? Das Mädchen, welches einfach aus der Gruppe gerannt ist. Du hast für eine ziemlich heftige Diskussion gesorgt."

„Echt? Erzähl mir mehr von dieser Rebellin."

Er nickte den Weg entlang. „Wollen wir ein Stück gehen? Oder brauchst du noch eine Minute?"

Ich warf einen letzten Blick auf das Grab meines Bruders. Mein Vater hatte einen Friedhofsgärtner engagiert. Es sah gut aus, sofern man Gräbern eine gewisse Ästhetik zugestehen konnte. Dann wandte ich mich an Nick. „Nein, ich bin fertig."

Wir schlenderten nebeneinander zwischen den Gräbern entlang. Nick erzählte mir von der Gruppe, und dass die Mädchen wohl über meinen Abgang gerätselt hätten, bis ein gewisser Arthur ihnen Einhalt geboten hatte. An dieser Stelle wurde ich hellhörig. „Arthur Ambrosius?", hakte ich nach.

„Jap", bestätigte Nick. „Seine Zwillingsschwester ist gestorben."

„Oh." Ein anderer Gedanke kam mir. „Wer war es bei dir?"

„Meine Schwester. Und meine Mutter. Sie hatten einen Autounfall, als meine Mutter sie vom Reiten abgeholt hatte."

„Oh", machte ich ein weiteres Mal, als wäre mir die Fähigkeit, sinnvolle Sätze zu bilden, abhanden gekommen. „Es muss schrecklich sein, jemanden durch einen Unfall zu verlieren", dachte ich laut. „Ich meine, wenn jemand krank ist, kann man sich wohl irgendwie darauf vorbereiten. Aber ein Unfall … Das kommt so plötzlich."

„Deswegen die Selbsthilfegruppe", entgegnete er mit einem amüsierten Unterton, der bei seinem nächsten Satz allerdings verflogen war. „Es ist auch schon ein paar Jahre her, aber irgendwie … Mein Vater war dran gewesen. Er sollte meine Schwester eigentlich direkt nach der Arbeit abholen. Das wäre eine ganz andere Strecke gewesen. Stattdessen musste er sich um mich kümmern, weil ich mir den Fuß gebrochen hatte und im Krankenhaus lag. Manchmal frag ich mich einfach, was passiert wäre, wenn ich mir nicht genau an diesem Tag den Fuß gebrochen hätte. Wenn ich beim Fußball einfach nur ein wenig besser aufgepasst hätte. Deswegen bin ich heute Morgen hergekommen. Heute ist so ein Tag. Welche Ausrede hast du?"

„Ich hab mich heute Morgen gefragt, ob man aufhört, eine Schwester zu sein, wenn der Bruder tot ist", antwortete ich ehrlich. „Deswegen war ich hier. Ich wollte eine Antwort, hab sie aber leider nicht gefunden."

Einen Moment lang sagte Nick nichts. Dann: „Hat er aufgehört, dein Bruder zu sein?"

Ich blieb stehen und sagte inbrünstig: „Nein!"

Ein Lächeln umspielte seine vollen Lippen. „Dann hast du hier deine Antwort."

Kapitel Fünf

Fabienne

Am Donnerstagnachmittag traf ich mich mit Jenna. Obwohl wir nicht in derselben Klasse waren, besuchten wir gemeinsam den Französisch-Unterricht. Da wir beide Muttersprachler waren, konnte man sich vorstellen, wie leicht der Kurs uns fiel. Wobei mir die Aufgaben mehr lagen als ihr. Während ich in meinen ersten fünf Lebensjahren nur französisch gesprochen hatte, war Jenna bereits in Neustadt-Hausen geboren worden. Vielleicht war das mein einziger Vorteil.

Wir mussten ein Referat über die französische Küche vorbereiten, und dafür hatten wir diverse Kochbücher um uns herum auf dem Boden ausgebreitet. Vor mir lag mein Block, wo ich jedes Gericht handschriftlich festhielt, welches wir präsentieren wollten. Über die Benimmregeln während der Mahlzeit hatten wir schon im Unterricht diskutiert.

Plötzlich legte Jenna das Kochbuch mit den französischen Desserts zur Seite und grinste mich wie ein Honigkuchenpferd an. „Ich muss dir unbedingt etwas zeigen!" Wie von der Tarantel gestochen sprang sie auf und lief graziös zu ihrem Kleiderschrank.

Abwartend blieb ich auf dem Boden sitzen, meinen

Kugelschreiber noch immer in einer Hand haltend, damit ich gleich weiterarbeiten konnte. Hin und wieder brauchte Jenna ihre fünf Minuten ungeteilter Aufmerksamkeit, ehe sie sich wieder mit Schulaufgaben beschäftigen konnte.

Aufgeregt holte sie ein weinrotes, langes Abendkleid heraus. Am Ausschnitt und der Taille entlang funkelten Glitzersteine.

„Wow!", entfuhr es mir und ehe ich mich versah, war ich aufgestanden und strich mit den Fingern, die nicht den Kugelschreiber festhielten, über den weichen Stoff. „Das Kleid ist echt wunderschön!"

„Für den Winterball!", erklärte Jenna ungeduldig. Durch ihre kindliche Vorfreude glitzerten ihre braunen Augen fast so sehr wie die Funkelsteine an ihrem Kleid. „Ich gehe mit Benjamin Wolf hin!"

Mein Unterkiefer klappte herunter. „Dem Enkel von Gustav Wolf? Dem Kerl, der die *Deutsche Wolf Bank* gegründet hat?"

Sie nickte. Dann gab sie ein verhaltenes Kreischen von sich. Sie war es nicht gewöhnt, sich so ausgelassen über etwas zu freuen. Die Tatsache, dass sie es doch irgendwie tat, war ungefähr genauso überraschend wie ihr Date mit dem Millionen-Erben. „Ich bin *so* aufgeregt!", erzählte sie mir breit grinsend.

„Aber ist der Typ nicht schon fast fertig mit der Schule?"

Sie nickte. „Er ist im letzten Jahr an der Hugo. Unsere Väter haben das Date arrangiert. Er wird sogar eine Krawatte in der Farbe meines Kleides tragen!"

„Das wird sicher ein wundervoller Abend!"

„Ganz bestimmt! Was mich zu meiner nächsten Frage führt: Kommst du dieses Jahr auch mit? Es wäre dein erster Winterball und wie ich höre, bist du ja mit dem Grafensohn liiert."

„Percy", korrigierte ich sie weniger enthusiastisch. „Und nein, ich gehe nicht hin."

„Ich verstehe einfach nicht, was deine Eltern gegen die Grafenfamilie haben", meinte Jenna auf ihre gewohnt herablassende Art und hängte ihr Kleid zurück in den Schrank.

Wortlos setzte ich mich zurück zu meinen Unterlagen auf den Boden. Nach einer Weile tat sie es mir gleich und widmete sich wieder den französischen Desserts. „Ich bin ja gespannt, wen Percy dann mitbringt", dachte sie laut, ohne vom Kochbuch aufzuschauen. Ich zwang mich, auf meinen Block zu starren. „Letztes Jahr hatte er eine Blondine dabei. Ihr Kleid war wunderschön. Schneeweiß und der Rock sah aus, als würde er nur aus Federn bestehen, wie ein Schwanenkostüm. Echt elegant."

Ich wollte nicht zuhören, und tat es doch. Ich wollte mir auch nicht die wunderschöne Blondine vorstellen, mit der er letztes Jahr beim Winterball gewesen war, und tat es dennoch. Es war wie ein Fluch.

Und da begriff ich: Unter keinen Umständen würde ich dieses Jahr zu Hause bleiben. Percy hatte Recht. Dieses Versteckspiel war völlig bescheuert und zerrte an meinen Nerven. Schon bei der Vorstellung, er könnte die Hand eines *anderen* Mädchens halten, auch wenn es nur für einen Abend war, schmerzte.

Das wollte ich nicht mehr. Das *konnte* ich nicht mehr.

Und ich beschloss, genauso mutig wie Percy zu sein, als er unangekündigt bei mir aufgetaucht war.

Wir saßen beim Abendessen, als ich fragte. Mein Vater war nur noch heute da. Morgen würde er ein letztes Mal vor Weihnachten nach Oslo fliegen und sich um irgendwelche Geschäfte kümmern. Ich hoffte insgeheim auf seine Unterstützung.

„Maman?", brach ich irgendwann das Schweigen.

„Hm?" Sie sah noch nicht einmal von ihrem Teller auf.

Mein Herz schlug schneller. Noch konnte ich einen Rückzieher machen. Ich könnte sie fragen, wie ihr Tag gewesen war, und damit wäre das Thema erledigt gewesen.

Aber so wollte ich nicht mehr leben. Ich wollte mich nicht immer nur fügen müssen.

„Ich möchte zum Winterball gehen."

Noch immer schaute sie nicht auf. Seelenruhig schob sie sich eine Kartoffel auf die Gabel und steckte sie sich in den Mund. Sie kaute genüsslich.

„En français", erinnerte sie mich nach einer Weile.

„Je veux aller au bal d'hiver", wiederholte ich meine Frage.

„Non."

„Was?", stieß ich aus. Die Tatsache, dass sie mich

nicht sofort angeschrien hatte, hatte mich hoffen lassen. Wie dumm von mir. Aber kampflos wollte ich nicht aufgeben. *Konnte* ich nicht aufgeben. Vor mein geistiges Auge drängte sich wieder das Bild von Percy, wie er mit einer wunderschönen Blondine tanzte.

„Du darfst ohne Einladung nicht den Ball betreten", sagte meine Mutter ruhig, aber eindringlich. Sie machte keine Scherze.

„Ich *bin* eingeladen", konterte ich und ließ meine Gabel polternd auf meinen Teller fallen. „Percy will –"

„Du wirst diesen garçon nicht mehr wiedersehen!", unterbrach meine Mutter mich inbrünstig. „Hast du mich verstanden?" Wie immer, wenn sie wütend wurde, vermischte sie deutsche und französische Wörter.

„Das ist *mein* Leben!", schrie ich sie an.

Zum ersten Mal schrie ich. Einen Moment lang starrte meine Mutter mich fassungslos an. Aber immerhin schaute sie endlich mal auf.

„Dein Leben", sagte sie mit einem bedrohlichen Unterton. „Ich bin für dich verantwortlich, préféré. Und wenn du diesen Jungen noch einmal wiedersiehst, schicke ich dich auf das Internat deiner Tante Manon in Toulouse!"

Mein Mund stand weit offen, doch kein Laut kam mehr über meine Lippen. Ich saß einfach nur da und starrte sie an. Konnte es nicht fassen.

Ich wusste, dass sie keine Scherze machte. Sie würde nicht lang fackeln und mich in einen Flieger nach

Frankreich setzen. Sie hatte die Fäden meines Lebens in der Hand, und ich war bloß ihre Marionette, die sie herumschubsen konnte.

Ohne ein weiteres Wort schob ich meinen Stuhl zurück und verließ das Esszimmer. Es war mir egal, wie sie das auffassen würde. Ich konnte ihre Gegenwart nicht mehr ertragen.

In diesem Moment wurde mir eins klar: Emma hatte es so viel leichter als ich. Sie hatte zwar kein Hausmädchen, die ihre Wäsche machte, und musste ihrer Mutter eigenhändig in der Küche helfen, aber sie konnte gehen, wohin sie wollte. Sie konnte lieben, wem immer sie auch ihr Herz schenken mochte.

Sie war frei.

Ich hingegen gehörte zu einer der reichsten Familien in Neustadt-Hausen und lebte in einem goldenen Käfig, dessen Türen soeben zugeschlossen worden waren. Für mich war *Freiheit* bloß Teil eines Wahlspruchs.

Emma

Am Freitagabend beschlossen wir, einen spontanen *Grey's Anatomy* Marathon zu starten. Und mit *wir* meinte ich meine Mutter und meine Geschwister. Mein Vater hatte sich nach dem Abendessen dankend in sein Arbeitszimmer verzogen und zockte vermutlich irgendein Simulationsspiel. Svea hatte schnell Popcorn in der Mikrowelle gemacht, Tortillas herausgeholt und Dips gezaubert, und dazu noch

Paprika und Karotten geschnitten. Wie sie das alles innerhalb einer halben Stunde geschafft hatte, war mir ein Rätsel. Vielleicht war sie ja aber auch in Wahrheit eine Hexe und versteckte ihre Magie bloß vor uns.

Bei dieser albernen Vorstellung musste ich unwillkürlich kichern.

Ich tauschte meine Jeans – auf Isabels Raten hin hatte ich mir in den Herbstferien tatsächlich eine Röhrenjeans gekauft – gegen eine bequeme, pinke Jogginghose und raffte meine Locken zu einem unordentlichen Dutt zusammen. Indra saß noch in unserem Zimmer und wartete darauf, dass ihre Eltern sie und Imran zu einem Familienabend abholten.

„Viel Spaß", wünschte ich ihr. Zur Antwort drehte sie mir ihren Rücken zu.

Ich hatte keine Ahnung, was ich ihr getan hatte. Ich glaubte zwar, es könnte etwas mit der Abfuhr zu tun haben, die Dante ihrer Freundin gegeben hatte, aber nachdem Agnes sich bei mir für die Sache am letzten Wochenende entschuldigt hatte, war das Ganze für mich eigentlich gegessen. Ich traute mich zwar noch nicht wieder alleine auf den Dachboden, aber auch das würde sich irgendwann wieder legen.

Irgendwann, wenn Gras über diese ganze, gruselige Sache gewachsen war.

Ich ging nach unten zurück, wo sich Jan und Marie bereits auf dem Sofa tummelten. Glücklich ließ ich mich zwischen sie fallen und setzte mich dabei unsanft auf Jans Fuß.

„Ah!", rief er aus und zog ihn schnell unter meinem

Hintern hervor.

Unsere Mutter kam mit dem Knabberkram aus der Küche und stellte alles vor uns auf den Couchtisch. „Und jetzt rückt zusammen, ich brauche auch noch Platz!", befal sie und drängte Marie zur Seite, um es sich an einer der Außenlehnen bequem zu machen. „Wo waren wir stehengeblieben?"

„Dritte Staffel", quiekte Marie aufgeregt. „Vorletzte Folge!"

„Oh nein!", stieß ich aus. „Dann passiert gleich was ganz Schlimmes!"

Jan boxte mir in die Seite. „Hör auf zu spoilern, du Nase!"

Gespielt bestürzt verbarg ich meine viel zu große Nase und warf meinem Bruder einen bitterbösen Blick zu.

Unsere Mutter schaltete den DVD-Player an und drückte auf Play.

Ich liebte diese Abende mit meiner Familie, auch wenn man dank der Sofakämpfe nie ohne blaue Flecken davonkam. Es erinnerte mich daran, dass wir ein Team waren.

Wir fieberten mit Cristina und Meredith mit, aßen unsere Snacks und lachten hier und da, als es plötzlich an der Haustür klingelte. Es war mitten in der Folge, in der Cristina ihren Burke heiraten wollte. Während meine Mutter aufstand, um zur Tür zu gehen, hielt ich mir die Augen zu und murmelte: „Gleich passiert es! Ah, ich kann nicht hinsehen!"

Kurz danach kam Svea zurück. „Emma, es ist für dich."

„Nee", gab ich zurück und schaute zwischen meinen Fingern hindurch zum Bildschirm.

„Doch, Schätzchen. Dieser Junge vom Geschäftsessen. Mit dem du spazieren warst."

„Uh!", heulte Marie gehässig auf. „Emma hat einen – Autsch! Du Trampeltier!"

Ich hatte mich so ruckartig umgedreht, dass ich meiner kleinen Schwester meinen Ellbogen in die Rippen gerammt hatte. „Dante ist hier?"

„Keine Ahnung, wenn ich mich an seinen Namen erinnern würde, müsste ich nicht so kryptisch sprechen", entgegnete meine Mutter und grinste mir aufmunternd entgegen. „Nun geh schon zu ihm, er wartet auf dich."

Um mir auf die Sprünge zu helfen – und in erster Linie um mich zu ärgern – schob Jan mich unsanft vom Sofa. Ich plumpste auf den Boden und gab ein Keuchen von mir. Hastig stand ich wieder auf und lief mit hochrotem Kopf aus dem Wohnzimmer.

Was um Himmels Willen machte er hier? Ich durchsuchte mein Hirn nach einer Info oder irgendeinem vergessenen Termin, wurde jedoch nicht fündig. Soweit ich mich erinnern konnte, waren wir nicht verabredet gewesen.

Und dann stand ich plötzlich vor ihm. In dieser unschönen Jogginghose und dem Dutt, der aussehen musste wie ein Vogelnest. Ich beschloss, in Zukunft auf bequeme Klamotten zu scheißen und einfach immer gut auszusehen. Das würde mir offensichtlich gewisse Peinlichkeiten ersparen.

„Hey, Emma", begrüßte er mich mit einem

unglaublichen Lächeln.

„Äh, hi!", stammelte ich. „Ich, ähm, wusste gar nicht, dass wir verabredet sind? Sonst würde ich nicht so … aussehen."

„Wir waren nicht verabredet", erklärte Dante mir und lächelte mich noch immer auf diese Art an, die meine Haut zum Kribbeln brachte.

Ich atmete tief ein und versuchte, mich zu konzentrieren. „Was machst du dann hier?"

„Na ja, heute wäre das Date mit Agnes gewesen", antwortete er. „Und dann stand ich vorhin so in meinem Zimmer und hab darüber nachgedacht, dass ich ja eigentlich mit Agnes verabredet war, und dann ist mir aufgefallen, dass ich mich viel lieber mit dir treffen wollte. Deswegen bin ich hier."

„Okay", sagte ich. Erst da wurde ich mir seiner Worte bewusst. „Oh! Okay! Ich meine – wow. Äh, fragst du mich gerade nach einem Date? Heute?!"

Mit einem Mal wirkte sogar Dante nervös. „Na ja, ja?"

„Ich kann so nicht raus", stellte ich sachlich fest und deutete auf meine Jogginghose.

„Oh. Klar", meinte er, doch ich konnte die Enttäuschung deutlich heraushören.

Da kam mir eine Idee. Eine ziemlich verrückte, irrationale Idee, aber ich wollte Dante auch nicht gehenlassen. Ich meine, er war extra hergekommen. Meinetwegen. Das bedeutete doch etwas, oder nicht?

„Ich kann zwar nicht mit dir weggehen, aber wenn du magst … Also, wir gucken gerade alle zusammen *Grey's Anatomy* und wenn du Lust hast, kannst du ja hierbleiben und mitgucken."

Sein Blick erhellte sich. „Sehr gern."

„Was, echt?"

Er lachte. „Jetzt bin ich schon mal hier."

„Okay", sagte ich nun zum gefühlt tausendsten Mal und trat zur Seite, um ihn hereinzulassen.

Noch nie in meinem Leben war ich so nervös wie in diesem Moment. Er war nicht der erste Junge, den ich meiner Familie präsentiere, aber die anderen waren nur Freunde gewesen. Justus oder Joshua eben. Dante fühlte sich anders an. Es kam mir beinahe so vor, als stünde die Luft zwischen uns unter Strom.

Warum war mir das noch nie zuvor aufgefallen?

Er zog seine Jacke und seine Schuhe aus und folgte mir dann ins Wohnzimmer. Marie beäugte uns skeptisch, während Jan ihn mit einem High Five begrüßte.

„Ist doch kein Problem, wenn er bleibt, oder?", fragte ich meine Mutter, während ich mich auf das andere, freie Sofa setzte. Sie grinste wissend und schüttelte ihren Kopf. „Hallo, Dante. Bedien dich ruhig."

Dante setzte sich neben mich und rieb aufgeregt seine Hände aneinander. „Danke, Frau Gold."

„Kannst Svea zu mir sagen."

Marie griff gebieterisch nach der Schale mit dem Popcorn. „Darf ich jetzt auch mit 'nem Typen nach Hause kommen?", fragte sie mit vollem Mund.

Ich musste an ihr Tagebuch denken und an den Namen, den sie mit Herzen versehen hineingeschrieben hatte. Bei der Vorstellung, meine kleine Schwester könnte hier mit Timon sitzen, zog sich mein Herz für einen ganz kurzen Augenblick lang zusammen. Schnell verdrängte ich diesen Gedanken. Es tat mir weh zu wissen, dass sie keine Chance bei ihm hatte.

„Vergiss es, Mausi", hörte ich unsere Mutter amüsiert sagen, ehe sie wieder auf *Play* drückte und die erste Folge der vierten Staffel begann.

Neue Anfänge konnten wirklich etwas wunderbares sein.

Indra

Ich hatte gerade runtergehen wollen, als ich Dante in der Haustür entdeckte. Hastig hatte ich Imran davon abgehalten, zwischen die Szene zu geraten, die sich uns bot. Ich hielt zwar nicht viel vom Lauschen, aber in diesem Fall erschien es mir notwendig.

Fassungslosigkeit machte sich in mir breit, während die Minuten verstrichen. Ich hatte also Recht gehabt. Dante stand auf meine Cousine und hatte ihretwegen Agnes abgesagt. Das konnte nicht wahr sein!

Als die beiden sich im Wohnzimmer verkrochen hatten, ließ ich Imran die Treppe herunterlaufen und folgte ihm. Wir beeilten uns mit dem Anziehen und liefen in die Nacht hinaus. Unsere Eltern warteten in dem alten Wagen unserer Großmutter auf uns. Nachdem wir eingestiegen waren, gab mein Vater Gas und meine Mutter erkundigte sich nach unserem Befinden.

„Ich muss zu einer Freundin", sagte ich, statt zu

antworten. „Agnes Ambrosius. Ihr Freund hat mit ihr Schluss gemacht und sie braucht eine Schulter zum Ausheulen. Könnt ihr mich bitte zu ihr bringen?"

Meine Mutter beäugte mich skeptisch. „Ich weiß nicht …"

„Ich weiß aber! Eine Freundin braucht meine Hilfe. Und ganz ehrlich, du bist nicht in der Position, mir das zu verbieten. Meine Freundschaften sind rar gesät, und das ist zum Teil auch deine Schuld." Ich warf einen Blick zu meinem Vater und verbesserte: „Eure."

„Können wir dann bei Oma einen Kinderfilm gucken?", fragte Imran, der seine Chance witterte. „Oh, und *Schwimmen* spielen. Jan hat es mir gestern beigebracht."

Meine Mutter drehte sich seufzend nach vorn. „Johann, was meinst du?"

„Ich denke, Indra sollte für ihre Freundin da sein", antwortete mein Vater. „Aber wir holen dich um 22 Uhr wieder aber ab, verstanden?"

„Geht klar."

Sie ließen mich vor dem Ambrosius-Anwesen raus und fuhren direkt weiter. Es gab ein altes, rostiges Eingangstor, welches nur noch halb in den Angeln hing. Vorsichtig schob ich es auf und trat hindurch. Das Grundstück war voller Tannen. Der Weg zum Haus war ziemlich düster. Irgendwo hörte ich eine Krähe brüllen. Die Gehwegplatten hatten auch schon bessere Tage gesehen. Hier und da hatten die Wurzeln der Tannen die Platten durchbrochen und ragten wie Stolperfallen hervor. Ich wäre beinahe mehr als einmal der Länge nach hingefallen.

Als ich endlich das Gebäude erreichte, stieß ich ein erleichtertes Seufzen aus. Viel konnte ich allerdings nicht von dem Haus mit der grauen Fassade erkennen. Ein schwaches Licht erhellte die Stufen der knarrenden Veranda, aber das war's schon.

Ich konnte mir nicht vorstellen, wie ein normaler Mensch hier leben konnte, erst recht nicht Agnes. Sie kam mir viel zu schüchtern und klein vor, um an einem gruseligen Ort wie diesem zu wohnen. Das heruntergekommene Anwesen schien direkt aus einem Horrorfilm entsprungen zu sein.

Ich klopfe dennoch. Die Klingel schien kaputt zu sein. Nach dem dritten Versuch schien mich endlich jemand gehört zu haben.

„Ich komme schon!", trällerte eine fröhliche Frauenstimme. Es war mir schleierhaft, warum ich sie so gut hören konnte. Die Wände mussten ziemlich dünn sein.

Kurz darauf öffnete eine Frau ungefähr in dem Alter meiner Mutter die Tür. Sie hatte rotes Haar, wie Agnes, nur dass ihres schon von grauen Strähnen durchzogen war. Trotz ihrer Falten hätte sie Agnes' Spiegelbild sein können.

„Sie müssen Frau Ambrosius sein", begrüßte ich sie und reichte ihr meine Hand. „Ich bin Indra, eine Freundin von Agnes. Es ging ihr vorhin nicht gut und -"

„Ja ich hab's gesehen", sagte Frau Ambrosius und winkte mich herein. „Die Heizung ist ausgefallen, lass also am besten deine Jacke an."

Das erklärte schon mal ihren dicken Wollpulli.

„Agnes ist oben in ihrem Zimmer", teilte mir ihre Mutter mit und deutete auf eine Treppe, die nicht gerade vertrauenswürdig wirkte. Ich wollte sie fragen, was sie mit *Sie hätte es gesehen* gemeint hatte, doch als ich mich zu ihr umdrehte, war sie verschwunden.

Ich versuchte, nicht über dieses seltsame Verhalten nachzudenken, und ging vorsichtig die Treppe hoch. Die Tapete an den Wänden blätterte allmählich ab und in den Ecken konnte ich dicke Staubflusen sehen. Als ich den in Dunkelheit verborgenen Flur der 1. Etage erreichte, blieb ich am Treppenabsatz stehen. Hinter einer der verschlossenen Türen wurde Rockmusik gespielt.

„Hallo?", rief ich vorsichtig zu beiden Seiten des Flurs. „Jemand zu Hause?"

Es hätte mich nicht gewundert, wenn ein kleines, gruseliges Mädchen in einem zerrissenen Kleid aus dem letzten Jahrhundert aus der Dunkelheit getreten und mir gesagt hätte, sie würde ihre Mami suchen.

Schnell schüttelte ich diesen gruseligen Gedanken ab. Ich musste einen klaren Kopf bewahren.

Als niemand reagierte, folgte ich der Musik und klopfe schließlich an einer der Türen an.

Ich hörte, wie jemand von einem Stuhl aufstand und näherkam. Als die Klinke heruntergedrückt wurde, war ich so sicher, Frankensteins Monster zu sehen, dass ich bei Arthurs Anblick ganz weiche Knie vor Erleichterung bekam.

„Was machst du denn hier?", fragte er überrascht,

aber nicht unhöflich, und lehnte sich lässig gegen seinen Türrahmen.

„Ich wollte zu -"

Als hätte es ein Stichwort gegeben, wurde eine weitere Tür geöffnet und Agnes kam eine Melodie vor sich hin summend heraus. Als sie mich entdeckte, winkte sie mir fröhlich zu. „Hallo Indra!", begrüßte sie mich trällernd und lief einfach an mir vorbei.

„Äh, Agnes?", rief ich ihr verwirrt hinterher. „Ich wollte – Alles okay?"

Geschäftig hüpfte sie die Treppe herunter. „Jaha, alles okay!"

„Dante will was von Emma!", versuchte ich noch, doch sie hob einfach ihre Hand und verschwand im Erdgeschoss.

Damit hatte ich dann doch nicht gerechnet.

„Sie ist schon den ganzen Tag so quirlig", erklärte mir Arthur.

„Das war gerade ziemlich merkwürdig", meinte ich verwirrt. So richtig glauben konnte ich diese Szene nicht. „Ist sie gerade echt an mir vorbeigelaufen?"

„Ja, ist sie", bestätigte Arthur schmunzelnd.

„Was mache ich denn jetzt?", überlegte ich laut. „Meine Eltern holen mich erst in zwei Stunden ab. Ich dachte … Ich dachte, Agnes hätte Liebeskummer."

„Hat sie auch. Sie hat nur so ihre eigenen Methoden." Er stieß sich vom Rahmen ab. „Na komm, ich gewähre dir Asyl."

Ich starrte ihn empört und noch immer verwirrt an.

„Du bist ein Junge. Und ich kenne dich nicht. Warum sollte ich also mit dir ganz alleine in einen Raum gehen, in dem ein Bett steht?"

„Weil ich gleich meine Tür schließen werde und du dann nie die Chance bekommen wirst, mich überhaupt kennenzulernen."

„Gutes Argument!" Ich huschte an ihm vorbei in sein Zimmer. In dem überraschend kleinen Raum herrschte ein liebevolles Chaos. An der einen Seite stand sein Bett, völlig zerwühlt natürlich, und an der anderen Seite war eines dieser Regalsysteme angebracht, in denen ein Schreibtisch integriert war. In einem der Regalfächer stapelten sich haufenweise CDs. „Du scheinst Musik zu mögen."

„Ich lausche lieber einer Melodie, als ein Buch zu lesen", entgegnete Arthur und deutete auf seinen Schreibtischstuhl. „Setz dich ruhig. Ich nehme auf meinem Bett Platz."

Ich tat, was er vorgeschlagen hatte, und schaute mich weiter um. An der Wand über seinem Bett hing tatsächlich ein Poster von Nirvana. „Jetzt bist du mir sympathisch."

„Das war ich dir auch vorher schon."

„Warst du nicht!"

„Klar! Du stehst auf mich."

Ich prustete los. „Hast Recht, ich bin dir hemmungslos verfallen", witzelte ich. Sein bohrender Blick gefiel mir allerdings nicht. „Hör auf, mich so anzustarren."

„Entschuldige, du siehst einfach nur sehr hübsch aus", gab er selbstsicher zu. „Es gefällt mir, wie du deine Haare immer anders flechtest."

„Danke." Das war vorher noch Keinem aufgefallen. Nicht einmal meiner Tante, und die sah mich jeden Tag.

„Und nun erzähl mir ein bisschen über dich."

Arthurs Bitte überraschte mich. „Über mich gibt es nicht viel zu erzählen."

„Du kannst damit anfangen, warum du mitten im Schuljahr nach Neustadt-Hausen gezogen bist."

„Das hat Agnes dir also erzählt?"

„Wir reden über alles. Also?" Er sah mich mit seinen dunklen Augen auffordernd an.

„Das Übliche", gab ich zurück. „Mein Vater hat seinen Job verloren und wir konnten unser Haus nicht halten. Also haben meine Eltern mich und meinen kleinen Bruder bei unserer Tante geparkt, während sie selbst bei meiner Großmutter wohnen." Der Gedanke, ihm mehr von mir zu erzählen, missfiel mir dann allerdings doch. „Lass uns daraus ein Spiel machen", schlug ich vor. „Ich erzähle etwas über mich und dann erzählst du etwas über dich, immer im Wechsel."

„Abgemacht", sagte Arthur. „Meine Eltern weigern sich beide, einen richtigen Job zu machen, weil sie ihre Familientraditionen nicht verlieren wollen, können aber unsere Rechnungen nicht bezahlen und deswegen sitzen wir in einem Eispalast."

„So kalt ist es hier gar nicht", versuchte ich ihn aufzumuntern, obwohl meine Nase eine ganz andere Geschichte erzählte.

Arthur hob warnend einen Finger. „Nein, keine

Kommentare. Einfach nur reden. Okay?"

„Ja. Meine Lieblingsfarbe ist gelb."

Er grinste. „Am liebsten esse ich Schnitzel."

„Ich bin Vegetarierin."

„Ich habe Angst vor Vögeln. Ehrlich. Andere Menschen kriegen Schiss vor der Dunkelheit oder Spinnen, und ich renne schreiend vor Vögeln weg. Egal ob Taube oder Krähe."

„Ich bin Jüdin."

„Wäre ich nicht drauf gekommen", grinste er mit Blick auf den Kettenanhänger.

„Keine Kommentare!", erinnerte ich ihn und zog den Reißverschluss meiner Jacke höher. „Ich ekle mich vor Nacktschnecken."

„Ich war dran, aber egal. Ich hatte mal ein Kaninchen namens Katzenfutter."

Und so ging es immer weiter. Am Ende wusste ich, dass sich sein Vater als Geisterjäger bezeichnete und seine Mutter glaubte, eine Hexe zu sein, aber keine dieser Disney-Hexen. Sie wedelte nicht mit einem Zauberstab herum, sondern fühlte sich der Natur sehr verbunden, oder so etwas. Im Gegenzug wusste Arthur, dass ich in Berlin heimlich mit einem Typen gegangen war, mit dem ich geschlafen hatte, in der Hoffnung, unsere Beziehung würde die Entfernung überstehen können – und dass er sich seit meinem Umzug nicht mehr gemeldet hatte. Als die Uhr 10 schlug, brachte er mich nach draußen an die Straße, wo meine Eltern warteten.

„Danke für den Abend", sagte ich ihm und meinte es ehrlich.

„Agnes weiß deine Hilfe sehr zu schätzen", entgegnete er mit einem schelmischen Grinsen. Er hielt mir sogar die Autotür auf und wartete am Straßenrand, während wir davonfuhren.

„Wer war denn das?", wollte meine Mutter wissen.

„Nur Agnes' Bruder", antwortete ich mit einem plötzlichen und unerwarteten Lächeln. „Ist nicht weiter wichtig."

Isabel

Ich war mir sicher, es hätte ein guter Tag werden können.

Als am Montagmorgen mein Wecker klingelte, stand ich ganz normal auf. Ich konnte mich nur noch vage an diese eine Nacht erinnern, in der ich schlafend durchs Haus gewandert war, aber etwas Vergleichbares war mir seitdem nicht passiert. Zumindest glaubte ich das.

Wie jeden Montagmorgen stand ich um 6:30 Uhr auf und sprang unter die Dusche. Anschließend zog ich mir frische Klamotten an und schminkte mich. Der Lidstrich über meinem linken Auge war ein klitzekleines bisschen breiter als über dem Rechten, aber das war mir egal. Es war Montag, da sahen nur Jenna und Fabienne perfekt aus.

Da mein Vater heute zur Geschäftsstelle musste, nahm er mich mit dem Auto mit zur Schule.

„Ich hatte mir überlegt, wir könnten deine Mutter am ersten Weihnachtsfeiertag besuchen", schlug er unterwegs vor.

Seit Tommys Beerdigung hatte ich sie nicht mehr gesehen, und auch da nur sporadisch. Mein Onkel, ihr Bruder, hatte sich um sie gekümmert und ich war zu feige gewesen, um mich mit ihr zu unterhalten.

Die Wahrheit war: Melissa Schneider war nicht mehr Melissa Schneider. Sie sah zwar aus wie meine Mutter, aber diese melancholische Version erinnerte mich eher an einen Schatten. Die Trauer hatte sie vernichtet.

„Ja, können wir machen", antwortete ich nach einer Weile. Den Rest der Fahrt verbrachten wir schweigend.

Mein Vater parkte vor der Schule und ließ mich aussteigen. „Wir sehen uns!", sagte ich ihm zum Abschied und er wünschte mir einen schönen Schultag.

Als ich durch den Haupteingang die Schule betreten wollte, sah ich Emma am Fahrradständer. Ihre Hände und ihr Gesicht waren ganz rot und sie hatte Schwierigkeiten, ihr Rad anzuschließen. Erst da fiel mir auf, dass es zum ersten Mal in diesem Jahr so richtig kalt war.

Nachdem Emma es endlich geschafft hatte, mit ihren tauben Fingern ihr Fahrrad vor Dieben zu sichern, wollte sie reingehen. Als sie mich entdeckte, kam sie zu mir. „Wie lange stehst du schon da?"

„Lange genug, um zu wissen, dass du morgen mit dem Bus fahren solltest."

„Wollte ich heute auch – nebenbei fahre ich seit Oktober schon mit dem Bus – aber ich hab heute morgen meine Fahrkarte nicht gefunden."

„Ich hab meine ja immer in meinem Portemonnaie."

„Ich ja auch! Nur irgendwie hab ich sie wohl am Wochenende rausgenommen und vergessen, sie wieder zurückzulegen."

Ohne es zu wollen, musste ich kichern. „Du würdest deinen Kopf vergessen, wenn er nicht angewachsen wäre!"

Sie seufzte. „Ja, vermutlich."

Wie schon gesagt, es hätte ein wirklich guter Tag werden können.

All meine Hoffnungen wurden schlagartig zerstört, als wir in der Aula in einen Pulk von Schülern gerieten. Ich griff nach Emmas Arm und zog sie hinter mich her. Ich musste wissen, was los war.

Die Menge hatte sich um den Alter versammelt. Ernste Gesichter blickten auf das hinab, was davon übrig geblieben war.

„Oh mein Gott!", stieß Emma hinter mir aus.

Mit einem Mal war alles in mir leergefegt. Ich nahm das Stimmengewirr um mich herum nur noch wie durch Watte wahr.

Irgendein wahnsinnig schlechter Mensch hatte den Altar verwüstet. Die Fotografien von Tommy und Carmen waren zu Boden geschmissen worden, die Rahmen waren kaputt. Der Tisch mit Blumenvasen und kleinen Gedenksachen lag auf der Seite, und alles, was er beherbergt hatte, verteilte sich über die Fliesen. Dazwischen dutzende Glasscherben.

Doch das Schlimmste war das Wort, welches in roten Lettern an der Wand über dem Chaos geschrieben stand. *Mörder*. Die Farbe war noch teilweise flüssig und zog auf ihrem Weg nach unten rote Schlieren. Es sah aus wie Blut.

„Wer tut bloß so etwas?", hörte ich ein Mädchen direkt neben mir fragen und landete schmerzhaft zurück in der Realität.

Ich trat aus der Menge und stellte mich vor den verwüsteten Alter. „Geht in eure Klassen!", rief ich und machte dabei eine scheuchende Handbewegung. „Hier gibt es nichts mehr zu sehen, also los! Haut ab!" Ohne großes Gemecker zogen meine Mitschüler tatsächlich ab. Nur Emma blieb.

Plötzlich zwängten sich Fabienne und Henrik durch die auflösende Menge. Beide sahen nicht gerade glücklich aus.

„Isabel!", rief sie aufgeregt. „Wir wissen, wer dahintersteckt!"

Die Leere von eben wurde durch einen Schwall Wut ersetzt, die wie ein Feuer in mir auflöderte. „Wer? Ich mach ihn zur Schnecke!" Mit geballten Fäusten wollte ich schon losrennen, als ich den Blick bemerkte, den Fabienne Emma zuwarf. Zwischen den Beiden blieb ich stehen. „Wer ist es denn?"

„Es tut mir leid, Emma", sagte Fabienne. „Es war Justus."

Jenna, Gina und Fabienne hatten ihre Bücher holen wollen. Dabei war ihnen rote Farbe aufgefallen, die aus einem der Schließfächer floss. Fabienne hatte dem Hausmeister Bescheid sagen wollen. Erst da hatte sie die Menge um den Altar herum bemerkt. Als der Hausmeister das Schließfach aufgebrochen hatte, hatten sie den roten Farbeimer gefunden, sowie die Schulbücher von Justus Jäger.

Wir eilten hinter Fabienne und Henrik her zu den Schließfächern, wo Jenna zusammen mit Gina und Dante wartete. Der Hausmeister, der Schuldirektor Dr. Behr und ein ziemlich verstörter Justus waren ebenfalls anwesend. Zwischen ihnen stand der rote Farbeimer.

Als Justus Emma entdeckte, weiteten sich seine Augen. „Ich war das nicht!", versicherte er ihr.

Emma blieb wie angewurzelt stehen. Ich hielt inne, um auf sie zu warten. Als sich unsere Blicke trafen, schüttelte sie bloß ihren Kopf, machte auf dem Absatz kehrt und lief davon. Dante, der die ganze Szene beobachtet hatte, eilte ihr hinterher.

Schweren Herzens wandte ich mich der Gruppe am Farbeimer zu. Emma hatte mir von ihrem letzten Treffen mit Justus erzählt. Es fiel mir schwer zu glauben, er könnte nichts damit zu tun haben. Es waren doch immer die, von denen man es am wenigsten erwartete.

„Justus, wir können dir nur helfen, wenn du uns die Wahrheit sagst", meinte unser Schuldirektor. Er versuchte es mit Einfühlungsvermögen.

„Im Grunde genommen ist es doch sowieso klar", warf Jenna ein. „Der Eimer wurde in *seinem* Schließfach gefunden. *Er* hat den Schlüssel. Also *muss* er dahinterstecken. Wenn er es nicht selbst war, weiß er zumindest, wer dahintersteckt, und ich verlange, dass jemand dafür bestraft wird!"

„Nun mach mal halb lang, Jenna", entgegnete Dr.

Behr. „Ich kläre das mit Justus auf meine Weise. Was macht ihr alle überhaupt noch hier? Los, Abmarsch! Ihr habt Unterricht!"

Jenna sah nicht gerade erfreut aus, wusste aber auch, dass sie nichts mehr ausrichten konnte. Erhobenen Hauptes stolzierte sie mit Gina in ihre Klasse. Henrik verzog sich ebenfalls. Als sich Fabienne zu mir umdrehte, sagte ich: „Geh schon mal vor." Sie nickte und ging.

Dr. Behr bemerkte meine Anwesenheit. „Isabel, du hast doch gehört, was ich gesagt habe!"

„Ja, das habe ich", bestätigte ich und fuhr mit einem bestimmenden Unterton fort. „Aber ich hab den Altar aufgebaut. Ich bleibe."

Dagegen konnte selbst unser Direktor nichts mehr sagen. Ich hörte mir Justus Beteuerungen an, nichts damit zu tun zu haben, und dennoch stand da diese Tatsache im Raum, dass der Eimer in seinem Schließfach gefunden worden war. Dr. Behr musste zugeben, dass die Beweislage erdrückend war. Er beschloss, in Ruhe über die Angelegenheit nachzudenken, aber sagte Justus auch, dass er ihn morgen beim Nachsitzen sehen wollte. Justus fügte sich dem erstmaligen Urteil mit hängenden Schultern und schlurfte in seine Klasse.

„Du solltest auch in den Unterricht gehen, Isabel", bemerkte Dr. Behr.

„Wenn Sie es gestatten, würde ich gerne aufräumen."

„Oh, es haben sich schon Leute freiwillig gemeldet", sagte der Hausmeister.

Ich runzelte die Stirn. „Wer?" Doch diese Frage

konnte mir keiner beantworten. Ohne auf eine Erlaubnis zu warten, lief ich durch die Gänge zurück zur Aula.

Und staunte nicht schlecht.

Diese freiwilligen Helfer waren ausgerechnet Till, Joshua und Timon. Sie hatten die Blumen und Scherben bereits zusammengefegt und Timon fing gerade an, das hässliche Wort abzuwischen. Dafür hatte er sich extra auf einen Stuhl gestellt.

„Warum tut ihr das?", fragte ich in die Runde.

Erst jetzt bemerkten sie mich. Joshua bedachte mich mit einem bitterbösen Blick, während Till es schaffte, zumindest nicht gleichgültig zu wirken. Er war es auch, der antwortete: „Sie war auch unsere Freundin."

Er sprach von Carmen, das wusste ich.

Schlagartig wurde mir klar, was nicht ins Bild passte. Sicher, Justus hatte Emma die Schuld an allem gegeben. Aber mit dieser Aktion traf er nicht nur sie oder mich; wer auch immer dahintersteckte, trat das Andenken zweier geliebter Menschen mit Füßen. Zu so etwas wäre niemand fähig, der einen von beiden gekannt hatte. Der *involviert* gewesen war.

„Justus war es nicht", stellte ich überrascht fest.

„Wir wissen nicht, wer es war", sagt Till und reichte mir ein Fegerblech. „Aber du kannst dich gern nützlich machen."

Ich half ihnen beim Saubermachen. Als es zur Pause klingelte, hatten wir den Altar soweit wieder errichtet, nur die Fotos hatten noch keine neuen Rahmen bekommen. Darum würde ich mich heute

Nachmittag kümmern.

„Ich finde heraus, wer dahintersteckt", versprach ich den Jungs, ehe sie abzogen. Tatsächlich galt dieses Versprechen mir selbst.

Ich setzte mich an unseren Stammplatz. Nach und nach trudelten meine Freunde ein und versuchten, eine lockere Stimmung zu erhalten. Jenna und Gina schwärmten von ihren Ballkleidern, Henrik erklärte Cho, wie sie eine Grafikkarte ausbauen konnte, und Dante erzählte Emma von seinem ersten und letzten Versuch, ein Gedicht zu schreiben.

„Ich mag Gedichte", beteiligte Fabienne sich an dem Gespräch.

„Glaub mir, meins würdest du schrecklich finden", gab Dante zu. „Es handelt von einer Schnecke, die sich in eine Ameise verliebt."

„Was?", kicherte Emma.

„Ja, ganz ehrlich. Das wäre ganz cool, wenn die Pointe gewesen wäre *Jeder darf lieben, wen er will* oder so, aber am Ende hat die Schnecke die Ameise erdrückt."

Ich ließ meinen Blick durch die Menge schweifen. Noch war ich nicht bereit, mich der betont ausgelassenen Stimmung meiner Freunde hinzugeben. Ich wollte … Ich hatte keine Ahnung, was ich wollte.

„Ich muss zur Toilette", verkündete ich, stand auf und ging.

Erst nach ein paar Metern bemerkte ich Emma, die mir folgte.

„Geht es dir gut?", fragte sie.

Ich zuckte mit den Schultern. Wir steuerten die Toiletten zwischen Aula und Kiosk an. Schwungvoll öffnete ich die alte Tür, trat ein und stellte mich vor den Spiegel. Während Emma tatsächlich pinkeln musste, spritzte ich mir kaltes Wasser ins Gesicht. Es half zumindest, um einen klaren Kopf zu bewahren.

Die Tür wurde ein weiteres Mal geöffnet und ausgerechnet Agnes kam mit ihren Freundinnen herein. Indra bedachte mich mit einem abschätzigen Blick, den ich im Spiegel bemerkte, ehe sie sich in eine Kabine verzog.

Geduldig wartete ich auf Emma. Aber da sie nun mal war, wer sie war, brauchte sie selbst für ein kleines Geschäft ungewöhnlich lange. Als sie endlich fertig war, stand Agnes bereits am Waschbecken.

Und da sah ich es.

Die Rothaarige krempelte ihre Ärmel hoch, um sich die Hände zu waschen, und entblößte dabei einen getrockneten, roten Fleck am Gelenk.

„Du warst das", stellte ich fest. Meine Stimme war leise, monoton, und dennoch fest.

Agnes hörte mich deutlich. Unsere Blicke trafen sich im Spiegel. „Ich weiß nicht, was du meinst."

„Was hast du da am Handgelenk?", fragte Emma, die den Fleck ebenfalls bemerkte.

Für den Bruchteil einer Sekunde weiteten sich ihre Augen vor Schreck, doch Agnes versuchte, ihre wahren Gefühle zu verbergen.

„Das ist nur Farbe. Habt ihr euch noch nie bekleckert?"

Jemand spülte, eine Tür wurde aufgerissen und Indra

kam zu uns.

„Hattet ihr heute Kunst?", fragte Emma ihre Cousine, die sich mit hochgezogenen Brauen zu ihrer Freundin ans Waschbecken stellte. „Und versuch nicht zu lügen, wir können auch Jenna fragen."

„Wir hatten Englisch", antwortete Indra abweisend. „Und danach Musik, falls ihr es genau wissen wollt."

Agnes zog ihre Ärmel schnell herunter und trat vom Becken weg, als die Dritte im Bunde kam. „Was ist denn hier los?", fragte sie neugierig.

Ich sah zu Agnes. „Ja Agnes, was ist hier los?"

„Ich habe wirklich keine Ahnung, was du von mir willst." Sie hielt meinem Blick nicht stand.

Sie ist schwach, stellte ich fest, *Schwach und unsicher.*

„Weißt du, du warst mir immer egal", sagte ich ihr ins Gesicht. Ich konnte mein Ebenbild schemenhaft in ihren Brillengläsern sehen. „Bis vor kurzem wusste ich nicht einmal, dass du existierst. Ich weiß, dass du es warst, und es ist mir egal, ob du dich bei Dr. Behr deswegen meldest oder nicht. Denn von jetzt an bist du mir nicht mehr egal. Ich hasse dich. Ich verachte dich und deine kleine, bemitleidenswerte Persönlichkeit. Und das ist mein Versprechen an dich: An dieser Schule wirst du keinen guten Tag mehr haben."

Mehr sagte ich nicht. Ich wusste, dass Agnes mich ganz genau verstanden hatte. Mädchen wie sie verstanden Drohungen immer. Ohne mich noch eine Minute länger mit ihr zu befassen, kehrte ich ihr den Rücken zu und verließ zusammen mit Emma die

Toilette. Noch nicht einmal sie blickte zurück. Sie versuchte auch nicht, an den netten Menschen in mir zu appellieren. Sie blieb an meiner Seite, ihr Gesicht ernst, ihre Augen auf den Weg vor uns gerichtet.

Und da begriff ich, dass sie sich verändert hatte. Agnes hatte Emma etwas genommen, von dem ich immer gedacht hätte, es würde zu ihr gehören. Ich glaubte nicht, dass sie ihr Mitgefühl gänzlich verloren hatte. Emma war nicht der Typ Mensch, der kaltherzig sein konnte.

Sie hatte nur begriffen, dass es Menschen gab, die ihr Mitgefühl nicht verdient hatten.

Und das war erschreckender als alles, was Agnes ihr sonst hätte nehmen können.

Kapitel Sechs

Indra

Ich nahm Isabels Drohung nicht für bare Münzen. Während Claire alles versuchte, um die Stimmung zu heben, wurde Agnes mehr und mehr zu einem Häufchen Elend. Von Tag zu Tag wurde sie blasser und die Ringe unter ihren Augen dunkler. Wenn sie ihre Angst vor den Goldkindern nicht bald in den Griff bekam, würden die Leute anfangen zu glauben, Familie Ambrosius hätte einen Vampir gezüchtet.

Agnes war sich todsicher, irgendetwas Schlimmes würde passieren.

Am Dienstag geschah nichts Außergewöhnliches. Am Mittwoch auch nicht. Jenna bedachte uns zwar immer wieder mit feindseligen Blicken, aber das hatte sie auch schon vorher getan.

Als am Donnerstag noch immer nichts passiert war, verdonnerte ich Agnes zu einer vollen Mütze Schlaf und einem Sandwich.

„Das verstehst du nicht!", heulte Agnes gekränkt auf und wollte das Sandwich, welches ich ihr unter die Nase hielt, nicht einmal anrühren. „Das ist nur die Ruhe vor dem Sturm. Isabel wartet, um mich in Sicherheit zu wiegen, und schlägt dann mit aller Gewalt zu!"

Ich tauschte einen vielsagenden Blick mit Claire. Sie hielt genauso wenig von der ganzen Geschichte wie ich. „Hast Recht, das versteh ich nicht. Ich kann nicht nachvollziehen, warum man sich so von jemandem unterbuttern lässt."

„Du warst doch dabei! *Isabel* ist ein Monster!" Agnes flüsterte ihren Namen, falls irgendwer der umstehenden Schüler sie verraten sollte. Sie war nicht nur übermüdet, sondern auch paranoid.

Ich beschloss, es fürs Erste seinzulassen, und biss selbst von dem Sandwich ab. Irgendwer musste sich ja schließlich für die Dreckarbeit opfern.

Die nächsten zwei Wochen lang ging es gut. Ich war mir sicher, Agnes würde bloß übertreiben.

Und dann, Anfang Dezember, war es so weit. Der Tag, vor dem sich Agnes so sehr gefürchtet hatte, war eingetreten.

Es war der 1. Dezember. Ein Montag. Letzte Nacht hatte es zum ersten Mal geschneit, aber der Schnee war nicht liegengeblieben. Frau Haluca wollte gerade die Anwesenheit kontrollieren, als ihr auffiel, dass Agnes' Name von sämtlichen Klassenlisten verschwunden war.

Natürlich war ihr klar, dass jemand dahintersteckte. Eine volle Unterrichtsstunde lang erklärte sie uns die Auswirkungen von Mobbing auf die Psyche des Opfers und schrie uns zusammen, ihr den Namen des Täters zu verraten. Natürlich sagte keiner ein Wort. Ich glaubte noch nicht einmal, dass Jenna es war. Sie oder Gina wüssten gar nicht, wie sie es anstellen sollten.

Aber sie hatten die Fäden in der Hand, das wusste

ich. Sie waren zumindest dafür verantwortlich.

Agnes wurde neben mir ganz klein. Sie versuchte, unsichtbar zu werden, weil sie die Blicke unserer Klassenkameraden nicht mehr ertragen konnte. Ich verstand sie. Es gab nichts Schlimmeres, als auf dem Präsentierteller zu hocken.

Frau Haluca versprach, sich um die Angelegenheit zu kümmern, während wir uns im Musikunterricht mit Noten und Rhythmen herumschlagen mussten. Am Ende stellte sich allerdings heraus, dass es im gesamten Schulsystem keine *Agnes Ambrosius* gab. Ihre Eltern mussten herkommen, um die Sache zu klären.

„Die Arme", seufzte Claire, während sich unsere Freundin mit ihren Eltern und Frau Haluca im Sekretariat befand. „Sie hat *gewusst*, dass so etwas passieren würde."

„Das ist abartig. Diese *Goldkinder* spielen mit Leben, als wären wir Puppen!" Ich verschränkte meine Arme erzürnt vor der Brust. „Das muss jetzt endgültig vorbei sein. Ich meine das ernst! Agnes geht noch vor die Hunde, wenn das so weitergeht."

„Und was hast du vor?"

Ich kaute nachdenklich auf der Innenseite meiner Wange herum. „Keine Ahnung."

Die Glastür wurde von einem kleinen, schmächtigen Mann mit Brille geöffnet und Agnes trat hinaus, gefolgt von ihrer Mutter. Sofort setzten Claire und ich uns in Bewegung und eilten zu ihr. „Und?", fragte ich. „Wie ist es gelaufen?"

„Dr. Behr hat sich mehrfach entschuldigt und sorgt

dafür, dass so etwas nicht noch einmal passiert", antwortete Frau Ambrosius.

Agnes jedoch wirkte nicht überzeugt. Sie verabschiedete sich hastig von ihren Eltern und zog uns dann hinter sich her, um aus der überfüllten Aula zu verschwinden. Ich glaubte, sie wollte bloß so viel Abstand wie möglich zwischen sich und Isabel bringen.

„Wir wissen alle, wer dahintersteckt", sagte ich, nachdem sie uns in eine alte, stinkende Toilette gezerrt hatte. „Ich hoffe, du hast Dr. Behr von deinem Streit mit Isabel erzählt. Wir waren dabei. Wir können bezeugen, was sie dir gesagt hat. Dass sie dir *gedroht* hat!"

„So einfach ist das nicht", entgegnete Agnes kopfschüttelnd. „Selbst wenn Dr. Behr mir glaubt, wird Isabel nicht selbst das Schulsystem gehackt und meinen Namen gelöscht haben. Außerdem werden die sich alle gegenseitig decken. Ich hab keine Chance!"

„Ich würde sagen, wir sitzen das einfach aus", schlug Claire wenig hilfreich vor.

Ich wollte mich nicht darauf einlassen, allerdings fiel mir auch nichts Besseres ein. Es schien, als wären die Goldkinder unantastbar.

„Na schön", gab ich mich schließlich geschlagen. „Aber wir sollten uns einen Plan überlegen. Wir können die nicht ewig so weitermachen lassen. Irgendwer muss diesen Biestern endlich die Stirn bieten!"

Die Goldkinder hielten sich für Prinzessinnen und Prinzen. In ihrem eigenen Märchen spielten sie Hauptfiguren, die jeder leiden konnte. Keiner sah, dass sie in Wahrheit ein Haufen Hexen und hässlicher Kobolde waren. Sie sorgten dafür, dass jeder Agnes als „Das Mädchen, die aus der Schule verschwand" kannte. Über sie wurde geredet, gelästert, getratscht. Und noch dazu verbreitete Isabel das hartnäckige Gerücht, Agnes hätte den Altar verwüstet, was sie zu so einer Art *Ausgestoßene Nummer Eins* machte.

An dieser Schule waren die Falschen heilig. Und ausgerechnet sie hatten Macht.

Ironischerweise musste ich bei dieser Vorstellung direkt an die deutschen Politiker denken.

Ein paar Tage hielten sie sich zurück. Jenna hatte zwar dafür gesorgt, dass abgesehen von Claire und mir niemand neben Agnes sitzen oder mit ihr zusammenarbeiten wollte, aber das bekamen wir hin. Als Agnes' Füller wie von Zauberhand aus ihrem Etui verschwunden war und sie mit einem Kugelschreiber schreiben musste, war das schon schlimmer, weil wir partout nicht mit Kugelschreibern arbeiten durften, aber auch das verkraftete sie irgendwie.

Schlimmer war der Zeitungsausschnitt, der am Freitag im Schaukasten des Vertretungsplans hing.

Geisterjäger Alexis Ambrosius befreit die Schleifenhäuserin von ihrem Leiden, lautete die Überschrift. Es war kein Zeitungsbericht, sondern ein Auszug aus irgendeiner Internetseite, die sich mit paranormalen Aktivitäten befasste. Ich glaubte nicht an so einen Unsinn, wusste aber von Arthur, dass sein Vater es tat. An der Seite war ein Foto von ihm zu sehen. Es war schon älter, die Kopie war schwarz-weiß, aber unter dem Bild stand die Information: *Alexis Ambrosius kurz nachdem er Gut Schleifenhaus von seinem Geist befreit hat, 1990.*

Neben mir fingen schon die Ersten an zu kichern. Ich wollte den Auszug wegnehmen, doch der Schaukasten war verschlossen und weit und breit war kein Lehrer in Sicht.

Da entdeckte ich Emma. Sie hatte sich ein Brötchen beim Kiosk geholt und sah aus, als hätte sie keine Ahnung, was ihre Freunde schon wieder angerichtet hatten. Sie sah nett aus. Lieb. Wie ein echt toller Mensch.

Und dabei war sie eine der schlimmsten Heuchlerinnen, denen ich je begegnet war.

„Emma!", rief ich ihr hinterher und entfernte mich vom Vertretungsplan.

Sie blieb überrascht stehen und wartete auf mich.

„Was ist?", wollte sie wissen, als ich bei ihr ankam.

„Das geht zu weit!", keifte ich los und deutete hinter mich. „Du tust doch immer so nett und unschuldig, wie kannst du dann zulassen, dass deine Freunde diesen Auszug verteilen? Ihr zieht Agnes' gesamte Familie mit rein! Das ist nicht mehr lustig! Die stellen Agnes' Vater wie eine Witzfigur dar, und dabei kennen die ihn doch gar nicht!"

Es war mir egal, dass ich die Aufmerksamkeit auf uns zog und alle uns anstarrten.

Emma schluckte. Ich glaubte schon, ich hätte ihre Vernunft und ihr Mitgefühl erreicht, bis sie mich eiskalt enttäuschte. „Es ist mir egal, was aus Agnes wird. Ich will sie nur nicht mehr sehen müssen."

Und mit diesen einfachen und doch sehr wirkungsvollen Worten, drehte sie sich von mir weg und ging zu ihren Freunden, als wäre nichts gewesen.

Fabienne

Deprimiert saß ich meinem Zimmer und versuchte, mich auf den Inhalt der Zeitschrift vor mir zu konzentrieren.

Es gelang mir nicht. Immer wieder huschten meine Gedanken zurück zu Jenna, die genau *jetzt* unterwegs zum Winterball war. Vor meinem inneren Auge sah ich sie in ihrem weinroten Kleid über das Parkett des Ballsaals schweben, zusammen mit Benjamin Wolf. Alleine mit ihm zu reden, katapultierte einen förmlich in die ganz obere Elite.

Sie würde mir das bis in alle Ewigkeiten unter die Nase reiben.

Und ich müsste bis an mein Lebensende mit den Vorwürfen kämpfen, die ich mir selbst machte.

Meinetwegen ging Percy heute mit einem anderen Mädchen zum Winterball.

Meinetwegen hielt er die Hand einer Anderen.

Meinetwegen konnten wir nicht zusammen sein. Weil ich mich nicht gegen meine Mutter durchsetzen konnte. Weil ich feige und schwach und erbärmlich war.

Wütend schlug ich die Zeitschrift zu, wobei ich eine Seite versehentlich herausriss. Frustriert knüllte ich das Papier zusammen und warf es auf den Boden.

Ich glaubte, die Klingel zu hören, machte mir aber nichts weiter draus, stattdessen streckte ich mich auf meinem Bett aus und drückte mein Gesicht in meine Kissen. Niemand dachte an mich. Wenn ich jetzt einfach so verschwinden würde, würde mich keiner vermissen. Mein Leben war nur ein Staubkorn in unserer Zeit. Nicht einmal Percy würde lange um mich trauern. Er würde eine Andere finden, irgendein wunderhübsches Mädchen, vermutlich mit einem so engelsgleichen Aussehen wie Isabel, und er würde sie lieben und heiraten und ein halbes Dutzend Kinder mit ihr haben. Und dann würde er irgendwann in 70 Jahren in ihren Armen sterben.

„Äh, ich hab zwar keine Ahnung, was genau du da tust, aber wir haben nicht viel Zeit, also …"

Erschrocken richtete ich mich auf und erblickte Emma, die ganz leise meine Zimmertür geöffnet hatte und eingetreten war. In ihren Armen hielt sie einen grauen Kleidersack. Und warum flüsterte sie eigentlich?

„Isabel ist unten und lenkt deine Mutter ab und ich hab ehrlich keine Ahnung, wie lange sie das schafft, also kannst du bitte aufstehen? Du musst dich umziehen."

Ich rollte mich vom Bett und starrte sie an, als hätte ich sie noch nie gesehen. „Was wird das hier?" Mit Adleraugen beobachtete ich sie, wie sie den

Kleidersack öffnete und ein zartes, graublaues Kleid herausholte. Der Anblick versetzte mir einen Stich.

„Zieh dich aus", sagte Emma lächelnd und hielt das Kleid hoch. „Isabels Vater wartet draußen im Auto auf uns."

„Und was dann?", wollte ich wissen, tat allerdings dennoch, was sie verlangte, und zog meine Kleider bis auf die Unterwäsche aus.

„Na, was schon? Wir bringen dich zum Winterball! Wir können doch Percy nicht ohne seine Märchenprinzessin auftauchen lassen."

Ich war völlig perplex. Geschah das gerade wirklich? Emma half mir, das Kleid anzuziehen, und schnürte es hinten am Rücken zu. Der Stoff war ganz weich, der Rock bewegte sich wie flüssiges Wasser bei jeder meiner Bewegungen.

„Die Haare müssen wir so lassen, ich hab keine Ahnung von so was", entschuldigte sich Emma. „Und dein Make-Up ist so auch in Ordnung, würde ich sagen. Warum hast du dich an einem Samstag geschminkt?"

„Wir waren heute Morgen zum Brunchen eingeladen", antwortete ich noch ein wenig verwirrt. „Emma? Wieso tust du das für mich?"

Sie lächelte mich auf eine Art an, die all meine Vorurteile ihr gegenüber in Luft auflöste. „Weil wir Freunde sind", sagte sie und noch nie zuvor hatte ich eine ehrlichere Antwort erhalten.

Auf einmal hatte ich ein schlechtes Gewissen. „Das da eben im Bett", hörte ich mich ohne Zusammenhang sagen, „was du da eben gesehen hast, das war nur mein Selbstmitleid."

Sie nahm meine Hände in ihre und drückte sie. „Percy hat uns erzählt, was deine Mutter gesagt hat. Und dass sie dir verboten hat, zum Winterball zu gehen. Es tut mir leid, dass wir dich damit alleine gelassen haben. Das wird uns sicher nicht noch einmal passieren. Und jetzt müssen wir dich hier rausschaffen. Passende Schuhe sind im Auto. Kannst du schleichen?"

Allmählich siegte meine Vorfreude. Nickend folgte ich Emma. Auf Zehenspitzen schlichen wir den langen Flur entlang, die Marmortreppe herunter. Ich hörte die Stimme meiner Mutter, wie sie sich mit Isabel über Honig unterhielt, und blieb unten in der Eingangshalle stehen. Emma bemerkte mein Zögern. Mit einer hektischen Bewegung deutete sie auf die Tür und gab mir zu verstehen, mich zu beeilen.

Nach einem letzten Blick in die Richtung, aus der die Stimmen kamen, nahm ich meine Beine in die Hand und lief hinaus; raus aus meinem Käfig, hinein in die Freiheit. Für einen Abend.

Georg Schneiders Wagen wartete tatsächlich an der Straße. Emma und ich setzten uns auf die Rückbank. Ingrid, die auf dem Beifahrersitz hockte, warf einen Blick zu uns nach hinten. „Gut siehst du aus."

„Wo ist Isabel?", erkundigte sich Herr Schneider.

Kurz darauf wurde die Autotür geöffnet und der blonde Engel zwängte sich zu uns auf die Rückbank. Bei ihrem Anblick fiel es mir wieder ein. „Oh mein Gott! Heute ist der 13. Dezember! Dein Geburtstag!"

„Gib Gas, Paps", sagte Isabel zu ihrem Vater, der

daraufhin den Motor anschaltete.

„Wie, du hast Geburtstag?", hakte Emma nach und beugte sich vor, um Isabel erstaunt anzusehen. „Warum hast du nichts gesagt?"

Erst jetzt fiel mir die Straßenkleidung meiner Freundinnen auf. „Warum seht ihr so normal aus? Kommt ihr nicht mit auf den Winterball?"

„Meine Familie wird zu solchen Anlässen nicht eingeladen", sagte Emma.

„Du hättest aber gehen können", entgegnete Isabel. „Er hat dich gefragt!"

Innerhalb weniger Sekunden verarbeite mein Hirn diese Information und ich kreischte: „*Dante* hat *dich* gefragt, ob du mit *ihm* zum *Winterball* gehst, und du hast *Nein* gesagt? Wer hat dir denn in dein Hirn geschissen?!"

Plötzliche Stille trat ein. „Hast du gerade *in dein Hirn geschissen* gesagt?", fragte Isabel ungläubig.

Ich dachte über meine Wortwahl nach und spürte, wie mir Schamröte ins Gesicht stieg. „Außergewöhnliche Ereignisse erfordern außergewöhnliche Ausdrucksweisen."

Emma und Isabel tauschten vielsagende Blicke. Dann prusteten sie auf einmal lauthals los. Es dauerte nicht lange, bis ich auch lachen musste.

Isabels Vater ließ Ingrid und mich am Parkplatz raus. Ich war noch nie hier gewesen. Der Parkplatz war von hohen Hecken umgeben, die es mir unmöglich machten, einen richtigen Blick auf das Gebäude zu werfen. Ich konnte klassische Musik aus der Ferne hören.

„Ich bin gleich wieder da, ich bringe schnell die Mädchen weg", rief Georg Schneider über den Beifahrersitz hinweg.

Isabel kurbelte ihr Fenster herunter und streckte mir ihren mehrdeutig grinsenden Kopf entgegen. „Wir wünschen dir ganz viel Spaß!", sagte sie zwinkernd.

„Wir erwarten deinen Bericht!", hörte ich Emma noch rufen, ehe Herr Schneider losfuhr.

Ich schlang meine Arme um mich, um die nackte Haut vor der eisigen Dezemberluft zu schützen. In der Hektik hatte ich meine Jacke ganz vergessen.

„Geh schon mal rein", munterte Ingrid mich auf. „Mir passiert hier draußen schon nichts."

„I-Ich hab mich nur gerade gefragt, wie i-i-ich nachher meiner Mutter meine A-Abwesenheit erkläre", stotterte ich mit klappernden Zähnen.

„Das wird dein Vater übernehmen. Georg hat mit ihm vor ein paar Tagen telefoniert und jetzt gerade müsste sein Zug in Neustadt-Hausen ankommen. Er ist früher von seiner Geschäftsreise nach Hause gekommen. Mach dir keine Sorgen. Genieß den Abend, okay?"

„O-O-Okay!"

„Und jetzt rein mit dir! Wir bringen dich nachher nach Hause. Los! Du holst dir hier draußen noch den Tod."

Das musste sie mir nicht zweimal sagen. Frierend setzte ich mich in Bewegung.

Der Weg zum Anwesen war gepflastert, meinen hohen Schuhen sei Dank. Sie waren zwar eine Nummer zu klein, aber das Adrenalin in meinem

Blut wirkte wahre Wunder. Mit jedem Schritt, den ich auf das Anwesen zuging, näher zu Percy, schlug mein Herz schneller.

Und dann setzte es auf einmal aus.

Jenna war immer die Cinderella von uns gewesen. Sie war das Mädchen, die leichtfüßig über den Boden schweben und die Köpfe der anderen verdrehen konnte. Sie konnte ein echtes Miststück sein, aber im Grunde genommen war sie ein wirklich guter Mensch. Sie zur Freundin zu haben bedeutete, sich keine Sorgen mehr um Feinde machen zu müssen.

Sie strahlte von innen heraus.

Ich stand, wenn überhaupt, immer nur daneben. Selbst als Goldkind konnte man eine Randfigur sein.

Aber das hier, das war mein Märchen. Dieses hellerleuchtete Anwesen und die Treppe, die zu dem Gebäude hinaufführte, die Löwenstatuen, die an den Seiten der Treppe den Besuchern entgegen brüllten, und Percy, der in einem Anzug farblich passend zu meinem Kleid gerade die Stufen herunterlief – All das gehörte zu meinem eigenen Märchen.

Dümmlich grinsend lief ich weiter auf ihn zu. Plötzlich war mir die Kälte egal. Am Fuß der Treppe trafen wir endlich aufeinander. Er breitete seine Arme aus und schloss mich hinein, drehte mich glückselig im Kreis herum. Er lachte, oder lachte ich? Zum ersten Mal seit einer langen Zeit empfand ich bedingungslose, echte Freude.

So musste sich der Himmel anfühlen, da war ich mir sicher.

Percy hielt inne und betrachtete mich. „Du siehst

umwerfend aus!"

Schüchtern strich ich mir mein glattes Haar hinter die Ohren. „Ach, ich wurde ziemlich überrumpelt, wie du weißt. Meine Haare sind gar nicht gemacht. Und mein Make-Up ist noch von heute Morgen." Ich dachte an meine Selbstzweifel und mein Gesicht, eingedrückt in Kissen. „Und vermutlich total verschmiert!"

Sanft legte er seine Hände um mein Gesicht und hielt es so, dass ich ihn ansehen musste. „Du siehst umwerfend aus!", wiederholte er, dann beugte er sich zu mir herunter und küsste mich.

Auf den Mund.

In aller Öffentlichkeit.

Das *war* der Himmel!

Danach nahm er meine Hand und führte mich die Treppe hinauf. Wir hätten in der Arktis auf einer Eisscholle sitzen können, in diesem Moment war mir alles andere als kalt. Tausend Feuerwerke stoben gleichzeitig in mir empor.

Ich folgte ihm in den vollen Ballsaal, in dem unzählige Menschen zusammenstanden, tanzten oder aßen. Tische waren an der einen Seite aufgestellt, ein Großteil des Saales diente als Tanzfläche.

Der Raum musste um die 200 Jahre alt sein. Die Bauweise erinnerte mich an die barocke Zeit, die Fliesen bestanden aus einem golden glänzenden Material. „Was für ein Wahnsinns Raum!", entfuhr es mir. Ich konnte mich gar nicht sattsehen.

„Zum Säubern und Heizen ist er nicht so toll", entgegnete Percy und zog mich an der Hand hinter sich her. „Vor einem Jahr ungefähr hab ich meinem Vater verschwiegen, eine 6 in Mathe geschrieben zu haben, und als er das herausfand, musste ich den ganzen Saal zur Strafe wischen." Er führte mich zu den Tischen. Alle Frauen trugen wunderschöne Ballkleider, die meisten von ihnen waren kunstvoll frisiert. Ich hielt nach Jenna und Gina Ausschau, entdeckte sie jedoch nicht. „Seitdem hab ich meinen Vater nie wieder angelogen. Es dauert *Tage*, diesen Saal ganz alleine zu wischen!"

Er steuerte auf einen erhöhten, länglichen Tisch zu, der ganz am Ende des Saales stand. Ich begriff erst, was er vorhatte, als wir schon direkt vor ihnen standen.

Vor seinen *Eltern*.

Dem Graf und seiner Ehefrau.

Oh mein Gott!

„Mama, Papa, ich würde euch gern jemanden vorstellen", sagte Percy und zog mich halb vor sich. „Das ist Fabienne Roux. Meine Freundin."

Augenblicklich lief ich knallrot an. Seine Eltern standen beide auf und reichten mir ihre Hände. Sein Vater, ein adretter, schmaler Mann im mittleren Alter, warf einen vielsagenden Blick zu seiner Frau, Percys Mutter. Diese lächelte mich so warmherzig an, dass ich nicht mehr wusste, wovor ich solange Angst hatte.

„Er hat uns noch nie ein Mädchen vorgestellt, Christelle", sagte sein Vater.

Seine Mutter – Christelle – nickte. „Sie muss etwas Besonderes sein."

„Das ist sie", bestätigte Percy und ich hätte meine Hand dafür ins Feuer gelegt, in diesem Moment noch rötlicher anzulaufen. Bestimmt sah ich aus wie eine Tomate.

Sein Vater machte eine scheuchende Handbewegung, ohne dabei unfreundlich zu wirken. „Na los, amüsiert euch!"

„Ich will dich aber demnächst genauer kennenlernen!", verkündete Christelle.

Ich machte einen höflichen Knicks, ehe ich mich mit Percy an den Tischen vorbei zurück zur Tanzfläche schlängelte.

„Das war ja leichter, als gedacht", stellte Percy erleichtert fest.

Wir standen am Rand der Tanzfläche. Paare bewegten sich im Takt der Musik an uns vorbei. Sie tanzten einen Walzer.

Ich griff nach seinen Händen und zog ihn auf die Tanzfläche. „Lass uns tanzen!", rief ich ausgelassen und es war mir egal, dass wir die Leute in ihrem Takt störten. Es war mir egal, was sie über mich dachten, solange Percy mich mit diesem verliebten Blick ansah, als wäre ich *tatsächlich* etwas Besonderes.

Isabel

Ich war immer ein Fan von Weihnachten gewesen. Traditionell zogen wir am Heiligabend alle denselben Wollpullover an und gingen so zur katholischen Messe – Als Familie. Ich liebte die vielen Lichter, die überall blinkten und die winterliche Dunkelheit vertreiben wollten.

Dieses Jahr war alles anders. Mein Vater hatte wegen dem Einkaufszentrum kaum Zeit und Ingrid war ein kleiner Grinch, was Weihnachten anging. Unsere gesamte Weihnachts-Deko lag in Kartons verpackt in dem Haus meiner Mutter, um das sich inzwischen mein Onkel kümmerte, weil mein Vater der Meinung war, ich wäre zu jung dafür. Es stellte sich heraus, dass weder Ingrid, noch mein Vater darüber nachgedacht hatten, Lichterketten oder Kugeln für einen Tannenbaum zu besorgen.

So saß ich am 23. Dezember im Kaminzimmer und kaute auf meiner Unterlippe herum. In die Ecke würde perfekt ein großer Tannenbaum passen. Am besten mit roten und grünen Kugeln.

Wir hatten lediglich einen Adventskranz auf unserem Esstisch in der Küche liegen, und das auch nur, weil Onkel Lars in seiner Gemeinde ein Kranz-Basteln organisiert hatte und der übriggeblieben war. So viele Dinge hatten sich geändert.

Mein Blick schweifte zu dem Foto von Tommy. Letztes Jahr hätten unsere Eltern beinahe Weihnachten versaut. Sie fingen am ersten Ferientag an, sich zu streiten, und es hatte nicht so ausgesehen, als könnten sie je wieder aufhören. Einen Tag vor Heiligabend flogen richtig die Fetzen. Ich konnte mich noch daran erinnern, wie ich sie angefleht hatte, endlich ruhig zu sein. Keiner hatte auf mich geachtet.

Sie hatten erst aufgehört, als Tommy Teller aus den Regalen nahm und auf den Boden schmiss.

Minutenlang starrten wir ihn perplex an. Irgendwann schaute er unsere Eltern ausdruckslos an und sagte: „Es ist Weihnachten!"

Mehr nicht, aber es hatte ausgereicht. Über die Feiertage stritten sie sich nicht mehr. Sie gaben sich Mühe. Wir zogen alle weiße Pullis mit roten Elchen an und gingen wie jedes Jahr in die Messe. Danach aßen wir Sauerkraut und Würstchen und packten anschließend unsere Geschenke aus. Es war friedlich.

Einen Tag nach den Feierlichkeiten hatte unser Vater seine Sachen gepackt und verkündet, er würde ausziehen. Auf einer Silvesterparty, die er ganz alleine besuchte, während Tommy, unsere Mutter und ich uns mit Gesellschaftsspielen ablenkten, hatte er Ingrid kennengelernt.

Es war unser letztes Weihnachten als Familie gewesen. Dieses Jahr fühlte sich alles abscheulich anders an.

Und da beschloss ich, dass von nun an Schluss mit der Trauer sein sollte. Es lag an uns selbst, was wir aus den Feiertagen machten!

Voller Elan lieh ich mir von Emma einen Schlitten. Es hatte in der letzten Nacht geschneit und noch immer fielen dicke Flocken vom Himmel. Sie fragte, ob sie mir bei meinem Vorhaben helfen sollte, doch so gern ich sie auch dabeigehabt hätte, ich musste es alleine schaffen.

„Wie willst du den Baum denn fällen?", fragte sie, als ich mich mit dem Schlitten wieder auf den Weg machen wollte.

„Fällen?", wiederholte ich.

Einen Moment lang schien sie verdutzt, dann grinste sie. „Hol dir aus unserer Garage eine Säge, okay? Sonst kommt der Tannenbaum nicht mit dir nach Hause."

Ich holte mir die Säge und setzte meinen Weg fort. Meine Schritte wurden vom Neuschnee gedämpft. Ich beschloss, einen schmalen Pfad durch den Wald zu nehmen und staunte über die Ruhe, die hier herrschte. Das liebte ich an Weihnachten am meisten: Alles war so friedlich. Während ich mit meinem Schlitten und meiner Säge durch den Schnee stapfte, erschien es mir völlig surreal, dass auf dieser Welt Leid und Schmerz passieren konnte.

Jedes Jahr gab es an einer anderen Stelle einen Tannenbaumverkauf. Wir waren nie hier gewesen, meine Mutter wollte immer perfekte, bereits von den Wurzeln getrennte Nadelbäume haben.

Ich folgte dem Lachen von Kindern und erreichte den diesjährigen Platz. Ein Typ in einer dicken Jacke und mit einer Mütze auf dem Kopf achtete darauf, dass alles seine Richtigkeit hatte. Bei ihm meldete ich mich an, ehe ich mich auf die Suche nach meinem Tannenbaum machte.

Ich fand ihn in der Mitte des Platzes, zwischen hochgewachsenen Tannen, die garantiert heute noch ein Zuhause finden würden. Meiner war mickrig, nur an einer Seite buschig, wuchs leicht nach links geneigt, um zumindest ein bisschen Sonne abzubekommen.

Es war Liebe auf den ersten Blick.

Ich stellte mich ein wenig blöd beim Sägen an, schaffte es aber. Als ich den kleinen Baum auf den Schlitten hievte, war ich schweißgebadet.

Bei dem Mann bezahlte ich meinen kleinen Baum. „Nur die Hälfte, so mickrig wie der ist", meinte er mit einem mitleidigen Unterton.

„Nein", entgegnete ich selbstsicher. „Dieser Baum ist schön und genauso viel Wert wie jeder andere Baum hier auch." Ich bezahlte den vollen Preis.

Anschließend zog ich meinen Tannenbaum zurück nach Hause.

Mein Vater und Ingrid arbeiteten heute außerhalb, ich hatte also alle Zeit der Welt. Ich stellte meinen kleinen Tannenbaum im Kaminzimmer auf, was gar nicht so einfach war, da ich nicht sauber gesägt hatte. Eine Karriere als Chirurgin fiel also flach. Irgendwie schaffte ich es dann doch, ihn gerade hinzustellen, und ich konnte mich auf den Weg in die Innenstadt machen.

Es war brechend voll. Dutzende von Leuten strömten von Geschäft zu Geschäft, um die letzten Weihnachtsgeschenke zu besorgen. Wenn ich mir das Theater hier so ansah, war ich doch ganz froh, alle Geschenke schon in den Herbstferien besorgt zu haben.

Ich kaufte eine Packung mit kleinen roten und grünen Weihnachtsbaumkugeln und eine zarte Lichterkette. Mitsamt meiner Einkäufe kehrte ich nach Hause zurück und fing gerade an, den Baum zu schmücken, als Ingrid nach Hause kam. In ihrem kurzen, schwarzen Haar glitzerten noch

Schneeflocken, als sie zu mir ins Kaminzimmer kam und mich begrüßte.

Als sie den Baum sah, wurden ihre Augen groß. „Wo hast du den denn her?"

„Aus dem Wald, ich hab mir von Emmas Vater eine Säge geliehen."

„Und die Kugeln? Und die Lichterkette?"

„Aus der Stadt."

Ingrid beäugte mich skeptisch. „Alles in Ordnung …?", fragte sie vorsichtig.

Ich wusste, worauf sie hinauswollte. Worauf sie immer hinauswollte.

„Ja, alles okay", brummte ich ein wenig gereizt. „Ich möchte einfach nur einen Tannenbaum für Weihnachten haben."

Mein Vater freute sich über den Tannenbaum, auch wenn er klein war und trotz der Kugeln irgendwie kränklich wirkte. Wir trugen am Heiligabend zwar nicht die gleichen Wollpullover, aber wir gingen in die Messe zu Onkel Lars. Zum Abendessen kam er mit zu uns, Ingrid hatte einen Gänsebraten gekocht. Die anschließende Bescherung hielten wir im Kaminzimmer ab. Allesamt hatten wir unsere Geschenke um unser kleines Bäumchen herum gelegt.

Es war nicht so wie immer, unser Weihnachtsfest, aber Dinge veränderten sich ständig. Stillstand bedeutete, dass man nicht mehr lebendig genug war, um weiterzugehen. Ich versuchte, das Beste daraus zu machen, und als ich am Abend ins Bett ging, fühlte ich mich überraschenderweise noch nicht einmal traurig.

Das war das Beste an Traditionen: Ganz gleich, was auch geschah, man konnte immer neue entwickeln.

Wie geplant fuhren wir am 1. Weihnachtstag zu meiner Mutter. Onkel Lars und Ingrid kamen auch mit.

Ein Teil von mir hoffte noch, über Nacht irgendeine Krankheit einzufangen, die zwingende Bettruhe beinhaltete, wurde allerdings nicht mit einer Grippe oder einem Infekt gesegnet. Ich musste mitkommen, ob ich wollte oder nicht.

Die *Lou Andreas-Salomé Privatklinik* befand sich hinter Regenhain in einem abgeschiedenen Gebiet, wo es auch weite Felder zum Wandern gab. Ich hielt das irgendwie für unsinnig, da die Psychiatrie von einer ziemlich hohen, gefängnisartigen Mauer umgeben war. Das Gebäude an sich musste nach dem Krieg entstanden sein, aber das war mir auch egal. Ich schlurfte hinter meiner Familie her und hoffte noch auf ein Wunder in Form eines Erdbebens oder – alternativ – auch gern einer Alienentführung.

Die Türen wurden immer geschlossen gehalten. Solche, die zu einem neuen Trakt führten, waren elektrisch und konnten nur vom Personal geöffnet werden. Bis wir die Station erreichten, in der meine Mutter untergebracht war, hatten wir dreimal klingeln müssen.

Ein Pfleger führte uns in einen Gruppenraum, in dem mehrere Tische und Stühle standen. Ein Drittel der

Tische war besetzt. Auf jedem von ihnen stand ein kleines Weihnachtsgesteck und in einer Ecke des Raumes stand ein großer Tannenbaum.

Wir schoben zwei Tische zusammen und setzten uns. Kurz danach brachte der Pfleger meine Mutter.

„So Frau Schneider, ihre Familie ist gekommen. Das ist doch schön", meinte er, als wäre sie schon grenzdebil.

„Ja, mhm, schön", entgegnete meine Mutter und setzte sich zwischen meinen Vater und ihren Bruder ans Kopfende. „Wir hätten gerne Kuchen, ginge das?" Der Pfleger nickte und verschwand.

„Melissa, Liebes, wie geht es dir?", fragte mein Onkel behutsam. Diese Fähigkeit hatte ich immer schon an ihm bewundert. Er war immer so zuvorkommend und strahlte dieses gewisse Etwas aus, dass man ihm einfach vertrauen musste.

Meine Mutter sah mich nicht an, während ich sie unverhohlen musterte. Ihr blondes Haar war grauer geworden und sie trug es in einem unordentlichen Dutt zusammen. Außerdem war sie ungeschminkt, was für sie früher immer ein No Go war.

Dinge verändern sich, redete ich mir selbst ein.

Sie erzählte ein bisschen von ihren Therapeuten und dass sie schon große Fortschritte machte. Ich verstand zwar nicht, was sie damit meinte, traute mich aber nicht nachzufragen. Der Pfleger brachte uns in der Zwischenzeit Kuchen und ich widmete mich meinem Stück, als hinge mein Leben davon ab.

„Und du, Isabel?", sprach sie auf einmal mich an. „Wie läuft es so in der Schule?"

Überrascht schaute ich auf. Als sich unsere Blicke kurzzeitig trafen, sah ich schnell wieder hinunter auf meinen Kuchen. „Okay", antwortete ich. „Wie Schule eben so läuft."

„Tommy war immer ein guter Schüler", sagte sie unvermittelt. „Die Lehrer haben ihn geliebt. Genauso wie seine Mitschüler. Wie ist das bei dir, Isabel? Hast du Freunde?"

Ich stocherte in meinem Kuchen herum und schob einen Haufen Krümel auf dem Teller hin und her. „Ja, Mama. Du kennst meine Freunde."

„Das waren Tommys Freunde", entgegnete sie mit einem scharfen Unterton.

„Melissa", murmelte Lars vorsichtig.

Ich hörte, wie sie tief ein und ausatmete. „Wie geht es denn Jenna?"

„Gut, sie ist jetzt mit Benjamin Wolf zusammen." Ein leichtes Schmunzeln huschte über meine Lippen, ehe ich mir der Bedeutung meiner Worte klar wurde.

Wenn Jenna einen Neuen hatte, bedeutete es, dass sie über Tommy hinweg war.

Ein unnatürliches Schweigen entstand. Ich spürte, wie der Tisch wackelte.

Doch es lag nicht an meinem erhofften Erdbeben – meine Mutter hielt sich krampfhaft am Tischende fest und starrte mich mit wässrigen, zornigen Augen an.

Onkel Lars legte ihr behutsam eine Hand auf die Schulter.

„Lass mich!", schrie sie und sprang so schwungvoll auf, dass ihr Stuhl nach hinten umkippte. Sie ballte

ihre Hände zu Fäusten. „Ihr habt ihn *alle* vergessen!"
Keiner von uns reagierte. Fassungslos starrte ich sie an, diese Frau, die vor geraumer Zeit noch meine Mutter gewesen war. Woher kam all diese Wut?
Onkel Lars stand auf, doch sie wich ihm und seiner beruhigenden Umarmung aus. Ihr feuriger Blick huschte über die Köpfe der anderen hinweg, blieb an mir hängen. „Du!", schrie sie, und es hätte mich nicht gewundert, wenn sie wie ein Drache Feuer gespuckt hätte. „Du hättest ster-"
Den Rest bekam ich nicht mit. Ingrid war aufgesprungen, hatte mich vom Stuhl gezerrt und aus dem Raum geschleppt. Ich wehrte mich nicht. Sie ließ mich erst los, als wir das Gebäude verließen und kalte Luft in mein Gesicht peitschte.
Sie sagte nichts, und ich konnte nicht sprechen. Nicht über das, was eben geschehen war. Man musste kein Genie sein, um zu wissen, wie ihr Satz enden sollte.
Während Ingrid und ich auf meinen Vater und Onkel Lars warteten, machte ich mich innerlich ganz klein. Ich stellte mir vor, wie ich dieses Erlebnis wie ein Stück Papier faltete und in einer Kiste versteckte, dic ich ganz tief in mir drinnen vergrub.
Denn anders könnte ich es nicht ertragen.
Meine eigene Mutter wollte mein Leben gegen das meines Bruders eintauschen.

Emma

Zusammen mit Marie stand ich im Badezimmer vor

dem Spiegel und betrachtete mein Ebenbild. Ich trug meine Locken heute offen, nur die vorderen Strähnen hatte ich zurückgenommen und mit Spangen am Hinterkopf festgesteckt. Den Lidstrich hatte ich mir von Isabel abgeguckt und allmählich gelang er mir immer besser.

Marie hatte sich auch geschminkt. Unser Vater sah das zwar nicht gern, aber er hatte auch längst begriffen, ihr nichts verbieten zu können. Alles, was sie nicht durfte, tat sie aus Prinzip doch.

Sie war ganz hibbelig. Vor Aufregung und Nervosität sprang sie von einem Bein immer aufs andere. Ihre braunen Augen leuchteten auf diese ganz besondere Art, wie Mädchenaugen immer leuchteten, wenn sie verliebt waren.

Ihr Anblick tat mir in der Seele weh. Ich hatte ihr noch nicht beichten können, was Timon mir vor einigen Wochen auf dem Schulhof erzählt hatte.

„Wie spät ist es?", fragte Marie, wobei ihre Stimme einige Oktaven zu hoch ging.

„17:30 Uhr", antwortete ich nach einem Blick auf mein Handy. „Sie kommen sicher gleich."

Sie nickte und strich über ihr lilafarbenes Stoffkleid, als könnte sich dort ein Fleck versteckt haben. Dazu trug sie einen schwarzen, mit Pailletten bestickten Bolero.

„Du siehst hübsch aus", sagte ich ihr.

Ein Lächeln huschte über ihre Lippen, ehe sie wieder in ihre altbekannte Rolle zurückfiel und zickte: „Von dir brauche ich nun wirklich keine Komplimente!" Sie machte auf dem Absatz kehrt und stolzierte aus dem Bad.

Von Timon kriegst du auch keine, dachte ich säuerlich und folgte ihr die Treppe herunter.

Es war Silvester, und wie jedes Jahr hatten meine Eltern Justus und seine Mutter Susann eingeladen. Auch die Reichelts würden vorbeikommen. Zusammen wollten wir Raclette essen und ins neue Jahr hineinfeiern.

Marie hatte sich wegen Timon so schick gemacht. Tagelang hing sie unserer Mutter im Ohr, dass sie unbedingt ein neues Kleid bräuchte, weil ihre alten alle so kindisch aussahen.

Mir war ganz und gar nicht wohl bei dem Gedanken. Außerdem hatte ich keine Ahnung, wie ich mit Justus umgehen sollte. Inzwischen sagten wir uns nicht einmal mehr *Hallo,* wenn wir uns zufällig in der Schule begegneten. Und jedes Mal zerbrach es mir schier das Herz.

Ich vermisste ihn. Ich vermisste ihn so sehr, dass es wehtat. Aber zu wissen, dass er mir die Schuld an Carmens Tod gab, tat noch mehr weh.

Gedankenverloren ging ich die Treppe herunter. Im Esszimmer bereitete meine Mutter mit Jans Hilfe alles vor. Er hatte kurz vor Weihnachten seinen Führerschein bestanden und unsere Eltern hatten ihm an Heiligabend sein erstes, eigenes Auto geschenkt. Es war nur ein alter, gebrauchter VW-Bus, aber immerhin. Vor einem Jahr hätte niemand damit gerechnet, Jan könnte überhaupt einmal hinterm Steuer sitzen.

Still vor mich hin grübelnd verzog ich mich ins

Esszimmer und half ihnen bei den letzten Kleinigkeiten. Als es dann klingelte, schlenderte ich betont gleichgültig in die Küche.

„Was willst du hier?", fragte Marie mich mit einem säuerlichen Unterton. Sie saß in einer Ecke auf einer kleinen Bank, auf der unsere Mutter Zeitschriften stapelte.

Statt ihr zu antworten, wandte ich mich an den Kühlschrank und tat so, als müsste ich noch etwas holen, stellte aber fest, dass ich beim Anblick des Innenlebens nichts fand, was mein persönliches Theaterstück aufrecht erhielt. Seufzend schlug ich die Kühlschranktür zu und stand hilflos in unserer Küche herum.

Ich wusste nicht, wo ich hingehen sollte. Alles in mir drin sträubte sich dagegen, Justus zu begrüßen und so zu tun, als wäre alles normal. Bei dem Gedanken, ihn gleich zu sehen, wurde mir regelrecht übel. Wie hatte das nur aus uns werden können?!

Stimmen wurden lauter. Ich hörte, wie sie ins Esszimmer gingen und sich unterhielten. Da war meine Mutter. Sie fragte gerade, wie die Ausbildung lief.

„Ganz gut", antwortete eine Männerstimme. „Es ist halt anstrengend, aber sonst echt cool." Die Stimme kam mir bekannt vor, aber ich konnte sie nicht sofort zuordnen.

„Hast du nichts Besseres an Silvester zu tun, als mit deiner Familie zu feiern?", hörte ich eine Frau fragen, die mir meine ganze Kindheit über fast wie eine Mutter gewesen war. Susann Jäger. Justus' Mutter.

Ein unangenehmes Kitzeln lief über meine Haut. Gleich würde ich ihn sehen. In seine braunen Augen schauen und nach der Vertrautheit suchen, die uns immer ausgemacht hatte, und vermutlich doch enttäuscht zurückschrecken, weil ich sie nicht mehr finden konnte.

„Ich sehe meine Freunde öfter als meine Familie, also nein, ich hab nichts Besseres zu tun", antwortete die Stimme weise.

Vor meinem inneren Auge tauchte die Erinnerung an einen großgewachsenen Typen mit honigblondem Haar auf, der mich vor einem harten Aufschlag auf dem Boden bewahrt hatte.

Und da fiel es mir wieder ein. Die Stimme gehörte zu Tobias Reichelt, dem älteren Bruder von Till und Timon.

„Wäre nur schön, wenn sich deine Familie auch darüber freuen könnte", witzelte der Jüngste des Trios.

Hinter mir raschelte es. Marie hatte ihr Gewicht verlagert und sog scharf die Luft ein.

„Setzt euch ruhig", sagte meine Mutter zu unseren Gästen. „Viktor, Liebling, holst du den Wein aus dem Keller?" Ein Stuhl wurde zurückgeschoben. „Oder wollt ihr lieber Sekt?"

Es war mir egal, worüber die Erwachsenen sprachen. Ich strengte meine Ohren an und hoffte auf ein Wort von Justus, doch hörte ihn einfach nicht.

Plötzlich tauchte Svea in der Küche auf und Marie und ich zuckten gleichermaßen erschrocken zusammen. Ich war so auf Justus' nicht vorhandene

Stimme fixiert gewesen, dass ich ihre Schritte vollständig ausgeblendet hatte.

Sveas skeptischer Blick huschte zwischen Marie und mir hin und her. „Will ich wissen, warum ihr euch in unserer Küche versteckt?"

„Wir verstecken uns nicht", gab Marie halbherzig zurück.

„Du hast gerade deine Schwester verteidigt – Jetzt hab ich Angst." Dennoch drehte sie mir ihren Rücken zu und nahm sich einen Korkenzieher aus der Schublade. Anschließend baute sie sich allerdings zu ihrer vollen Größe auf und scheuchte uns aus den Raum. „Wir haben Gäste!"

Susann strahlte mich an, als ich dicht gefolgt von Marie das Esszimmer betrat. „Ihr Zwei seht ja richtig schick aus!", lobte sie unsere Kleider, während sich meine Schwester mit gesenktem Blick ans andere Ende des Tisches setzte, möglichst weit von Timon entfernt.

Für den Bruchteil einer Sekunde spürte ich noch die Hoffnung in mir. Ich wollte in sein Gesicht blicken und wissen, dass unsere Freundschaft noch nicht ganz am Ende war.

Die bittere Erkenntnis traf mich wie eine Lawine, die über mich hereinbrach.

Er war nicht mitgekommen. Er konnte es noch nicht einmal einen Abend lang ertragen, mit mir an einem Tisch zu sitzen.

Ich musste mich zwingen, zu lächeln. Am liebsten wäre ich hochgerannt und hätte mich in meinem Zimmer eingeschlossen. Nur diesen Abend gehörte es wieder ganz mir, da Indra und ihr Bruder mit ihrer Familie feiern würden.

Justus hatte uns tatsächlich aufgegeben. Endgültig.

Es fühlte sich an, als würden tausend Vasen in mir zerbersten, während sich gleichzeitig eine lindernde Taubheit in mir ausbreitete.

Dennoch setzte ich mein schönstes Lächeln auf und nahm zwischen Marie und Jan Platz.

Und wenn ich zu mir selbst ehrlich sein könnte, würde ich wissen, dass ich nur deshalb nicht in Tränen ausbrach, weil ich es mir noch nicht eingestehen wollte.

Ich hatte meinen besten Freund verloren.

Ich schaffte es, das ganze Essen hindurch gute Miene zum bösen Spiel zu machen. Erst nach dem Dessert stand ich auf, entschuldigte mich mit der Ausrede, auf Klo zu müssen, und verließ das Esszimmer. Bis zur Treppe hielt ich mich zurück; erst, als meine Füße die erste Stufe betraten, ließ ich all meinen Frust los und preschte nach oben.

An meinem Zimmer vorbei.

Ich wollte ungestört sein, und der einzige Raum, wo man nicht nach mir suchen würde, war der Dachboden.

Es war das erste Mal, dass ich nach der Pyjama-Party wieder nach oben ging. Indra hatte mit Jan alles aufgeräumt.

Jetzt genoss ich die Stille. Ich setzte mich aufs Sofa, zog meine Knie an mich und schlang meine Arme um sie. Ich versuchte noch, die Tränen zurückzuhalten, konnte es aber nicht mehr für mich behalten. Es war zu viel. Viel zu viel.

Ich konnte es nicht glauben. Ich wollte es nicht verstehen.

Ich wünschte, ich könnte die Zeit zurückdrehen und alles ungeschehen machen. Dann würde Carmen noch leben und Justus wäre heute Abend hier.

Und ich wäre nicht mit Isabel befreundet. Und Dante würde noch immer nichts von meiner Existenz wissen.

Was mich so zerriss, war die Tatsache, dass ich all das nicht aufgeben wollte. Ich wollte Carmen genauso morgens in der Schule sehen, wie ich Isabel liebevoll piesacken wollte.

Selbst wenn ich die Zeit zurückdrehen und Carmen hätte retten können – Ich war mir nicht sicher, ob ich das wirklich getan hätte.

Ich hörte Schritte auf der Leiter zum Dachboden und wischte mir eilig meine Tränen fort.

Als ausgerechnet Timons Kopf auftauchte, war ich noch nicht einmal überrascht, ihn zu sehen. Er hatte diese ganz besondere Fähigkeit zu wissen, wann man lieber ungestört blieb – Und ihn am allermeisten brauchte.

„Cool hier", bemerkte er, während er durch den Raum schlenderte und sich mir gegenüber auf die Truhe setzte.

„Du solltest aufhören, mir hinterherzurennen", sagte ich nur.

„Ich renne dir nicht hinterher." Er legte seinen Kopf schräg und musterte mich, als würde er nicht verstehen, wie ich darauf kam. „Du hast so traurig ausgesehen und ich wollte nur wissen, was los ist."

„Gar nichts."

Seine Mundwinkel zogen sich zu seinem typischen Grinsen hoch. „Dass du immer wieder versuchst, mich anzulügen!"

„Irgendwann wird es funktionieren, und dann wird die Lüge so groß sein, dass du mich dafür hasst und gleichzeitig bewunderst, eben *weil* ich es endlich geschafft hab!"

Statt darauf einzugehen, mutmaßte er: „Es ist wegen Justus, richtig?"

Seufzend kapitulierte ich und nickte. „Er hat gesagt, ich wäre Schuld an dem, was passiert ist." Meine Stimme klang hohl. „Ich dachte, wenn er heute dabei ist, könnten wir vielleicht … Ich weiß auch nicht. Ich dachte, wir könnten noch Freunde sein."

Ausgesprochen klang es völlig absurd, als hätte ich längst gewusst, dass es vorbei war, es nur nicht wahrhaben wollen.

„Manchmal muss man loslassen, Ems."

In seinen Worten schwang etwas mit; leise und schwer, kaum wahrnehmbar und dennoch zu erdrückend, um es erfolgreich verbergen zu können. Er hatte ein Geheimnis.

Ich sah ihn an und fragte: „Wen hast du losgelassen?"

Sein Blick verhärtete sich einen schmetterlingsflügelschlaglangen Moment. Es trieb höher, sein Geheimnis, erreichte die Oberfläche und erinnerte ihn daran, noch da zu sein, ehe er es wieder nach unten schob und versteckte.

Was auch immer es war, passte nicht zu ihm. Dieser dunkle Schatten in ihm drin passte nicht zu dem Jungen, dessen Augen funkelten, wenn er lachte.

Und da begriff ich, dass er Recht hatte. Wir mussten Menschen loslassen, die uns nicht mehr festhalten wollten.

Er hatte ja nie behauptet, es wäre leicht.

Kapitel Sieben

Fabienne

Nach dem Winterball gab meine Mutter mir bis zum Ferienende Hausarrest. Ich hatte mit einer Bestrafung gerechnet, ganz egal, ob mein Vater nun früher nach Hause gekommen war oder nicht. Die Strafe trug ich mit Fassung. Es machte mir überraschend wenig aus, die ganzen Ferien über zu Hause bleiben zu müssen.

Ich hätte sogar 100 Jahre Stubenarrest in Kauf genommen, nur um ein einziges Mal noch mit Percy durch den Saal zu tanzen. Er war mir jede Strafe wert.

Am 7. Januar fing die Schule wieder an. Ich zog eine hellblaue Jeans und einen weißen Pullover an, dazu steckte ich mir Ohrstecker in Form von Schneeflocken an. Da ich gut in der Zeit war, bearbeitete ich mein braunes Haar ausnahmsweise mit einem Lockenstab.

Meine Mutter bestand darauf, dass unser Chauffeur mich zur Schule fuhr. Sie hatte wohl Angst, ich könnte Percy unterwegs treffen, und versuchte alles, mich von ihm fernzuhalten.

Doch ganz gleich, was sie auch tat, auf lange Sicht würde sie es nicht schaffen. Sie konnte meinem Körper befehlen, ihm nicht näherzukommen, aber nicht meinem Herzen. Das war restlos verloren.

Der Chauffeur ließ mich hinter der Schule raus. Es gab noch einen Seiteneingang in der Nähe des naturwissenschaftlichen Traktes, den ich benutzte.

Eher zufällig streifte mein Blick den Schaukasten, der an der Wand hing.

Reflexartig blieb ich stehen und starrte mit offenem Mund das scheußliche Kunstwerk an.

Über die Feiertage hatte ich unseren Streit mit Agnes ganz vergessen. Sie war ein so kleines Licht in der Schule und ich hatte sie in meinem Kopf ganz weit nach hinten gedrängt. So weit, dass mich ihre Aktion besonders schockierte. Ich war nicht vorbereitet gewesen.

In dem Schaukasten, in dem noch die altbekannte, sezierte Ratte in Formaldehyd in einem Behälter stand, hingen 8 Puppen. Sie waren mit Bindfäden an ihren Hälsen aufgehängt, als hätten sie Selbstmord begangen. Allesamt trugen sie Mini-Anzüge oder schicke Kleider.

Doch das Schlimmste waren die kleinen Namensschilder, die sie wie Ketten trugen. Ich konnte Jenna entdecken und Dante und sogar Cho.

Diese 8 Puppen sollten *uns* darstellen. Die Goldkinder. Keine Frage, dass Agnes dahintersteckte.

Ich versuchte, den Schaukasten zu öffnen, doch er war verschlossen. Wie Agnes es hingekriegt hatte, die Puppen hineinzuhängen, war mir ein Rätsel. Schaulustige Schüler warfen gaffende Blicke in meine Richtung, einige von ihnen versuchten zu helfen, doch auch sie scheiterten.

Als Jenna schließlich davon erfuhr und

wutschnaubend mit dem Hausmeister im Schlepptau auftauchte, war ich unendlich erleichtert. Jenna konnte solche Dinge besser regeln als ich.

„Da habt ihr wohl jemanden ziemlich wütend gemacht", bemerkte der Hausmeister, während er die Puppen abnahm und in einen Mülleimer warf.

Er hatte offensichtlich Recht. Seit wann passierte *uns* so etwas? Wir waren ganz oben. Man sollte uns gleichermaßen bewundern wie fürchten. Normalerweise waren wir diejenigen, die schlimme Aktionen durchführten; nicht die, die sie abbekamen.

Was war nur geschehen? An welcher Stelle hatte sich das Rad gewendet?

„Diese kleine Hexe!", knurrte Jenna, nachdem die Puppen aus der Welt geschafft waren. Der Unterricht hatte vor ein paar Minuten begonnen und wir eilten zu unseren Klassenräumen. „Dieses Spiel haben wir viel zu lange mit uns spielen lassen. Damit ist jetzt Schluss! Ich kann das nicht länger dulden."

Mit diesen Worten eröffnete Jenna die Jagd.

In den nächsten Tagen suchten wir nach Möglichkeiten, wie wir Agnes stoppen könnten. Der zündende Einfall kam niemandem.

Am Freitag saßen wir in der Pause an unserem Stammtisch und rätselten einmal mehr darüber, als Isabel plötzlich rief: „Oh mein Gott, ich weiß, was wir tun können!" Aufgeregt schlug sie Emma auf den Oberarm, die ihr daraufhin einen missbilligenden Blick zuwarf.

„Und was?", seufzte Jenna resigniert. Sie war an einem sehr seltenen Punkt angelangt: Ihre eigenen Ideen brachten sie nicht weiter.

Isabel grinste, als hätte sie gerade ein Heilmittel gegen Aids gefunden. „Es gibt etwas, das viel stärker ist, als Rache." Sie legte eine verschwörerische Künstlerpause ein. „Familie."

Isabel

„Ich finde es sehr schön, dich nochmal hier zu sehen", sagte Thomas Buchsbaum, der Leiter der Selbsthilfegruppe für trauernde Jugendliche. Um meinen genialen Plan in die Tat umzusetzen, musste ich über meinen Schatten springen und herkommen. Emma war dieses Mal nicht dabei.

Ich versuchte, ganz besonders betroffen zu wirken, und zuckte mit meinen Schultern. „Es ist nur, an manchen Tagen halte ich es einfach nicht aus …" Ich blinzelte ein paar Mal, um noch glaubwürdiger zu wirken.

Thomas hob seine Hand und tätschelte meine Schulter. „Es war gut, zurückzukommen, Isabel. Hier wissen wir alle, wie dir zumute ist."

Laut schniefend nickte ich.

„Nimm dir doch einen Tee, ja?" Der Mann deutete in eine Ecke des Raumes, in dem auf einem Tisch zwei Kannen und diverse Packungen Tee und Zucker standen.

Ich beschloss, auf den Vorschlag einzugehen, und schlenderte zum Tisch.

An diesem Tag war ich die Erste gewesen, die im Gruppenraum aufgetaucht war. Um meine Rolle noch perfekter zu spielen, hatte ich Tommys schwarzen Pullover aus meinem Schrank gekramt und übergezogen. Obwohl sein Geruch längst nicht mehr vorhanden war, kam mir der Stoff dennoch traurig bekannt vor. Ich ertappte mich auch bei dem Versuch, daran zu riechen, in der Hoffnung, eine Kleinigkeit von meinem Bruder wiederzufinden, aber das war natürlich bloß Wunschdenken. Tommys Geruch war aus diesem Pullover verschwunden, so wie er aus meinem Leben verschwunden war.

Ich schüttelte meinen Kopf, um diese trüben Gedanken loszuwerden, und nahm mir einen Teebeutel mit einer Waldbeer-Mischung. Als ich mir heißes Wasser dazugoss, kam gerade eine handvoll der anderen, trauernden Jugendlichen herein.

Unter ihnen konnte ich auch das rote Haar von Nick erkennen. Als er mich entdeckte, löste er sich aus der Gruppe und kam auf mich zu, seine vollen Lippen zu einem Grinsen geformt.

„Was machst du denn hier?", fragte er, und ich konnte sein Schmunzeln heraushören.

Ich deutete auf meine Tasse. „Hier gibt es Tee umsonst. Zugegeben, ich hatte gehofft, es gäbe Donuts, aber das ist wahrscheinlich eine Illusion, die Hollywood erschaffen hat."

Er lachte auf. Dann musterte er meinen Pullover. „Interessante Kleiderwahl."

Plötzlich fühlte ich mich unwohl. Es überraschte mich selbst am meisten. Es lag nicht an dem Pullover selbst oder daran, dass Nick mich darauf angesprochen hatte, sondern an der Tatsache, dass ich ihn anlügen musste.

Damit dieser Plan funktionierte, musste ich über Leichen gehen. Sprichwörtlich.

Also schaute ich gedankenverloren zu meinem Tee und murmelte etwas Unverständliches über meinen toten Bruder.

Nick verstand mich. Seine grünen Augen strahlten auf einmal ehrliches Mitgefühl aus, sodass ich am liebsten aufgeschrien hätte.

Er war ein guter Mensch. Er hatte es nicht verdient, angelogen zu werden.

Doch länger konnte ich mich nicht mit meinem schlechten Gewissen abgeben. Gerade kam Arthur Ambrosius herein, die Hände in die Taschen seiner Hose gesteckt, die aussah, als würde sie jeden Augenblick zu Boden rutschen. Sein schwarzes Haar hatte er hochgegelt und um seine Augen konnte ich einen schwarzen Rand erkennen, als hätte er sich mit Kajal geschminkt.

Das also war Agnes' Bruder. Kein Wunder, dass sie selbst so merkwürdig war.

Wir setzten uns alle auf unsere Stühle im Kreis. Insgesamt waren wir 9 Jugendliche, und diese Anzahl kam mir viel zu hoch vor. Jeder Einzelne von uns stand für mindestens einen Toten. Das konnte doch nicht wahr sein. So viele Menschen konnten nicht sterben. Das war einfach nicht richtig.

Ich ignorierte die traurigen Geschichten weitestgehend und konzentrierte mich lieber auf meinen Tee. Mir fiel auf, dass Arthur sich aus der Gruppe genauso heraushielt wie ich, als wollte er gar nicht hier sein.

Nach 45 Minuten gab es eine Viertelstunde Pause. Die meisten verzogen sich nach draußen, auch Arthur. Nick blieb bei mir, und Thomas Buchsbaum werkelte am Teetisch herum.

Mit Argusaugen betrachtete ich Arthurs Jacke, die er über seinen Stuhl gehängt hatte. Ich hatte während der Stunde beobachtet, wie er sein Handy in eine der Taschen gesteckt hatte.

Inzwischen glaubte ich nicht mehr, er könnte hier irgendetwas Brisantes verraten. Er war so stumm wie ein Fisch im Meer. Aber wenn ich an sein Handy kommen könnte, würde ich vielleicht etwas finden.

Ich konnte nicht einfach in die Taschen greifen und es rausziehen. Da waren immer noch der alte Buchsbaum und Nick, der mich wohl nicht alleine lassen wollte.

Ich brauchte einen neuen Plan. Und das schnell. Wenn ich morgen keine Ergebnisse hatte, würde Jenna noch durchdrehen. Es sprach zwar keiner aus, aber Agnes hatte uns in der Hand. Wenn wir nicht zurückschlugen, glaubten alle, wir hätten kapituliert, und ich war nicht bereit, diese Schmach über mich ergehen zu lassen.

Als wäre ich von etwas gebissen worden, sprang ich von meinem Stuhl und wollte mich beinahe meiner Verzweiflung hingeben, als Thomas eine Kanne nahm, sagte: „Ich hole mal neues Wasser", und den Raum verließ.

Mit offenem Mund starrte ich die Tür an, durch die er soeben verschwunden war. Ich beschloss, nie wieder die Existenz eines Gottes infrage zu stellen, und stürzte auf Arthurs Platz. Ich hatte nur wenige Minuten. Hektisch suchte ich in seinen Jackentaschen nach seinem Handy. Als ich es fand, zitterten meine Hände so stark, dass ich es beinahe fallenließ.

„Isabel? Was machst du da?"

Verdammt. Nick. Den hatte ich ganz vergessen.

Unbeirrt wollte ich nach etwas suchen, was wir gegen ihn und seine Familie verwenden könnten, und stieß prompt auf die Pin-Abfrage.

„Scheiße!", fluchte ich laut und unterdrückte den Drang, das Gerät auf den Boden zu schmeißen. Ich probierte es mit 1 – 2 – 3 - 4, scheiterte aber kläglich.

„Nochmal: Was machst du da?" Nick kam näher und blieb vor mir stehen.

„Ich muss was finden!", antwortete ich knapp und verzog mein Gesicht, als hätte ich Schmerzen. Das konnte doch nicht wahr sein! So kurz vor dem Ziel wurde ich von einer simplen Pin-Abfrage abgehalten!

„Versuch es mal mit 1 – 3 – 0 - 2", schlug Nick vor.

Da ich keine bessere Idee hatte, tippte ich die Zahlen ein. Einen Moment später entsperrte sich das Telefon. „Was zum -?" Verwirrt blickte ich zu ihm auf. „Keine Ahnung, woher du das weißt, aber jetzt gerade liebe ich dich!"

„Der 13. Februar ist der Todestag seiner Zwillingsschwester."

Ich hörte ihm kaum zu. Stattdessen klickte ich auf seine Nachrichten, fand aber nichts Verdächtiges. Irgendwo wurde eine Tür geschlossen. Entweder kam Thomas mit neuem Wasser zurück, oder die anderen in den Gruppenraum. Mir rannte die Zeit davon.

Ich klickte auf den Ordner mit Bildern und scrollte durch. Fotos von ihm, von Bands, schwarzen Katzen … Ich wollte schon frustriert aufgeben, als ein Bild von einem Mädchen mit blondem Haar auftauchte. Sie wurde von hinten aufgenommen, warf aber gerade einen Blick über ihre Schulter hinweg und streckte die Zunge heraus. Sie war wunderschön.

Ich klickte weiter. Wieder das Mädchen, dieses Mal saß sie an einem Tisch und schaute gedankenverloren zur Seite. Sogar ihre Nase war perfekt. Sie ging nicht auf unsere Schule, sonst könnte ich mich an sie erinnern. Schöne Mädchen hatten immer schon auf Jennas Abschussliste gestanden.

„Ich stelle mich an die Tür", schlug Nick plötzlich vor. „Wenn jemand kommt, sag ich Bescheid."

Ich glaubte zu nicken, während ich weiterklickte.

Arthur hatte viele Bilder von dem Mädchen. Schnappschüsse aus einem ganz normalen Alltag, aber auch Bilder von ihr nur im Bikini bekleidet. Diese Fotos schienen heimlich aufgenommen worden zu sein. Bei einigen konnte ich sogar Blätter an den Seiten sehen, als hätte er sich in einem Busch versteckt.

Meine Nackenhaare stellten sich auf.

Wer auch immer dieses Mädchen war, Arthur schien so was wie ihr Stalker zu sein. Die Arme. Ich schickte ein Foto von ihr, auf dem man sie gut erkennen konnte, an mein eigenes Handy und wollte es morgen den anderen zeigen. Vielleicht kannte jemand sie und wir könnten sie warnen.

Gerade als ich das Handy zurück an seinen Platz legen wollte, entdeckte ich einen Ordner ohne Überschrift. Neugierig klickte ich drauf.

Es waren weitere Fotos, allerdings konnte ich schon nach dem ersten Blick sagen, dass hier etwas nicht stimmte.

Zu sehen war wieder das blonde Mädchen, allerdings war sie nackt. Nur ihr Oberkörper bis zum Bauchnabel war zu erkennen. Ihre Arme hielt sie hoch und zur Seite gestreckt, als hätte sie jemand festgebunden. Ihre Hände konnte ich nicht sehen. Ihr Kinn lag auf ihrer Brust, als wäre sie zu schwach, ihren Kopf aufrecht zu halten, und ihre Augenlider waren halb geschlossen. Sie war blass, ihre Haut konkurrierte mit der weißen Wand im Hintergrund. Auch dieses Bild schickte ich an meine Nummer.

„Da kommt wer!", rief Nick.

Ich klickte weiter. Immer mehr Bilder kamen von diesem Mädchen in dieser Position, nur dass sie von Foto zu Foto schlimmer aussah. Auf dem Letzten hatte sie ein blaues Auge, Kratzer auf ihrer Wange und ein feines Rinnsal Blut lief aus ihrem Mundwinkel über ihr Kinn. Ihre Lippen hatten ihre rosige Farbe verloren.

Schockiert starrte ich das Bild an.

„Jetzt!", rief Nick von der Tür aus, und in aller letzter Sekunde schickte ich auch dieses Bild auf mein Handy, schloss alle offenen Prozesse und ließ das Handy in Arthurs Jackentasche verschwinden. Gerade noch rechtzeitig entfernte ich mich von seinem Platz und tat so, als wollte ich gerade zum Teetisch gehen.

Ein klitzekleiner Teil von mir hatte ein sehr mulmiges Gefühl bei der Sache und wollte mit den Fotos zur Polizei rennen. Unwillkürlich musste ich an Carmen denken, die vielleicht noch leben würde, wenn ich eher zur Polizei gegangen wäre.

Aber dann dachte ich an Agnes und die Pyjama-Party und alles, was sie uns danach angetan hatte. Ich dachte an meinen Vater und an sein Einkaufszentrum und daran, dass er einen Erfolg mehr als verdient hätte.

Am Ende überwog der Teil meiner Selbst, der Agnes einfach nur noch loswerden wollte.

Emma

Ihre Stimme überschlug sich vor Aufregung, als Isabel uns flüsternd von ihrer gestrigen Selbsthilfegruppe erzählte und die Fotos zeigte. Sie, Jenna und ich standen in der Nähe des Haupteingangs, allerdings weit genug von den eintretenden Schülern entfernt. Wir hatten uns früher getroffen, um den Plan zu besprechen.

Jenna betrachtete das Foto von dem blonden Mädchen ganz genau, ehe sie ihren Kopf schüttelte.

„Nein, ich kenne sie nicht. Sie kommt mir allerdings bekannt vor."

„Also wohnt sie auf jeden Fall in Neustadt-Hausen", mutmaßte Isabel und zeigte uns die anderen Fotos.

Ein eiskalter Schauer lief mir über den Rücken, als ich das letzte Bild sah. „Das gefällt mir irgendwie nicht."

Jenna machte eine Handbewegung, als wollte sie das Handy von sich wegwischen. „Ich fürchte auch, das ist eine Nummer zu groß für uns. Vielleicht sollten wir die lieber zur Polizei bringen."

„Hmpf", brummte Isabel und warf ihr Mobiltelefon in ihre Schultasche. „Wenn ihr meint … Aber ich sag es gleich, so eine Gelegenheit wird sich uns nicht noch einmal bieten!"

„Was für eine Gelegenheit meinst du?", gab Jenna zurück. „Mit diesen Fotos können wir gar nichts machen. Wenn sie von Agnes wären, okay, aber du hast sie von ihrem *Bruder* geklaut."

„Er hat ein armes Mädchen geschändet!"

„Nochmal: Was auch immer dieser Arthur gemacht hat, geht auf *seine* Kappe. Damit hat dieses Miststück Agnes nichts zu tun. Oder möchtest du für alles Rechenschaft beziehen, was Tommy getan hat?"

Eins musste ich Jenna wirklich lassen: Sie war genial. Kaltherzig und arrogant, aber wenn es darum ging, ihren Willen zu kriegen, einfach genial.

Isabel gab brummend nach. „Dann stehen wir wieder ganz am Anfang."

„So schlimm ist es nicht. Wir könnten versuchen, Claire und Indra auf unsere Seite zu ziehen, und wenn Agnes ganz alleine ist, wird sie sicher aufgeben", sagte Jenna, klang aber selbst nicht ganz überzeugt.

„Ich glaube nicht, dass sich Indra überzeugen lassen wird", warf ich ein und dachte an meine Cousine, die mit mir kaum noch ein Wort wechselte. Es war beinahe so, als würde ich für sie gar nicht existieren.

Ein paar Mal hatte ich versucht, aus meiner Mutter den Grund für die eisige Stimmung zwischen ihr und ihrer Schwester herauszukriegen, aber sie vertröstete mich jedes Mal mit einer Ausrede. Anscheinend wollte Indra dieses merkwürdige Verhalten aufrechterhalten.

Jenna schnalzte mit ihrer Zunge. „Dann musst du eben eine Möglichkeit finden, sie zu überzeugen. Das sollte ja wohl keine Schwierigkeit sein, sie ist immerhin deine Cousine!" Mit diesen Worte machte die selbsternannte Königin auf dem Absatz kehrt. „Lasst uns reingehen. Es ist schweinekalt!"

Isabel und ich folgten ihr in das geheizte Schulgebäude. Sanft stupste ich meine Freundin im Gehen mit der Schulter an. Sie wirkte unglaublich zerknirscht, als hätte sie sich wirklich mehr von diesen Fotos erhofft.

„Du kannst sie deinem Vater zeigen", schlug ich vor, um sie aufzuheitern. „Vielleicht kann er damit etwas anfangen."

„Ja, vielleicht kann er damit wenigstens sein Einkaufszentrum kriegen", seufzte sie und zog ihre schwarze Winterjacke enger um sich, als wäre es noch immer eisig. „Erzähl mir von dir und Dante", bat sie, während wir Jenna durch den Flur zu unseren Schließfächern folgten.

Ich spürte, wie ich augenblicklich rot anlief und stammelte nervös: „Da gibt es nichts zu erzählen ..."

Isabel grunzte. „Natürlich nicht. Weißt du, ich bin mit Dante seit der 5. Klasse befreundet. Ich war dabei, wie die Mädels reihenweise bei ihm Schlange standen. Ich meine, wer nicht auf Tommy stand, war in Dante verknallt, und umgekehrt. Sogar Jenna hat mal versucht, bei ihm zu landen. Und jede Einzelne ist bei ihm abgeblitzt!" Sie klang, als könnte sie sein Verhalten tatsächlich nicht nachvollziehen. „Ich glaube, er war mal in eine verschossen, die dann aber nichts von ihm wollte, aber das ist auch schon länger her. Und jetzt will er dich. Du bist die Erste, um die er sich wirklich bemüht. Willst du das nicht sehen oder bist du wirklich so blind?"

Ich war mir nicht sicher, warum sie auf einmal so gereizt war, oder wieso ihre Worte einen scharfen Unterton hatten. Ich hinterfragte auch nicht. Es gab Momente, da musste man die Menschen einfach schreien und wütend sein lassen, als könnten sie nur so ihren Frust abbauen.

„Ich frage mich, wer das Mädchen ist", sagte Isabel nach einer Weile. „Und warum Arthur solche Fotos auf seinem Handy hat."

„Bei der Familie wundert es mich nicht, wenn der Junge ein wenig abgedreht ist."

„Diese Fotos sind mehr als nur *ein wenig*." Sie seufzte und lehnte sich mit dem Rücken gegen die Schließfächer, während ich in meiner Tasche nach meinem Schlüssel suchte. Jenna hatte längst eine Fünftklässlerin damit beauftragt, ihr Erdkundebuch zu halten.

„Warum musst du eigentlich ans Schließfach?", wollte Isabel plötzlich wissen.

„Wir haben jetzt Mathe", erinnerte ich sie. „Ich hole mein Buch."

„Aber hast du es denn nicht mit nach Hause genommen? Wir hatten eine Hausaufgabe."

Meine Augen weiteten sich. „Wir hatten was auf?"

„Jep, Seite 67 Aufgabe 3 bis 7. War echt ätzend. Hab nur die Hälfte gemacht und sage einfach, dass ich es nicht verstanden habe. Das reicht immer."

Endlich fand ich meinen Schlüssel und schloss hastig mein Fach auf. Wenn ich mich beeilte, konnte ich noch abschreiben.

„Igitt!", schrie ich auf und trat auf den Boden sehend ein paar Schritte zurück. Dabei stieß ich gegen einen menschlichen Körper.

Innerhalb weniger Sekunden stand Jenna bei uns. Sie und Isabel begutachteten die Schweinerei in meinem Schließfach. Sogar Jenna, die unerschütterliche Königin, musste sich angewidert abwenden.

„Das geht zu weit!", hörte ich Isabel knurren. Sie war die Einzige, die dem Schauspiel standhielt.

Im Inneren meines Schließfachs hatte jemand 5 Einmachgläser gestapelt. Sie enthielten allesamt eine klare Flüssigkeit, die unterschiedliche Dinge umschloss.

Nur dass es keine Dinge waren, sondern Organe.

Konservierte Organe.

An einem Glas ganz vorne klebte ein Zettel. Darauf zu lesen: „Das könnten ihre sein!"

Indra

Die Sache mit den Organen sprach sich ziemlich schnell herum. Noch vor Beginn der ersten Stunde wusste jeder davon. Claire und ich warteten geduldig vor unserem Klassenraum und gingen eine stumme Übereinkunft ein, unsere Vermutungen nicht laut auszusprechen.

Uns beiden war klar, wer dahintersteckte.

Genauer gesagt, schien das jedem klar zu sein. Jenna und Gina warfen uns bitterböse Blicke zu, als sie vor dem Klassenraum auftauchten, obwohl von Agnes jede Spur fehlte.

Mir fiel auf, dass sie damit nicht die Einzigen waren. Ein Großteil unserer Klassenkameraden schien uns zu meiden. Während wir vorher nur Agnes' Freunde gewesen waren und von den meisten Attacken verschont blieben, sah man uns jetzt an, als wären wir ihre Verbündete. Als hätte sie ohne uns niemals etwas so Bösartiges machen können.

Und das war es. Organe in Emmas Schließfach zu stellen und so zu tun, als wären es Carmens, war sogar für meinen Geschmack zu hart. So wie die anderen Claire und mich ansahen – als wären wir selbst konservierte Organe – dachten sie da ähnlich. Nur dass für den Großteil der Schule wir alle Drei schuldig waren.

Allmählich verstand ich meine Großmutter, die auf

die Frage, warum sie nach dem Holocaust in Deutschland geblieben war, stets antwortete: „Nicht alle Deutsche sind gleich. Viele mussten ihre jüdischen Freunde verraten, um nicht selbst in Gefahr zu geraten. Wiederum andere waren einfach blind und verschlossen ihre Augen, weil sie Angst hatten, die nächsten zu sein. Ich mache den Mitläufern keinen Vorwurf. Wenn es andersherum gewesen wäre, wenn die Juden die Deutschen gejagt hätten, dann hätte ich meine deutschen Freunde sicher auch verraten, um meine Familie zu retten."

Claire und ich waren solche Mitläufer.

Das Problem war, dass unsere Mitschüler nicht so weise waren, wie meine Großmutter.

Sie hassten uns. Agnes hatte sich nur verteidigen wollen und sich schließlich vollends ins Abseits katapultiert.

Und Claire und mich gleich mit.

Zu meiner Empörung tauchte Agnes nicht auf. Angeblich war sie krankgemeldet, aber ein Teil von mir wollte noch immer glauben, sie könnte jeden Moment durch die Tür treten und sich neben mich setzen. Ihre Abwesenheit glich einem Schuldeingeständnis.

Merkwürdigerweise verloren die Lehrer kein Wort über das, was geschehen war. Keiner kam auf Claire und mich zu und wollte wissen, ob wir eine Ahnung hatten. Ob wir gewusst hatten, was Agnes geplant hatte.

Erst später kam mir der Gedanke, dass Emma den

Vorfall gar nicht gemeldet haben könnte.

„Die haben irgendetwas vor", murmelte ich zu Claire, während wir nach der letzten Stunde aus der Schule eilten. Mein Blick folgte Jenna und Gina, die sich zu Zweit Richtung Haltestelle aufmachten.

„Du meinst, abgesehen davon, dass ich vorhin auf der Toilette gehört hab, wie zwei Mädchen darüber diskutierten, ob Agnes mit Organen handelt?", meinte Claire.

Wie immer, wenn sie sich aufregte, wurde ihre Stimme zum Ende ihres Satzes hin höher. Sie erinnerte mich dann jedes Mal an ein quiekendes Meerschweinchen.

Ihr entglitt ein tiefes Seufzen. „Ich meins ernst, wie soll es bloß weitergehen? Die ganze Schule denkt, Agnes wäre irre, und dass wir mit ihr unter einer Decke stecken. Organhandel war noch das Netteste, was man uns vorwirft! Sie alle halten Agnes für eine Hexe!"

Ich konnte ihre Verzweiflung heraushören, wusste aber nicht, wie ich ihr helfen konnte.

Mir kam eine Idee. „Wir könnten zu Agnes fahren und mit ihr reden. Vielleicht bringt das ja was."

Claire blieb stehen und sah auf einmal ganz traurig aus. „Ich kann das nicht", gab sie leise zu und schüttelte ihren Kopf, als könnte sie es selbst nicht ganz glauben. „Immer hab ich Agnes unterstützt. Ich hab sie verteidigt, wenn irgendwer gemein zu ihr war, und hab versucht, sie wieder aufzubauen, wenn es ihr schlechtging. Das jetzt ist einfach zu viel für mich. Ich werde angesehen, als hätte ich Lepra, und das nur, weil Agnes -"

„Die Goldkinder", unterbrach ich sie sanft, aber bestimmt. Ich ging auf sie zu und berührte behutsam ihren Arm. „Sicher, Agnes ist zu weit gegangen. Aber du darfst nicht vergessen, was *ihr* angetan wurde. Sie dachte, sie würde geliebt werden, und am Ende hat man nur mit ihren Gefühlen gespielt!" Bei der Erinnerung wurde sogar ich wütend. „Aber ich kann dich auch verstehen", versicherte ich Claire. „Ich fahre einfach alleine zu Agnes und melde mich heute Abend bei dir, okay?"

Das Grundstück rund um das Ambrosius-Anwesen herum war noch genauso düster und geheimnisvoll wie bei meinem letzten Besuch, nur dass ich dieses Mal selbstsicherer über die schiefen Gehwegplatten lief. Vor der Haustür rief ich laut: „Hallo? Ist jemand da?", weil die Klingel offensichtlich eh nicht richtig funktionierte.

Aurora Ambrosius öffnete mir und lächelte mich freudestrahlend an. „Hi Indra! Du möchtest sicher zu Agnes."

Nickend trat ich ein und deutete erklärend auf meine Schultasche. „Ich wollte ihr die Hausaufgaben vorbeibringen."

„Sie ist in ihrem Zimmer", teilte mir ihre Mutter mit und drehte sich weg, um ihrer eigenen Beschäftigung nachzugehen. Ich erklomm derweil die knarzende Treppe.

Bei Tageslicht kam mir das ganze Haus nicht mehr so gespenstisch vor. Die abgeblätterte Tapete, die alten, teilweise hervorstehenden Dielenbretter im Flur und das Heulen des Windes, welches man durch die offenen Fenster hören konnte, wirkten ohne den Zauber der Nacht nur noch traurig. Am Tag war die Wahrheit zu erkennen: Dieses einst sicher prächtige Anwesen war marode und würde allmählich in sich zusammenfallen.

Dies war kein Ort für ein Mädchen wie Agnes.

An ihrer verzogenen Holztür zu ihrem Zimmer hingen bunte Buchstaben, die ihren Namen bildeten. Sie wirkten neu und frisch, als wären sie erst vor Kurzem dort angebracht worden. Irgendwie stimmte mich Agnes' Wunsch, ein ganz normales Kind zu sein, sehr traurig. Es war, als offenbarten diese kindlichen, bunten Buchstaben all ihr in sich verstecktes Leid.

Ich klopfte, öffnete aber ohne Aufforderung die Tür und trat ein.

Das Erste, was mir auffiel, war die Kälte in dem Raum und die dennoch schlechte Luft. Dort, wo das Fenster hätte sein sollen, hing eine blaue Plane. Um die eisige Kälte zu vertreiben, hatte Agnes Dutzende Kerzen entzündet, die jedoch einen Großteil des Sauerstoffs aufsaugten.

„Die Scheibe ist vor zwei Tagen kaputtgegangen."

Erst jetzt bemerkte ich Agnes, die eingerollt in eine dicke Decke auf dem Fußboden hockte und mit gläsernem Blick ins Leere starrte. Ihre Stimme war dünner als jemals zu vor.

„Warum sitzt du auf dem Boden?", fragte ich. „Du holst dir noch eine Blasenentzündung. Geh doch …

ins Wohnzimmer." Ich hatte keine Ahnung, ob es im Wohnzimmer wärmer war oder ob es überhaupt eins gab, aber notfalls konnte ich sie rüber in Arthurs Zimmer bringen. Er hätte sicher nichts dagegen.

„Kennst du diesen Wunsch, diese tiefe Sehnsucht in dir, mehr aus deinem Leben machen zu wollen?", fragte Agnes auf einmal, ihre Worte nur ein Hauch eines Flüsterns. „Jemand zu sein, dem spannende Dinge passieren? Weil du einfach keinen Bock mehr auf dieses langweilige Dasein hast, in dem einfach nichts passiert?" Sie gab einen kläglichen Laut von sich. „Ich hab mir das nie gewünscht. In meinem Leben passierten immer spannende Dinge. Alte Hexen oder solche, die die Hexenkunst erlernen wollten. Geisterjäger, die über Geister fachsimpelten. Und ich saß immer dazwischen. Es war von Anfang an mein Leben, und ich hab es von Anfang an gehasst."

Ich hörte, wie jemand hinter mir den Raum betrat, und als Arthur einen Arm um mich legte, zuckte ich nicht einmal zusammen. „So ist sie schon seit gestern", flüsterte er mir ins Ohr, und dort, wo sein heißer Atem meine Haut berührte, breitete sich eine wohlige Wärme aus.

„Es passiert schon wieder", murmelte Agnes unheilvoll.

Kaum merklich rückte ich von Arthur weg, um mich nicht länger ablenken zu lassen, und betrachtete das rothaarige Mädchen stirnrunzelnd. „Was meinst du?"

„Ich bin immer das Kind vor dem Schaufenster", sagte sie mehr zu sich selbst. Ich war mir plötzlich nicht einmal mehr ganz sicher, ob sie mich wirklich bemerkt hatte oder einfach nur mit sich selber sprach. „Ich schaue hinein und sehe all die niedlichen Kinder, die mit all den tollen Spielsachen spielen, aber ich darf nicht zu ihnen und mitspielen. Sie lassen mich nicht rein."

Arthurs Fingerspitzen strichen meinen Arm entlang. Sanft nahm er meine Hand und drückte sie fest.

„Ich muss immer zusehen", flüsterte Agnes, als Arthur mich zu sich umdrehte. Ehe ich wusste, was geschah, fuhren seine Lippen zärtlich über meine. Ein wohliges Schauern durchlief meinen Körper. Er drückte mich gegen den Türrahmen und mit seiner freien Hand streichelte er über meine Wange. Er ließ sie wandern, meinen Hals hinab, bis er mein Schlüsselbein sanft berührte.

Ich wurde stocksteif. Zögerte. Aber dann zogen metaphorische Nebelschwaden in meinem Hirn auf und hüllten jeden klaren Gedanken ein. Um mich herum wurde alles egal; nur noch Arthur und seine Lippen und die Art, wie er mich berührte, waren wichtig.

Als seine Hand weiter wanderte und den Reißverschluss meiner Jacke weit genug öffnete, damit er durch den Stoff meines Pullovers eine Brust massieren konnte, gab ich ein seliges Stöhnen von mir. Da war es um mich geschehen. Ich schlang meine Arme um seinen Hals, presste mich an ihn und verlangte: „Mehr!"

Er hob mich hoch und wollte mich in sein Zimmer tragen. Ich hörte noch, wie Agnes flüsterte: „Immer sehe ich zu", ehe Arthur mich in sein Zimmer brachte, auf sein Bett warf und die Tür schloss.

Mir war längst nicht mehr kalt in dem Haus. Hastig zog ich meine Jacke aus und warf sie zu Boden, als sich Arthur über mich beugte und mich leidenschaftlich küsste. Seine Hand fuhr unter meinen Pullover und streichelte meinen Bauch.

Umständlich öffnete ich seine Jeanshose und wollte gerade hineingreifen, als mein Handy klingelte. Ein schrilles, alarmierendes Leuten.

Es war der Ton, den ich für Anrufe meiner Familie reserviert hatte.

„Lass klingeln", bat Arthur zwischen zwei Küssen hervor.

Doch das Klingeln hörte nicht auf. Schließlich schubste ich ihn sachte zur Seite, angelte nach meiner Jacke und suchte nach meinem Handy. Gerade noch rechtzeitig nahm ich ab. „Ja?", keuchte ich außer Atem.

„Hallo, hier ist Svea!", trällerte meine Tante von der anderen Seite. „Du bist noch gar nicht zu Hause und da wollte ich fragen, ob alles in Ordnung ist?"

„Ja!", gab ich genervt zurück. Ich wollte schon auflegen, als sie verkündete: „Deine Eltern haben sich spontan angekündigt. Ich glaube, sie haben eine wichtige Ankündigung zu machen. Du solltest *jetzt* hierher kommen."

Als sie aufgelegt hatte, starrte ich mein Handy ein wenig fassungslos an.

„Was ist?", wollte Arthur wissen, beugte sich wieder zu mir und liebkoste meine Halsbeuge mit seiner

Zunge.

„Ich glaube, mein Vater hat einen neuen Job." Ausgesprochen klang meine Vermutung gar nicht mehr so absurd. Rasch richtete ich mich auf und zog meine Jacke an. „Ich muss los. Tut mir leid."

„Schade", sagte Arthur und als ich ihn ansah, konnte ich echte Enttäuschung in seinen Augen erkennen.

Ohne nachzudenken, küsste ich ihn ein letztes Mal. „Ich komme morgen wieder", versprach ich. „Vergiss nicht, wo wir aufgehört haben."

Kapitel Acht

Emma

Gegen 15 Uhr trafen wir uns alle bei Isabel. Ich war überrascht, dass 8 Leute tatsächlich in ihrem Schlafzimmer Platz fanden. Da ich mir ihre Worte von heute Morgen zu Herzen nahm, achtete ich sorgfältig darauf, nie direkt neben Dante zu sitzen.

Ich war mir selbst noch nicht sicher, was ich für ihn empfand. Dass da etwas in mir war, was bei dem bloßen Gedanken an ihn kribbelte, konnte ich nicht leugnen, aber bedeutete das gleich, ich würde ihn lieben?

Ich war mir zu unsicher, um ihm weitere Hoffnungen zu machen. Die Vorstellung, ihn auf lange Sicht gesehen doch nur zu verletzen, fand ich grausam.

Also setzte ich mich in die Nähe von Isabel, die auf ihrem Schreibtischstuhl saß. Ich beschloss, mich auf dem Tisch niederzulassen. Dante ließ sich auf einem Sitzkissen nieder, welches auf dem Boden lag, damit Jenna, Gina und Cho genug Platz auf dem Bett hatten. Henrik leistete ihm auf dem Boden Gesellschaft. Als Fabienne zuletzt erschien, trat sie wortlos durch den Raum und lehnte sich gegen das Fenster.

„Hast du nicht noch Stubenarrest?", fragte ich überrascht.

Sie verzog ihr Gesicht und nickte. „Ich hab gesagt, Isabel und ich müssten ein Referat für Geschichte vorbereiten. Meine Mutter hat erst darauf bestanden, Herr Schneider anzurufen und ihn zu bitten, Isabel zu uns zu bringen, aber dann rief Gott sei Dank der Imker an, der ihr ein paar Tipps für ihr erstes Bienenvolk geben wollte, welches sie sich im Frühling anschafft. Es ist auch einfach so unfair von ihr, meinen Stubenarrest zu verlängern!"

„Mich würde es nicht wundern, wenn deine Mutter irgendwann zur Biene fusioniert", witzelte Isabel.

„Ich bin mir nicht sicher, ob *fusioniert* an der Stelle passt", gab ich zu bedenken.

Zur Antwort schlug sie mir leicht gegen mein Knie und brummte: „Du hast mich doch verstanden, oder? Reicht doch."

Jenna räusperte sich vernehmlich. „Wir sollten den Grund unseres Zusammentreffens nicht vergessen."

Unser blonder Engel nickte zustimmend. „Wir sind uns alle einig, dass Agnes zu weit gegangen ist?"

Bei der Erinnerung an heute Morgen unterdrückte ich ein Seufzen. Die anderen nickten.

„Die Organe waren übrigens tatsächlich aus dem Schullager", meldete sich Henrik zu Wort. „Ich hab Herr Müller vorhin getroffen, als er nach ihnen gesucht hat. Ich gab ihm den Tipp, ich hätte so was Ähnliches im Mülleimer bei den Schließfächern gesehen."

„Wer ist Herr Müller?"

„Boah Isabel, echt jetzt? Dein Namensgedächtnis ist unfassbar ... Herr Müller ist unser Hausmeister", klärte ich sie augenrollend auf.

„Gut, dann wissen wir immerhin, wo Agnes die Dinger her hat", sagte Jenna, ohne auf Isabels Sieb-ähnliches Namensgedächtnis einzugehen. „Jetzt müssen wir uns nur noch überlegen, wie wir es ihr heimzahlen können."

Ich bemerkte, wie Dante mich musterte, und schaute schnell zu Fabienne, die ein wenig pikiert die Staubschicht auf der Fensterbank betrachtete.

Jenna stand vom Bett auf und trat in die Mitte des Raumes. „Also, was haben wir für Möglichkeiten?"

„Das Foto", warf Isabel ein.

„Halte ich noch immer für eine schlechte Idee. Das Foto ist von ihrem Bruder, Agnes hat damit nichts zu tun. Außerdem wissen wir nicht, ob wir dem blondem Mädchen dadurch vielleicht noch mehr schaden."

Es überraschte mich, dass Jenna an das Wohl eines fremden Mädchen dachte. Justus hatte sich geirrt. Jenna war zwar die Königin, aber sie war nicht durch und durch böse.

„Wir könnten sie vielleicht doch von ihren restlichen Freunden trennen", schlug Gina vor. „Ich hab das Gefühl, diese ganze Sache nimmt zumindest Claire ganz schön mit."

„Ist mir auch aufgefallen", sagte Jenna. „Aber wenn das funktionieren soll, müssten wir Agnes von *all* ihren verbliebenen Freunden trennen. Es bringt nichts, wenn ihr auch nur eine Person bleibt, an der sie sich festhalten kann." Damit wandte sie sich an mich. „Du müsstest dich um deine Cousine kümmern."

„Das wird nicht funktionieren", kam es von Dante. „Der größte Beweis, dass Indra Emmas Cousine ist, ist ihr Dickschädel."

Isabel kicherte, während ich ihn ein wenig fassungslos anstarrte. Ich hatte keinen Dickschädel!

„Was ist mit den Eltern?", fragte Fabienne. „Können wir mit einer Hexe und einem Geisterjäger nicht etwas anfangen?"

„Wir könnten bei ihrem Vater anrufen und behaupten, ein Geist würde sein Unwesen im alten Turm treiben", schlug Isabel vor.

Der Turm war das letzte Bisschen, was vom ursprünglichen Schloss übriggeblieben war. Unten hatte man den Kiosk eingebaut, in den oberen Räumen gab es einen Rückzugsort für die Oberstüfler, ansonsten wurde er kaum noch genutzt.

„Ah, ich hab noch eine bessere Idee!", rief Isabel und wandte sich zu mir.

Falsch, sie wollte zu ihrem Laptop. Sie klappte ihn auf und fuhr den Computer hoch. „Wir können ja mal googeln."

„Haben wir doch schon", erinnerte ich sie. „Der Zeitungsausschnitt? Über Agnes' Vater? Den wir an den Vertretungsplan gehängt hatten?"

„Ja, aber vielleicht finden wir etwas anderes heraus, wenn wir das *Anwesen* googeln."

„Was genau macht ihr hier?"

Als täten wir etwas Unartiges, drehte sich Isabel ruckartig zu ihrem Vater und starrte ihn auf eine Weise an, die wirklich darauf deuten ließ, dass wir etwas Verbotenes taten.

„Äh, hi Paps!", stammelte sie verlegen.

Ihr Vater runzelte die Stirn und musterte seine Tochter. „Ich hab gehört, wie ihr vom googeln eines Anwesens gesprochen habt. Es geht doch nicht um das Ambrosius-Anwesen?" Seine Stimme hatte einen drohenden Unterton. Er ließ sein Blick über jeden Einzelnen von uns gleiten, ehe er wieder Isabel ansah. Diese antwortete ihm nicht. Plötzlich wurden seine Züge weicher. „Maus, ich verstehe ja, warum du mir helfen willst, aber die Familie hat so schon genug gelitten. Glaub mir. Außerdem hab ich gerade mit Amadeus gesprochen. Eine Quelle hat ihm verraten, dass die Familie ihre Rechnungen nicht bezahlen kann und vermutlich eh bald gepfändet wird."

„Hast Recht, ich lass die Familie in Ruhe, sie haben eindeutig genug gelitten", sagte Isabel sarkastisch.

„Ich meinte, wegen ihrer Tochter. Du solltest wissen, wie es sich anfühlt, ein Familienmitglied zu verlieren."

Darauf fiel Isabel nichts ein.

„Was war denn mit der Tochter?", fragte Fabienne neugierig.

„Sie ist gestorben", antwortete Georg Schneider ruhig. „Man fand ihre Leiche auf dem Grundstück des Anwesens. Bis heute weiß keiner, was genau passiert ist." Er sah wieder zu seiner Tochter. „Ich erwarte von dir, dass du die Familie in Ruhe lässt."

Nur widerwillig nickte Isabel. Das schien ihrem Vater auszureichen und er ließ uns wieder alleine.

„Warum bleibt man in einem Haus wohnen, in dessen unmittelbarer Nähe die Leiche der eigenen Tochter gefunden wurde?", fragte sich Fabienne.

„Das finde ich auch komisch", pflichtete Dante ihr bei.

Stille legte sich über uns. Jeder hing seinen eigenen Gedanken hinterher. Während die anderen vermutlich nach einer Lösung suchten, musste ich mich allerdings selbst zwingen, *nicht* Dante anzusehen. Es war, als wäre er ein Magnet, der meine Augen förmlich anzog.

„Vielleicht haben wir an der falschen Stelle gesucht", brach Isabel schließlich das Schweigen. Als sie sich wieder ihrem Laptop zuwandte, konnte ich ihr siegessicheres Grinsen erkennen. „Es ist an der Zeit, das Geheimnis zu lüften!"

Fabienne

Nachdem alle gegangen waren, blieb ich noch ein bisschen länger bei Isabel. Ihre Frustration war ihr merklich anzusehen. All ihre Nachforschungen haben uns nicht weitergebracht. Am Ende waren wir noch genauso schlau wie vorher. Oder dumm, je nachdem, wie man es nun betrachtete.

Ich wollte sie so nicht alleine lassen. Isabel hatte sich so reingesteigert, dass es ihr wirklich etwas auszumachen schien, nichts zu finden, womit wir Agnes vernichten konnten. Während sie noch einen letzten Versuch startete und etwas in die Suchmaschine eingab, setzte ich mich auf ihr Bett.

Es war groß genug für zwei Personen und an der Wand der Kopfseite hatte sie weiße Schmetterlinge geklebt. Eine Lichterkette schlängelte sich zwischen den Papier-Insekten hindurch.

„Früher standest du nicht so auf Kitsch", stellte ich fest und es überraschte mich selbst, diesen Gedanken ausgesprochen zu haben. „Weißt du noch, wie du dich immer geweigert hast, dir blonde Barbies zu wünschen? Dir haben die rosa Klamotten nicht gefallen."

Ich hörte, wie sich Isabel auf ihrem Stuhl bewegte, und schaute zu ihr. Sie starrte mich an, als wäre ich merkwürdig. Auf einmal stand sie auf, lief durch ihr Zimmer und setzte sich zu mir aufs Bett.

„Ich hab mir die braunhaarigen Barbies gewünscht, weil du immer nur die schönen Blonden bekommen hast und so gern mit den Braunen gespielt hast, Fabienne. Ich hab immer gesagt, es läge an den rosa Klamotten, damit du dich nicht blöd fühlst."

Sie sah mich an.

Ich war es, die den Blickkontakt unterbrach. „Oh", murmelte ich, als ich plötzlich wieder ganz genau wusste, wovon sie sprach. Wie irrsinnig es doch war, dass wir uns manchmal nur an Teile eines Geschehnisses erinnerten. Wir glaubten, wir wüssten noch ganz genau, wie es damals gelaufen war, und stellten dann fest, dass es in Wahrheit ganz anders war.

„Ich weiß noch, dass du kaum ein Wort deutsch gesprochen hast, als wir in die Schule kamen", erinnerte sich Isabel. „Nie werde ich diesen ersten

Tag vergessen, als du in deinem schicken, gelben Kleid mit den weißen Rüschen und deiner Schultüte total verloren in der Aula standest und nicht verstandest, was passierte. Weil alle um dich herum in einer Sprache gesprochen hatten, die du mehr schlecht als recht beherrschtest."

Auch ich musste bei der Erinnerung lächeln. „Du kamst zu mir und hast mich an die Hand genommen und vor die Bühne gezogen, wo wir Kinder warten sollten, bis man unsere Namen aufrief."

„Ich hab zu Gott gebetet, wir würden in eine Klasse kommen, weil ich mir sicher war, du würdest ohne mich untergehen!", kicherte Isabel, doch ich konnte ihren traurigen Unterton deutlich heraushören.

„Wäre ich auch", gab ich zu. „Du hast mir in den ersten Wochen immer vorgesagt, was die Lehrerin von mir wollte, und ich hab dir einfach nachgeplappert."

„Du hast ja unsere Sprache immerhin schnell gelernt."

Sie verstummte, als müsste sie sich selbst davon abhalten, nicht weiterzusprechen. Dann plötzlich: „Weißt du, ich war immer für dich da. Ich hab dir versucht zu helfen, wo ich nur konnte. Und ich war immer unendlich froh, mit dir befreundet zu sein."

Sie stockte, und als ich mich endlich traute, sie wieder anzusehen, konnte ich die Tränen in ihren Augen erkennen. „Und dann hast du dich auf Jennas Seite geschlagen."

Irgendwie hatte ich damit gerechnet. Sie hatte zwar beteuert, es wäre okay für sie, aber manche Sachen vergaß man wohl einfach nicht. Ganz egal, wie sehr man es sich auch wünschte.

„Es tut mir leid", sagte ich ehrlich.

„Darum geht es nicht", sagte Isabel schnell. „Ich bin dir deswegen nicht mehr sauer. Es ist nur … Manchmal denke ich daran, und bin … einfach enttäuscht."

„Es wird nie wieder so werden wie früher, nicht wahr?", vermutete ich.

„Nein", sagte sie. „Aber Veränderungen sind gut. Sie beweisen, dass man nicht stillsteht; dass man immer noch am Leben ist. Und das ist gut. Es ist gut, so wie es ist." Sie stupste mich sanft mit dem Fuß an. „Hey, nicht heulen!"

Erst jetzt bemerkte ich die Tränen, die sich in meinen Augen sammelten. Bei dem Versuch, sie fort zu blinzeln, kullerten sie heraus. Ich konnte sehen, wie Isabel selbst eine Träne wegwischte. „Du weinst doch selbst!", gab ich zurück.

Schließlich beugte sie sich vor und schlang ihre Arme um mich. So saßen wir da, Arm in Arm, und weinten. Wir weinten um all die Menschen, die wir verloren hatten; auch um Moritz, obwohl wir uns alle dem ungeschriebenen Gesetz hingaben und seinen Namen nie wieder erwähnten. Wir weinten um die Veränderungen, die wir nicht aufhalten konnten, um die Tage, die für immer vergangen waren, und um unsere Freundschaft.

Und ich wusste, dass dies hier kein Ende war.

Es war ein Anfang.

Indra

Ich war gerade dabei, gedankenverloren mein provisorisches Bett frisch zu beziehen, als Emma hereinkam. Keine Ahnung, wo sie gewesen war, aber sie war nur knapp rechtzeitig nach Hause gekommen. Svea würde uns jeden Augenblick zum Essen rufen.

Ich warf ihr einen abschätzigen Blick zu, ehe ich mich wieder meiner Aufgabe widmete.

Wortlos ging Emma zu ihrem Schreibtisch und legte ihre Schultasche auf ihren Stuhl. Danach nahm sie sich ihr Buch und setzte sich damit auf ihr eigenes Bett. Ich hoffte, Svea würde sich endlich melden. In dem kleinen Raum herrschte eine unangenehme Spannung.

Bis Emma die Stille mit ihrer klingenden Stimme durchbrach: „Ich hab gehört, dein Vater hat einen neuen Job?"

Ich wusste nicht, warum sie auf einmal versuchte, ein Gespräch mit mir aufzubauen, glaubte aber, das ein größerer Plan dahintersteckte. So durchtriebene Menschen wie Emma hatten immer einen Plan.

„Okay, ich verstehe. Du willst also nicht mit mir reden", deutete sie mein Schweigen richtig.

Als ich mit dem Beziehen fertig war, nahm ich mein Handy in die Hand, setzte mich auf mein Bett und simste Arthur. Ich wollte ihn wissen lassen, dass ich an ihn dachte und mich auf morgen freute. Er antwortete innerhalb weniger Sekunden.

Ich bin auch schon tierisch heiß – äh, ich meine, ich freue mich auch ;)

Über seine Nachricht musste ich leise kichern. Bei der Vorstellung, was heute beinahe passiert wäre, und morgen ganz sicher passieren würde, spürte ich ein warmes Kribbeln in mir aufsteigen.
Ich wollte ihn. Ich wollte mit ihm schlafen. Verflucht, und wie ich das wollte!
Emma schlug geräuschvoll ihr Buch wieder zu. „Was ist eigentlich dein Problem?!"
Überrascht von der Heftigkeit ihrer Stimme schaute ich auf, noch immer grinsend.
„Wir sind miteinander verwandt und du tust so, als wäre ich ein Monster vom Mars!", fuhr sie mich an.
Mein Handy vibrierte. Noch eine Nachricht von Arthur.

Wir könnten auch morgen zusammen die Schule schwänzen und uns bei mir treffen. Dann haben wir viel mehr Zeit ;)

War ich die Einzige, die diese Zwinker-Smileys irgendwie anzüglich fand?
„Ich bin kein Monster vom Mars!", sagte Emma säuerlich. „Und es würde mich echt brennend interessieren, warum du mich hasst!"
Blinzelnd versuchte ich, meine kindische Vorfreude auf morgen zu unterdrücken, und zurück in die Realität zu gelangen. Als ich Emmas Worte

verarbeitet hatte, erlosch mein Grinsen. „Genau genommen hasse ich nicht dich, sondern deine Freunde", erklärte ich ihr, und wusste, dass nur ein Teil der Wahrheit entsprach.

Natürlich ging es mir auch um sie. Sie tat immer so unschuldig und nett, als wüsste sie nicht, dass sie alle Menschen um sich herum manipulieren konnte. An dieser Gott verdammten Schule gab es niemanden, der Emma nicht leiden konnte. Es war wie verhext. Jeder mochte sie. Sie brauchte nur einen Raum zu betreten, und alle sahen zu ihr. Und dann war sie auch noch so betont tollpatschig, als wüsste sie echt nicht, wie sie auf andere wirkte.

„Du kennst sie doch gar nicht", verteidigte Emma ihre Freunde, wie sie es schon einmal getan hatte.

„Ich weiß, dass Isabel Agnes völlig unberechtigt wegen der Sache bei der Pyjama-Party fertiggemacht hat. Ich weiß, dass Dante mit ihr ein Date haben wollte, und ihr dann in aller Öffentlichkeit einen Korb gab. Nur um sich dann mit *dir* zu treffen. Ich weiß, dass ganz egal, wie oft sich Agnes bei euch entschuldigt, es nie genug sein wird. Weil sie *einmal* einen Fehler gemacht hat." Fassungslos schüttelte ich meinen Kopf. „Ihr glaubt, ihr seid wichtig genug, um über andere zu richten, aber in Wahrheit seid ihr genauso schlecht wie die, die ihr verurteilt."

Meine Worte trafen sie sichtlich. Sie war wie ein offenes Buch. Keine Emotion konnte Emma lange verbergen. Sicherlich konnte sie keine Geheimnisse für sich behalten.

Ohne noch länger auf sie einzugehen, tippte ich eine

Antwort für Arthur.

Emma wurde hier als gutes, braves Mädchen angesehen.

Ich nicht. Ich war die Komische, die immer schwarze Klamotten trug und *Grunge* hörte.

Was spielte es da noch für eine Rolle, ob ich zur Schule ging oder schwänzte?

Man war nur einmal jung.

Gerade als ich ihm zusagen wollte, kam mir ein Gedanke, der mir meine Vorfreude vermieste.

Ich schreib morgen Mathe. Kann nicht schwänzen :(

Wieder kam seine Antwort unmittelbar danach.

Macht nichts, dann eben danach ;)

„Essen ist fertig!", rief Svea von unten. Ich wünschte, sie hätte sich eher gemeldet. Dann hätte ich Emma erspart zu wissen, wie es sich anfühlte, von einem Familienmitglied gehasst zu werden.

Obwohl … Nein, es tat mir nicht leid.

Sie hatte es verdient.

Isabel

Was mein Vater gesagt hatte, nahm ich mir überraschenderweise zu Herzen. Als ich abends im Bett gelegen hatte, hatte ich mir vorgestellt, wie es sich wohl anfühlte, ein Geschwisterkind zu verlieren und in der Schule auch noch ausgegrenzt zu werden.

Es lag fern meines Ermessens.

Als ich mich am nächsten Morgen zur Schule aufmachte, stellte ich fest, Mitleid mit Agnes zu haben.

Sie hatte ihre Schwester verloren. Sie ging zwar nicht wie ihr Bruder zur Selbsthilfegruppe, aber was bedeutete das schon? Von meinen zwei Auftritten dort war einer nur ein Mittel zum Zweck gewesen. Ich konnte Agnes keinen Vorwurf machen.

Jeder trauerte auf seine Weise. Es gab Menschen, denen es half darüber zu reden, und solche, die schweigen mussten, um es zu verarbeiten.

Während ich zur Bushaltestelle schlenderte, ließ ich meinen Gedanken freien Lauf.

Es war so viel geschehen. Ich konnte es selbst nicht ganz fassen, wie sehr sich mein Leben verändert hatte. Letztes Jahr musste ich noch an freistehenden Häusern entlanglaufen, um zur Haltestelle zu gelangen, und heute säumten Bäume meinen Weg. Letztes Jahr um diese Zeit …

Ein erschreckender Gedanke kam mir. Prompt blieb ich stehen, als hätte ich etwas vergessen, suchte nach meinem Handy und warf einen Blick aufs Display.

Es war der 15. Januar.

Morgen hätte Tommy Geburtstag. Nur dass er dieses Jahr nicht älter werden würde.

Er würde für immer 15 bleiben.

Im Bus traf ich Emma, Indra und die kleine Marie. Sie stiegen eine Haltestelle nach mir ein und während sich die zwei Schwestern ihren Weg zu mir bahnten, blieb Indra alleine stehen.

„Sie ist ein Biest und ich weigere mich, nett zu ihr zu sein, nur damit Jenna ihren Willen kriegt", verkündete Emma zur Begrüßung.

Unwillkürlich musste ich lächeln.

Sie trug ihre haselnussbraunen Locken in letzter Zeit öfter offen. Bei genauerer Betrachtung fiel mir auf, dass ihre Haare einfach nur kraus und trocken waren.

„Du könntest mal Feuchtigkeitsshampoo verwenden", schlug ich vor, ohne auf ihren Kommentar einzugehen. „Und so ein Spray benutzen, was du erst nach der Wäsche ins Haar sprühst. Dadurch werden sie geschmeidiger."

„Ich wünsche euch auch einen guten Morgen", warf Marie augenrollend ein. Sie gähnte ausgiebig. „Imran hat's echt gut. Ich will auch erst zur zweiten Stunde haben."

„Imran hat es echt gut, weil er bald wieder ein eigenes Zimmer hat", verbesserte Emma ihre kleine Schwester.

Ich machte große Augen. „Haben Indras Eltern wieder einen Job?"

„Ihr Vater, ja", bestätigte Emma freudestrahlend. „Er fängt im Februar an. Jetzt suchen sie eine Wohnung oder ein kleines Haus."

Ich hob jubelnd meine Arme empor und schrie: „Yeah!"

In Wahrheit war mir nicht nach feiern. Ich wollte zwar so tun, als gäbe es Morgen nicht, aber bei jedem Versuch, nicht daran zu denken, musste ich es nur umso mehr tun. Es war, als schwebte eine kleine, fiese Elfe um meinen Kopf herum und schlug mit einem Hammer dagegen, nur damit ich immer wieder an den Geburtstag dachte, der gar kein richtiger Geburtstag mehr war.

In der Schule angekommen, trennte sich Marie von uns. Indra lief mehrere Meter von uns entfernt und tat so, als kannte sie uns gar nicht. Es war mir auch egal. Sie könnte verschwinden, und ich würde nicht länger über sie nachdenken. Ich würde sie noch nicht einmal vermissen.

Während Emma mich darüber informierte, dass ihr gestern Abend noch in letzter Sekunde die Hausaufgaben für Geschichte eingefallen waren, schlenderten wir zu unserem Klassenraum. Kurz danach gesellten sich auch Cho und Fabienne zu uns. Wir quatschten über dies und jenes, über nichts handfestes, als unser Klassenlehrer Herr Maßlab auftauchte. Wie er es noch immer schaffte, seinen beleibten Körper von A nach B zu transportieren, war mir ein Rätsel.

Er brummelte etwas Unverständliches, als er seinen Schlüssel herauskramte und fallenließ. Umständlich bückte er sich, sammelte den Schlüssel auf und Schweißperlen hatten sich auf seiner Stirn gebildet. Es dauerte eine quälend lange Sekunde, ehe er endlich die Tür aufschloss und als Erstes unseren Raum betrat.

Er war so auf sein Pult fixiert, dass er nichts um sich herum wahrnahm.

Ich schon.

Ich trat in unseren Klassenraum, blieb stehen und starrte die Wände an.

Ganz hinten an der Pinnwand hatten Plakate von Referaten gehangen. An der weißen Wand links von der Tür hatte unsere Kunstlehrerin darauf bestanden, unsere Bilder aufzuhängen. An der Fensterfront gegenüber hatte schon ein roter Schmetterling gehangen, als wir dieses Schuljahr in diesem Raum begonnen hatten.

Doch alles, was diesen Raum zu unserem Klassenzimmer machte, war fort.

Stattdessen hing ein vielfach kopiertes Bild an den Wänden.

Es war die schwarz-weiß Fotografie von Carmen. Aberdutzende Male strahlte sie uns zur Begrüßung entgegen, als wollte sie uns verhöhnen.

Emma stieß hinter mir ein Keuchen aus. Dann spürte ich, wie hinter mir ein Körper verschwand, und wusste, dass sie weglief.

Unsere Klassenkameraden traten nacheinander ein. Sobald sie die Bilder an den Wänden sahen, verstummten sie. Keiner lachte mehr.

„Was zum -", begann Herr Maßlab, als er die Schweinerei bemerkte. Er verstummte. Sogar ihm fehlte die Sprache.

Andächtig wandte ich mich an ihn.

Und erst da entdeckte ich die Worte, die abermals mit roter Farbe an der Tafel geschrieben standen.

Es ist eure Schuld.

Fabienne trat an meine Seite und las. „Oh mein Gott", murmelte sie und fasste sich an den Mund.

„Lasst uns die einfach abmachen", rief Chris, ein Junge aus unserer Klasse, und machte sich sogleich daran, seinen Vorschlag in die Tat umzusetzen. Zwei Weitere halfen ihm.

„He!", meinte einer. „Dahinter sind Zeitungsauszüge!"

Ich schaute zu ihnen. Chris riss seinem Kumpel gerade die Kopie aus der Hand und drehte sie um. „Sohn des Grafen versucht sich umzubringen", las er die Schlagzeile laut vor. „Was soll das? Was haben wir mit dem Typen zu tun?"

Neben mir versteifte sich Fabienne.

Da begriff ich. Es ging gar nicht um Carmen, sondern um uns.

„Hier hinter ist noch ein Foto!", rief die dicke Bianca aus und riss eine weitere Kopie von der Wand. Sie hielt es mit der Rückseite nach vorne gedreht und rief: „Isabel? Ist das nicht Carmen mit deinem Bruder? Und Moritz? Keine Ahnung, wer der andere Kerl ist."

Es war das Foto vom Konzert.

Wie zur Hölle ist Agnes daran gekommen?!

„Herr Maßlab?", hörte ich plötzlich Fabiennes zittriges Stimmchen. „Bitte gehen Sie mit den anderen irgendwo anders hin. Isabel und ich kümmern uns um alles. *Bitte*!"

„Na gut", sagte unser Klassenlehrer zögernd, und rief etwas lauter: „Kinder, nehmt eure Taschen! Wir gehen in den Computerraum."

Chris wollte noch protestieren, aber Herr Maßlab ließ ihn nicht.

Nachdem endlich alle gegangen waren, und nur noch Fabienne und ich im Raum standen, nahm sie vorsichtig das Papier mit dem Zeitungsauszug über Percy in die Hände.

Ihre Augen füllten sich mit Tränen, während sie den Artikel überflog. „Warum tut sie uns das an?", murmelte sie zu sich selbst. Es war eine rhetorische Frage.

Und da gewann plötzlich meine Wut.

„Das war das Letzte, was sie getan hat", versprach ich, und während mein Blick über die vielen Kopien wanderte, schenkte mir eine höhere Macht einen Einfall. „Wir schlagen sie mit ihren eigenen Waffen."

Kapitel Neun

Fabienne

Ich wusste, dass es falsch war. Ich wusste, dass wir ihr Unrecht taten, wenn wir unseren Plan in die Tat umsetzten.

Aber dann dachte ich an Percy und an den Zeitungsausschnitt und es war mir egal. Alles, was noch zählte, war mein inniger Wunsch, Agnes zur Strecke zu bringen.

Wir planten keinen Mord. Himmel, wir lebten in Neustadt-Hausen; unserem langweiligen Städtchen, in dem doch nichts Schlimmes passieren konnte. Unser Ziel war es bloß, sie so sehr zu verletzen, dass sie freiwillig die Schule wechselte. Wir Goldkinder hatten das schon einmal geschafft. Die meisten gingen sofort, wenn sie unseren Hass spürten.

Agnes war so lange geblieben, bis wir zu härteren Mitteln greifen mussten. Sie war standhafter, als ich ihr zugetraut hätte.

Am Ende war es Isabels Idee gewesen. Als sie am Freitagmorgen zur Schule kam, sah sie aus, als hätte sie keine Minute geschlafen.

Den ganzen Schultag über ließen wir Agnes in Ruhe. Sie sollte glauben, sie wäre sicher. Sollte glauben, sie müsste von uns nichts mehr erwarten. Sie hätte gewonnen.

Es verschaffte mir eine gewisse Genugtuung zu

wissen, dass ihre kleine, unwichtige Welt in ein paar Stunden nur noch aus Scherben bestand.

Wenn es nur um mich ginge, wäre es mir egal gewesen. Wenn sie nur versucht hätte, *mich* zu verletzen, hätte ich einen Weg gefunden, darüber zu stehen.

Aber mit diesen Zeitungsartikeln und Bildern war sie zu weit gegangen. Carmens Foto zu kopieren, war schon schlimm genug, aber in Archiven nach Artikeln zu suchen, die unsere Familien betrafen … Es war grausam gewesen. Und woher sie die Fotos hatte, die Carmen und Tommy *zusammen* zeigten, war mir völlig schleierhaft.

12-Jähriger Sohn des Grafen versucht sich selbst das Leben zu nehmen …

… Pulsadern aufgeschnitten …

… Schwester hat ihn im Bad gefunden …

Immer wieder tauchten Sätze aus dem Artikel vor meinem inneren Auge auf. Ich wusste nicht einmal, warum es mich so traf. Mir sollte seine Vergangenheit doch egal sein, oder?

Doch der schlimmste Satz war der Letzte. Er hatte sich auf meine Netzhaut gebrannt wie ein Tattoo. Es war egal, ob ich meine Augen schloss oder offenhielt, ich sah ihn immer wieder.

Die Rettung kam in letzter Sekunde.

Es fühlte sich an, als wäre er mir beinahe durch die Hände geglitten; als wäre ich nur knapp einem Verlust entkommen, den ich ganz sicher niemals ganz überwunden hätte.

Dabei war es drei Jahre her. Damals hatte ich ihn

noch gar nicht gekannt. Und dennoch fühlte sich die Angst, ihn zu verlieren, so präsent an, dass ich mich auf nichts mehr konzentrieren konnte.

Es war nicht fair von Agnes gewesen, Percy in ihr skrupelloses Spiel reinzuziehen. Er hatte Besseres verdient.

In der 6. Stunde hatten wir Frau Kümmerling, eine zierliche, sensible Frau, die es uns am Ende der Schulstunde erlaubte, den Klassenraum noch einmal gründlich auszufegen. Mit einem Lächeln ließ sie Isabel, Emma, Cho und mich alleine.

Sobald die Tür hinter ihr ins Schloss gefallen war, legte Isabel den Besen aus der Hand und breitete alles, was sie letzte Nacht gefunden hatte, vor uns aus.

Es war nicht viel, aber es war genug.

Nach und nach stießen auch die anderen dazu. Ich bemerkte, wie Dante Emma einen bedeutungsvollen Blick zuwarf, sie sich aber auf die Unterlagen vor sich konzentrierte.

Jenna verteilte die Aufgaben. Sie war erschreckend gut darin, uns in die Schlacht zu führen.

Deshalb war sie die Anführerin, dachte ich, und war mir nicht sicher, ob es eine gute Eigenschaft war.

Irgendwann warf Henrik einen Blick auf die Uhr. „Es ist 14:40 Uhr. Wir sollten langsam los."

Jenna nickte. „Gut. Ihr wisst alle, was zu tun ist?"

Jeder Einzelne von uns wusste es.

Ich würde es auch nicht mehr vergessen.

Wir stellten uns in Kleingruppen in der Aula auf und

warteten. Als es klingelte, spürte ich, wie meine Fingerspitzen vor Anspannung kribbelten. Emma neben mir schien es ähnlich zu gehen. Außerdem sah sie aus, als würde sie sich gleich übergeben.

Ich hielt das Papier in meinen Händen fester.

„Seid ihr bereit?", fragte Jenna.

Zustimmendes Gemurmel. Man sollte nicht glauben, uns würde das hier leichtfallen. Wir alle, sogar Jenna, hatten jetzt schon ein schlechtes Gewissen.

Der Unterschied war, dass wir Goldkinder kein Zurück kannten.

Ich hörte Schritte.

Kurz darauf tauchte sie auf. Agnes. Sie trug ihr flammenrotes Haar offen, ihre Brille saß leicht schief auf ihrer Nase. Henrik hatte herausgefunden, dass sie Freitags immer länger in der Schule blieb, um einer Fünftklässlerin Nachhilfe in Biologie zu geben.

Als sie uns entdeckte, weiteten sich ihre Augen vor Schreck. Doch es war schon zu spät. Sie war so in ihren traurigen Gedanken versunken, dass sie uns erst bemerkte, als uns nur noch ein paar Meter trennten.

Schnell schlossen wir sie in einem menschlichen Kreis zusammen. Ich konnte Panik in ihren Augen aufleuchten sehen.

„Wir haben gehört, du stehst voll auf Zeitungsartikel", begann Gina das Schussfeuer und deutete auf einen Zeitungsartikel, den Cho hochhielt. Ein schlechtes Bild von einem abgesperrten Baum war neben einem Textblock zu erkennen. „Für den Fall, dass du dich nicht mehr an diesen Baum erinnern kannst: Der steht auf eurem Grundstück. Ach warte, du hattest doch im Kindergarten einen Freund, richtig? Wie war noch gleich sein Name …"

„Hör auf!", rief Agnes dazwischen. Sie hatte ihre Hände zu Fäusten geballt.

Doch Gina würde nicht aufhören. „Sascha Schmitt, richtig? Ja, so wie du mich anguckst, ist das richtig. Dann weiß du sicherlich auch noch, was aus Sascha geworden ist." Sie deutete auf den Baum.

„Oder auch nicht geworden ist", setzte Henrik ihre Predigt fort. „Denn du und Sascha seid auf diesen Baum geklettert. Leider ist dein guter Freund heruntergefallen und hat sich das Genick gebrochen. Oder … Ist er vielleicht geschubst worden?"

„Ihr seid doch krank!", schrie Agnes und wollte sich durch eine Lücke zwischen Henrik und Dante stehlen, doch die Jungs versperrten ihr den Weg. Sie versuchte es nochmal zwischen Jenna und Isabel, auch auch hier erfolglos.

Emma atmete geräuschvoll aus. „Mach du das", raunte sie mir zu. „Ich kann das nicht." Noch ehe ich sie davon abhalten konnte, wandte sie sich von dem Szenario ab und ging.

Agnes witterte eine letzte Chance, doch ich versperrte ihr mit dem erhobenen Auszug in meinen Händen den Weg.

Sie starrte mich hasserfüllt an.

Es war nur ein Artikel. „Vor etwa einem Jahr fand man die Leiche deiner Schwester Amanda auf eurem Grundstück", erinnerte ich sie, als hätte sie es vergessen. „Bis heute sind die näheren Umstände unklar. Findest du das nicht merkwürdig? Zwei Todesfälle an ein und demselben Ort?"

„Nicht zu vergessen dein Großvater", verkündete Isabel und hielt eine schlechte Fotografie eines alten Mannes hoch. „Er wollte den Kaufvertrag für euer heruntergekommenes Haus unterschreiben. Allerdings erlitt er einen Herzinfarkt, noch bevor er mit seiner Unterschrift alles Hieb und Stichfest machen konnte. Er starb unter einer Tanne. Auf eurem Grundstück."

Agnes grunzte aus tiefster Seele. „Ihr seid echt total krank!", fuhr sie uns an. „Und böse. Ich werde jetzt gehen!" Ihr Blick glitt ruhelos immer wieder von links nach rechts und wieder zurück. Sie ballte ihre Hände so stark zu Fäusten, dass die Knöchel weiß hervorragten.

Jenna legte ihren Kopf schräg und musterte sie. Ihre Mundwinkel zogen sich zu einem mitfühlenden Lächeln hoch.

Ein eiskalter Schauer lief mir über den Rücken.

Jennas Lächeln erlosch und sie richtete sich zu ihrer vollen Größe auf. „Willst du nach Hause, zu deinem Bruder, um ihn bei seinen makaberen Spielchen zu unterstützen?"

Agnes verzog verwirrt ihre Miene. Sie verstand kein Wort.

Erst jetzt drehte Jenna die Fotografie um, die sie schon die ganze Zeit in Händen hielt.

Es zeigte das blonde Mädchen, nachdem es so geschändet worden war.

Etwas an Agnes Blick veränderte sich. Ruhig legte er

sich auf das Bild, als würde einen Moment lang nur das zählen.

„Woher habt ihr das?", fragte Agnes ruhig, viel zu ruhig.

Indra

Niemand hatte bemerkt, wie ich mich heute Morgen nach ganz hinten in den Bus gesetzt und nicht ausgestiegen war, als er an der Schule gehalten hatte. Ich hatte mich einfach so klein wie möglich gemacht und keiner interessierte sich für mich. Perfekt.

Wie geplant war ich zum Ambrosius-Anwesen gefahren. Dort wartete Arthur bereits an der Tür. Seine Eltern würden das ganze Wochenende weg sein und seine Großmutter stand kaum noch aus ihrem Bett auf. Als er mir schon zur Begrüßung einen Kuss auf die Wange hauchte, spürte ich ganz deutlich meine Erregung.

Inzwischen waren mehrere Stunden vergangen. Wir lagen splitterfasernackt in seinem Bett. Meine Hand lag auf seiner Brust. Ich konnte sein Herz darunter schlagen spüren.

Er öffnete seine Augen und blickte zu mir herunter. Ein verschlafenes Grinsen umspielte seine Lippen.

„Sind wir etwa eingeschlafen?", fragte er noch mit der rauen Stimme des Erwachens.

„Ja", hauchte ich, beugte mich vor und küsste ihn auf die Lippen.

Ich konnte nicht genug von ihm kriegen.

Als könnte er Gedanken lesen, schlang er seine Arme

um mich und wurde leidenschaftlicher. „Ist da etwa jemand wieder ausgeruht?", fragte er schmunzelnd.

Zur Antwort ließ ich meine Hand über seine Brust in seinen Schoß wandern.

Er stöhnte auf. „Warte", keuchte er und sprang aus seinem Bett. „Ich möchte gern etwas ausprobieren."

Als er mir diesen gierigen, feurigen Blick zuwarf, der mir sagte, dass er nur mich wollte, nickte ich fasziniert. Ich hätte alles mit ihm gemacht, solange er mich liebte. Mir das Gefühl gab, irgendwohin zu gehören. Ein Teil von jemandem zu sein.

Er holte unter seinem Bett zwei schwarze Seile hervor. „Lass dich darauf ein", bat er, und als ich vorsichtig nickte, band er meine Hände an den Bettpfosten fest. Auch meine Füße wurden festgebunden. Ich war mir nicht sicher, was das zu bedeuten hatte, aber in Arthurs Blick lag so viel Wärme, dass ich mich ihm sofort hingab.

Er beugte sich über mich und küsste mich. Mit seiner Zunge fuhr er sanft meine Haut entlang, über meine Brüste, meinen Bauchnabel … Immer weiter …

Ich stöhnte laut auf. „Nicht aufhören!", gab ich gepresst von mir. Kurz vor meinem Höhepunkt ließ er von mir ab. „Nein!", sagte ich bestimmt und wollte ihn zurückdrängen, aber meine Arme waren ja festgebunden.

Grinsend streckte er sich vor und küsste mich auf meine Lippen. „Ich hab was viel Besseres mit dir vor", hauchte er.

Es wurde beinahe unerträglich. Ich wollte, dass er weitermachte, was auch immer er vorhatte. Ich war verrückt vor Leidenschaft.

Als er plötzlich ein scharfes Messer in der Hand hielt, kam mir zum ersten Mal der Gedanke, dass das, war er wollte, vielleicht nicht das war, was ich bereit war zu geben.

Er bemerkte meinen Blick und liebkoste mit seiner freien Hand meine Brust. „Mach dir keine Sorgen", flüsterte er, und es klang wie ein Versprechen. „Es wird dir gefallen!"

Und dann schnitt er mir mit dem Messer durch die Haut an meiner Schulter. Ich schrie leise auf, doch da beugte er sich schon mit dem Gesicht über die Wunde, umschloss den Schnitt mit seinen Lippen und saugte.

Isabel

Jennas Miene blieb unverändert. Makellos wie das Gesicht einer Porzellanpuppe. „Von dem Handy deines Bruders."

„Arthur", murmelte Agnes. Sie trat zwei Schritte zurück. Plötzlich zitterte ihr ganzer Körper. Mit einem merkwürdigen Geräusch fiel sie auf ihre Knie, ihre Hände. Sie hielt ihren Kopf nach unten, sodass ihr rotes Haar wie ein Vorhang aus Flammen um ihr Gesicht fiel.

„Ich hab zugesehen", sagte sie, und fiel auf ihren Hintern. Ihre Augen waren wässrig und es war, als würde sie etwas in weiter Ferne betrachten. „Immer sehe ich nur zu."

Ich tauschte einen hilfesuchenden Blick mit Fabienne. Diese zuckte nur mit ihren Schultern. Keiner wusste, wie wir mit Agnes' Verhalten umgehen sollten.

„Ich hab zugesehen. Immer sehe ich nur zu. Ich hab zugesehen." Diese Sätze wiederholte sie immer wieder, wie ein Mantra.

Es war Dante, der sich in ihre Nähe traute. Neben ihr ging er in die Hocke und legte eine Hand auf ihre Schulter. Es war, als würde die Berührung sie aus ihrer Trance holen. Mit ihren feuchten Augen schaute sie gequält zu ihm auf.

„Ich will nicht mehr nur zusehen", sagte sie, und ihre Stimme klang ängstlich. Blinzelnd versuchte sie aufzustehen, wirkte aber unglaublich schwach auf ihren zittrigen Beinen. Dante sprang auf und half ihr hoch. Sie stolperte vorwärts und deutete auf die Fotografie, die Jenna noch immer festhielt. „Das ist keine Fremde", sagte sie. „Das ist Amanda. Meine Schwester."

Ich sog scharf die Luft ein. Ich hätte mir auf die Zunge beißen können, nicht eher an diese Möglichkeit gedacht zu haben.

„Arthur und Amanda waren zweieiige Zwillinge. Es hat sie immer schon sehr viel miteinander verbunden. Mir kam es immer so vor, als würde ich außen stehen und sie dabei beobachten, wie sie echte Geschwister waren, während ich nur … Na ja, ich war die unliebsame, nervige, kleine Schwester. Natürlich ist es mir aufgefallen." Sie seufzte und schaute betreten zu Boden. „Die zufälligen

Berührungen, die schmachtenden Blicke. Ich hab auch mal gesehen, wie sie sich küssten. Aber ich hab doch nie ..." Sie schluckte schwer. „Ich hab nie damit gerechnet, er könnte ihr etwas antun. Seiner eigenen Zwillingsschwester!"

Angeekelt musste ich mich schütteln, um wieder einen klaren Gedanken zu fassen.

Sie schlug ihre Hände vor ihr Gesicht. „Was mache ich jetzt nur?", fragte sie verzweifelt.

„Du musst zur Polizei gehen", sagte Dante, der nicht mehr auf Jenna achtete, die von dieser Idee ganz offensichtlich nicht viel hielt. Sie wollte Salz in Agnes' Wunde streuen.

„Oh nein!", stieß Agnes plötzlich aus, ließ ihre Hände sinken und starrte panisch um sich herum. „Indra!"

Ich runzelte verwirrt die Stirn. „Was hat denn Indra damit zu tun?"

Agnes starrte mich an. „Alles! Sie ist bei ihm! Jetzt gerade!"

An dieser Stelle schaltete ich ab. An alles, was folgte, konnte ich mich nur schemenhaft erinnern, als wäre es bloß ein Film, den ich vor langer, langer Zeit gesehen hatte.

Ich machte auf dem Absatz kehrt und rannte hinter Emma her. Sie hatte die Schule verlassen, stand schon an der Haltestelle. Der Bus fuhr erbarmungslos, würde gleich halten. Ich legte noch mehr an Tempo zu. Rannte um mein Leben.

Der Bus bremste. Die Türen öffneten sich.

„Emma!", kreischte ich aus vollem Halse. „Warte!"

Sie hatte schon einen Fuß zum Einstegen erhoben, als sie innehielt und nach mir suchte. Ich lief noch schneller.

Der Bus schloss wieder seine Türen und fuhr weiter. Ohne Emma.

Keuchend kam ich bei ihr an.

„Was hast du?", fragte sie verdutzt.

„Indra", presste ich hervor und kniff mir in die Seiten, um die Stiche zu minimieren. Es half natürlich nichts. „Ich – erklär's – dir – später. Wir – müssen – jetzt – zum – Ambrosius-Anwesen!"

Emma

Sobald wir zusammen mit den anderen im Bus waren, rief ich bei der Polizei an.

„Polizeidirektion Neustadt-Hausen, Kronrad am Apparat, wie kann ich Ihnen weiterhelfen?"

„Meine Cousine wird vermutlich gerade vergewaltigt!", platzte ich heraus. Es war mir egal, dass mich jeder im Bus hörte.

„Vermutlich?", hakte die Frau auf der anderen Seite nach.

„Ja! Also, genau weiß ich es nicht, aber sie ist mit einem Typen zusammen, der seine Zwillingsschwester umgebracht hat! Und jetzt will er sich an meiner Cousine vergreifen! Indra Rosenberg!"

„Ah ja. Sind Sie gerade in der Nähe Ihrer Cousine, Frau Rosenberg?"

Ihre Frage verwirrte mich. „Das ist meine Cousine. Ich heiße Emma Gold."

„Aber Sie haben doch gerade gesagt, dass Sie Indra Rosenberg heißen."

„Nein, hab ich nicht!"

„Also, wollen Sie mir jetzt sagen, dass ich lüge?"

Der schnippische Unterton der Polizistin irritierte mich noch mehr.

„Nein! Ich will Ihnen sagen, dass Sie meiner Cousine helfen müssen!", rief ich aufgebracht.

„Befinden Sie sich gerade in der Nähe Ihrer Cousine?"

„Nein!"

„Woher wollen Sie dann wissen, dass sie in Gefahr ist?"

„Weil sie mit einem Typen zusammen ist, der seine Zwillingsschwester – Ach wissen Sie, lassen Sie es gut sein. Ich krieg sie da auch alleine raus!" Schnaubend drückte ich auf den roten Knopf meines Handys, um das Gespräch zu beenden.

Meine Freunde musterten mich besorgt. Am schlimmsten war Dante. Er sah aus wie ein begossener Pudel.

„War wohl nicht grad erfolgreich", vermutete Agnes, die sich in unserer Nähe hingesetzt hatte. Es war unfassbar, wie ruhig sie blieb!

Zur Antwort grunzte ich verächtlich und warf ihr einen tödlichen Blick zu. Sie sollten bloß die Klappe halten. Ich verstand, was Justus damals in der Schwanenallee meinte. Die Polizei half erst, wenn bereits etwas passiert war.

Ich hoffte inständig, es war noch nicht so weit.

Agnes zeigte uns, wo wir aussteigen mussten, und führte uns zum Anwesen ihrer Familie. Mit jedem Schritt wurde ich unruhiger. Das letzte Mal, als ich ein Anwesen betreten hatte, war die Geschichte nicht gut ausgegangen.

„Meine Eltern sind nicht da", sagte Agnes, als wir an einem schief hängenden Eingangstor ankamen. Die hohen Tannen dahinter wirkten mit ihren dunklen Schatten nicht gerade einladend auf mich.

„Und was machen wir jetzt?", fragte Gina mit einem genervten Unterton.

„Bleiben wir hier und überlegen uns etwas. Und wer nichts Sinnvolles beitragen kann, hält die Klappe!", knurrte Dante und warf ihr einen warnenden Blick zu.

Ich würde ihm später danken.

Mein Handy hatte ich seit meinem Anruf bei der Polizei nicht aus der Hand gelegt, hatte erfolglos versucht, Indra zu erreichen. „Ich ruf meine Mutter an", überlegte ich und wählte ihre Nummer.

„Hallo, mein Schatz!", trällerte sie nach einem verhältnismäßig langen Klingeln. „Was kann ich für dich tun?"

„Mama. Bitte. Es ist was passiert und ich glaube, Indra ist in Gefahr!"

Ich konnte das Zittern meiner Stimme nicht verhindern.

Den Bruchteil einer Sekunde herrschte angespanntes Schweigen. Dann: „Wo bist du?"

„Ambrosius-Anwesen. Indra ist da irgendwo drinnen und … Ich weiß nicht, ob es ihr gut geht! Sie geht nicht ans Telefon!"

„Beruhige dich. Ich mach mich sofort auf den Weg. Bleib, wo du bist!" Sie legte auf.

Ich wischte mir schnell die Träne weg, die sich auf meine Wange geschlichen hatte, als Dante plötzlich direkt vor mir stand, seine muskulösen Arme hob und mich an sich drückte.

„Es wird alles gut", versprach er.

Doch das wurde es nicht. Sobald ich meine Augen schloss, um mich seiner tröstenden Umarmung hinzugeben, sah ich Carmen vor mir. Nackt. Ausgeweidet. An einen Tisch festgebunden.

Tot.

„Mein Vater arbeitet noch", stellte ich nüchtern fest und löste mich aus Dantes Armen. „Meine Mutter müsste mit dem Rad fahren. Sie ist frühstens in 20 Minuten hier." Ich wollte einen Blick aufs Gebäude werfen, sah aber nur Tannen.

Meine Beine wussten noch vor mir selbst, was ich tun würde. Sie bewegten sich Richtung Tor und ehe ich mich versah, huschte ich an der Seite hindurch. Ich konnte nicht warten. Konnte nicht zulassen, dass es schon wieder passierte.

Ich fühlte mich wie in Watte gepackt. Die Rufe meiner Freunde hörte ich kaum. Vor meinem inneren Auge vermischten sich meine Erinnerungen mit meiner realen Angst und plötzlich sah ich nicht mehr Carmen auf diesem Tisch liegen, sondern Indra. Es war egal, ob sie mich hasste. Egal, ob sich jemals an dieser Tatsache etwas änderte.

Ich würde auf keinen Fall zulassen, dass wir noch

nicht einmal die Chance haben würden, daran etwas zu ändern.

Erst als ich die heruntergekommene Veranda erreichte, stellte sich Agnes mir in den Weg.

Sofort füllten sich meine Augen mit Tränen. „Bitte!", flehte ich. „Du musst mich da reinlassen!"

Nach einem kurzen Zögern nickte sie, drehte sich um und schloss die Tür auf. „Du kennst dich aber nicht aus. Komm mit. Und sei leise. Wir wissen nicht, wo ..." Sie ließ ihren Satz unbeendet.

Schweigend folgte ich ihr die Treppe hoch. Sie zeigte mir, wie ich gehen musste, um möglichst wenig Lärm zu verursachen. Es fiel mir schwer, mich darauf zu konzentrieren.

„Seine Zimmertür steht offen", flüsterte sie überrascht.

Da nur eine Tür offenstand, wusste ich sofort, welche sie meinte.

Ich hörte auf, nachzudenken. Ich stürmte an ihr vorbei und in das chaotische Zimmer hinein.

Und da sah ich sie.

Sie lag auf dem Bett, Arme und Beine an den Pfosten festgebunden. Ihr Kinn lag auf ihrem Schlüsselbein, als wäre nicht mehr genug Kraft in ihrem Körper, um ihren Kopf hochzuhalten.

„Indra!", stieß ich aus und sprang beinahe auf sie zu.

Immerhin hatte er ihren Körper mit einem Laken zugedeckt. Dennoch waren deutliche Wunden erkennbar. Dünne Schnitte zogen sich von ihrer linken Schulter an herunter und verschwanden unter dem Laken. Außerdem war die Haut um ihr rechtes

Auge stark geschwollen, als hätte er sie geschlagen.

Ich berührte sie an ihrer rechten Schulter. „Indra! Bitte, wach auf!", flehte ich.

Meine Angst schlug in blinde Verzweiflung um, als sie plötzlich ein leises Keuchen von sich gab. Ihr unverletztes Auge flatterte auf und sie sah mich an, als wäre sie unsicher, ob ich wirklich da war.

Erleichterung durchflutete meinen Körper. „Es wird alles gut!", versprach ich und machte mich daran, ihre Fesseln zu lösen.

„Sie lebt?", hörte ich Agnes voller Hoffnung fragen. Sie stand im Türrahmen, war nur halb zu erkennen, als hätte sie Angst vor dem, was sie sehen könnte.

Vermutlich hatte sie es *tatsächlich* schon einmal gesehen.

„Ja, sie lebt", antwortete ich und half Indra, sich aufzurichten. Bei der Bewegung zog sie schmerzvoll das Gesicht zusammen. Das Laken rutschte herunter und entblößte ihre Brust, sowie weitere Wunden. Der dünne Schnitt ihrer Schulter wiederholte sich mehrmals, als hätte Arthur eine Landkarte auf ihre Haut gezeichnet. Schnell schaute ich weg. Ich wickelte sie mehrmals in das Laken ein, als wir plötzlich ein lautes Geräusch hörten.

Indra versteifte sich und zog den dünnen Stoff enger um sich. Ihre Augen weiteten sich vor Schreck.

Agnes ging es da nicht besser. Wie angewurzelt stand sie im Türrahmen und starrte zur Treppe. Das Geräusch war von unten gekommen. Ich trat neben sie und horchte.

„Was auch immer ihr vorhabt, ihr solltet das lassen",

gackerte Arthur.

Das Blut in meinen Adern gefror. Ich sollte aufhören, mich in solche Situationen zu bringen.

Im Grunde genommen war dieser Gedanke absurd. Ich würde mich immer sofort in die Schlacht stürzen, wenn eine Freundin meine Hilfe brauchte.

Arthur tauchte auf dieser Zwischenetage der Treppe auf. Für den Bruchteil einer Sekunde sah ich nicht ihn, sondern Elias. Ich blinzelte.

Agnes neben mir gab einen Laut von sich, den ich nicht deuten konnte. Als ich ihr einen Blick zuwarf, bemerkte ich ihren glasigen Blick, als würde der bloße Anblick ihres Bruders sie in Trance versetzen.

„Ich kann euch nicht gehen lassen", sagte Arthur und blieb auf der Zwischenetage stehen. „Das versteht ihr sicher."

Viel zu mutig reckte ich mein Kinn hervor. „Willst du wieder eine Schwester töten? So wie du es schon mit Amanda gemacht hast?"

„Misch dich nicht in fremder Leute Angelegenheiten ein, Kleines."

„Du hast meine Cousine angerührt. Es *ist* meine Angelegenheit!"

Ich konnte sehen, wie in seinen Augen so etwas wie blanke Wut entflammte, doch als er einen Schritt nach vorne rasen wollte, um seine Emotionen an mir und ganz sicher auch an seiner kleinen Schwester auszulassen, tauchte ein Holzbrett von unten auf und flog direkt gegen seinen Kopf. Arthur sackte leblos in sich zusammen.

Kurz danach betrat Dante die Zwischenetage und als

sein suchender Blick mich fand, lief er die restlichen Treppenstufen hoch.

Doch zu früh gefreut. In dem Moment, als er an Arthur vorbeilaufen wollte, streckte dieser seine Hand aus, umfasste Dantes linken Knöchel und zog ihn ruckartig zurück. Er verlor sein Gewicht und landete schmerzhaft auf seinem Rücken.

„Nein!", schrie ich und wollte zu ihm rennen, als Agnes mich zurückhielt. Stumm flehte sie mich an, sie nicht alleine zulassen.

Ächzend kam Arthur wieder auf seine Beine. Wacklig setzte er einen Fuß voran.

„Das würde ich nicht versuchen, Freundchen!", ertönte plötzlich eine Männerstimme, die mir bekannt vorkam.

Arthur erstarrte mitten in seiner Bewegung.

„Hände hoch und dreh dich mit dem Gesicht zur Wand", befahl die Stimme.

Nach kurzem Zögern gab Arthur nach. Er hob seine Arme und drehte sich zur Wand, während Dante sich keuchend aufrichtete.

Zwei Polizisten kamen vorsichtig die Treppe herauf. Jetzt erkannte ich den, der gesprochen hatte – es war Kommissar Blume gewesen, der Partner von Carmens Vater. Er drückte seine Pistole in Arthurs Seite, während ihm eine Frau Handschellen umlegte.

Kommissar Blume nahm ihn am Arm und stieß ihn vorwärts. „Los jetzt! Ich hab nicht ewig Zeit!", bellte er.

Das war mein Stichwort. Ich lief zu Indra zurück und stützte sie, damit sie aufstehen konnte. Wir hatten gerade die Hälfte des Zimmers durchquert, als die Frau auftauchte.

„Hallo, ich bin Kommissarin Hannah Fischer", stellte sie sich Agnes vor. „Wie viele seid ihr? Gibt es Verletzte?"

Agnes trat nur einen Schritt zurück; unfähig, etwas zu sagen. Sie zitterte am ganzen Körper und ihr Blick huschte von einer Seite zur anderen.

„Wir sind zu Dritt", rief ich gepresst. „Meine Cousine ist verletzt."

Kapitel Zehn

Fabienne

Indra wurde umgehend ins Krankenhaus gebracht. Emma und ihre Mutter fuhren im Krankenwagen mit. Ein anderer holte Agnes ab und würde sie ebenfalls ins Krankenhaus bringen, obgleich ich mir sicher war, dass sie keine körperliche Verletzung hatte. Dante beteuerte zwar, es ginge ihm gut, er hätte nur ein paar blaue Flecke bei seinem Sturz abbekommen, aber die weibliche Kommissarin, die anscheinend Gonzales' Platz eingenommen hatte, bestand darauf, ihn zumindest zu seinem Hausarzt zu fahren. Henrik begleitete sie und sollte seinen besten Freund im Auge behalten.

Arthur wurde sofort in polizeilichen Gewahrsam genommen.

All das passierte unheimlich schnell. Ehe ich mich versah, standen nur noch Isabel, Jenna, Gina, Cho und ich vor dem Anwesen und wussten nichts mit uns anzufangen. Man hatte uns schon befragt, aber wir sollten morgen alle aufs Revier kommen, um unsere Aussagen nochmal durchzugehen.

Und dabei war ich mir nicht einmal ganz sicher, was überhaupt geschehen war.

Eben hatten wir uns noch an Agnes rächen wollen, und dann mussten wir Indra retten? So richtig konnte ich die Geschehnisse nicht in Zusammenhang bringen.

„Und nun?", fragte ich vorsichtig in die Runde.

„Ich muss nach Hause", antwortete Isabel schnell. „Ich hab noch etwas vor."

„Das haben wir alle", ergänzte Jenna und hakte sich demonstrativ bei Gina unter. „Wir sehen uns morgen, Ladies." Zusammen mit Cho drehten sie mir ihren Rücken zu und marschierten zur Bushaltestelle. Alles passierte viel zu schnell.

Isabel allerdings wandte sich noch einmal um und kam zurück. „Was ist?", wollte sie wissen. „Willst du nicht nach Hause?"

„Nein." Und das war die Wahrheit. Ich wusste nicht ganz, was ich empfinden *sollte*, und was ich tatsächlich fühlte, aber nach Hause wollte ich nicht. Die Vorstellung, jetzt schon alleine zu sein, jagte mir Angst ein.

„Willst du drüber reden?"

Fragend blickte ich meiner Freundin ins Gesicht. Sie sah besorgt aus. „Worüber denn?"

„Über das, was passiert ist."

„Hm", machte ich und schaute zu dem schiefen Tor. Ein Teil von mir fragte sich, ob wir Agnes nicht hätten helfen können. Agnes und all den anderen Mädchen, die ihr so ähnlich waren. Wenn wir aufhören würden, uns von den Merkwürdigen, Komischen und Unliebsamen abzuwenden, vielleicht könnte diese Welt eine bessere werden?

Doch schon während ich es dachte, wusste ich, wie utopisch diese Vorstellung war. Wir würden kaum etwas ändern. An anderen Schulen ging es weitaus schlimmer zu. Wir Goldkinder sorgten dafür, dass alles seine Ordnung hatte. Und so wie es war, war es meistens auch gut.

Nur an Tagen wie diesen war ich mir da nicht so sicher. Aber auch das würde vorbeigehen. Morgen schon sah die Welt wieder anders aus. Und vermutlich hatte ich jetzt auch meinen Soll an schlimmen Erfahrungen erfüllt.

„Fabienne?", holte Isabel mich sanft aus meinen Gedanken.

Plötzlich wusste ich, wohin ich gehen wollte, und lächelte. „Alles gut, Isabel. Wir sehen uns morgen."

Ich traf mich mit Percy an unserem Tümpel. Unterwegs hatte ich ihn angerufen und er hatte versprochen, sich sofort auf den Weg zu machen. Als ich bei unserem Tümpel ankam, war er schon da und wartete auf mich.

Sein Anblick zauberte mir sofort ein Lächeln ins Gesicht.

„Na?", begrüßte er mich grinsend. „Konntest du dich von deiner Mutter loseisen?"

„Nein", gab ich zu. „Aber meine Mutter ist mir auch gerade egal." Ich dachte an den Zeitungsartikel und mein Herz wurde mit einem Mal ganz schwer. „Es stimmt, oder?"

Er hob fragend eine Augenbraue. „Was meinst du?"

„Jenna hat mir damals gesagt, du hättest versucht dich umzubringen, aber ich hab ihr nicht geglaubt und wir haben nicht mehr darüber gesprochen. Und jetzt … Ich hab einen Artikel gelesen. Hast du wirklich versucht, dich umzubringen?"

Percy hielt meinem Blick stand. Mit einem Mal konnte ich so viel Liebe in seinen Augen sehen, dass es mir beinahe wieder egal war.

Aber nein, es war nicht egal. Ich musste wissen, wieso. Musste wissen, wie ich ihn in Zukunft beschützen konnte.

„Ich war damals 12 gewesen", antwortete er mir. „Hör mal, Fabi, für dich ist diese Scheinwelt, in der wir uns bewegen, perfekt. Du kannst dich anpassen. Du kannst lächelnd einen Knicks machen, ohne dich dabei falsch zu fühlen. Ich konnte das nie. Ich hab mich immer schrecklich gefühlt als der, der ich bin."

„Als Sohn des Grafen."

„Ja. Für mich wird es nie ein Entkommen geben. Von mir wird immer verlangt werden, mindestens genauso großartig wie mein Vater zu werden. Ich bin mir aber noch gar nicht sicher, ob ich großartig werden will. Vielleicht reicht mir ja auch Durchschnitt?" Er zuckte mit den Schultern. „Als ich versuchte, mich umzubringen, dachte ich einfach, wenn ich schon nicht selbst über mein Leben bestimmen kann, dann wenigstens über meinen Tod."

Vorsichtig sah er mich an. Und ich tat das Einzige, was mir in diesem Moment richtig erschien – Ich umarmte ihn. „Du kannst ruhig Durchschnitt sein", murmelte ich, während er seine Arme um mich legte und die Umarmung erwiderte. „Für mich bist du schon großartig."

Isabel

Am Abend ging ich zusammen mit meinem Vater und Ingrid zum Friedhof. Ich hatte ihnen von der Sache mit Arthur und Indra erzählt und musste ihnen versprechen, fortan besser auf mich aufzupassen.

Der Plan war, Tommy einen Besuch abzustatten und anschließend einen Film-Abend zu Hause zu machen und Pizza zu bestellen. Mein Vater hatte die *Zurück in die Zukunft* DVDs ausgeliehen, auf die Tommy aus mir unerfindlichen Gründen voll abgefahren war.

Auf Höhe der Friedhofskapelle hielt ich kurz inne. „Geht schon mal vor", bat ich meinen Vater und Ingrid.

Letztere schien nicht gerade überzeugt. Ich hob Zeige- und Mittelfinger wie ein Peace-Zeichen hoch. „Es geht mir gut, ich hab nicht vor mich in irgendein ausgehobenes Grab zu werfen und bin gleich bei Tommy, okay?"

Es war mein Vater, der Ingrid einen Arm um die Schulter legte und sie sanft zum Weitergehen zwang. „Komm, Schatz. Isabel ist alt genug."

Während sie zu Zweit an das Grab meines Bruders gingen, lief ich in die entgegengesetzte Richtung.

Es war schon dunkel, aber hier und da beleuchteten Laternen die Wege. Hinzu kamen die unzähligen Grablichter, die auf den Gräbern flackerten.

Ich zog den Beutel, den ich mitgebracht hatte, schützend vor mich, während ich ganz allein über den Friedhof lief.

Moritz Stegner war im Urnengrab seiner Großeltern beigesetzt worden. Obwohl keiner mehr von ihm sprach, stellte ich ihm die erste Kerze hin. Während ich sie entzündete, dachte ich an den Freund, der meinen Bruder verraten hatte.

Elias hatte ihn manipuliert. Dieser Gedanke war mir gekommen, als ich Agnes gesehen hatte. Niemand war sicher vor den Psychopathen dieser Welt. Es war falsch von mir gewesen, Moritz aus unserem Gedenken zu streichen, bloß weil er genauso menschlich war wie alle anderen auch.

„Es tut mir leid", flüsterte ich dem Grab zu und ließ das Licht zurück.

Familie Ambrosius hatte einen extra abgetrennten Bereich auf dem Friedhof. Ein kleiner Zaun trennte die Familie vom Rest. Erst jetzt, wo ich das halbe Dutzend Gräber sah, wurde mir klar, wie lange diese Familie schon in Neustadt-Hausen lebte.

Ich stellte eine Kerze auf Amandas Grab. „Arthur wird für das bezahlen, was er dir angetan hat", versprach ich ihr. Eine Dritte stellte ich auf das Grab ihres Großvaters und entschuldigte mich dafür, Agnes' Erinnerung an ihn für unsere Zwecke missbraucht zu haben. Danach trat ich andächtig von den Gräbern weg und beschloss, die Familie Ambrosius nie wieder zu tyrannisieren.

Anschließend machte ich mich auf den Weg zu den Kindergräbern. Allerdings ging ich noch nicht direkt zu meiner Familie.

Vorher blieb ich an einem Grab stehen, welches

durch den Winter ziemlich traurig wirkte. Ich wusste, dass ihre Eltern nicht mehr in der Stadt waren, um sich darum zu kümmern, also war ich es, die die Äste und Blätter, die draufgefallen waren, zur Seite schob. Die vorletzte Kerze stellte ich auf die Platte, die dadurch zum Vorschein kam.

„Ich hoffe, du bist jetzt an einem besseren Ort, Carmen", sagte ich, während ich die Flamme entzündete. „Hier hat sich einiges verändert. Falls du mich hörst, wäre es echt schön, wenn du Emma irgendwie sagen könntest, dass sie keine Schuld hat." Ich biss mir auf die Unterlippe und stand auf. „Wow, jetzt rede ich schon mit Toten. Das hätte dir gefallen, nicht wahr?"

Erst jetzt ging zu meinem Bruder. Mein Vater und Ingrid standen bereits da und beteten.

Ich kniete mich vor sein Grab und stellte die letzte Kerze darauf. Auch diese zündete ich an. Anschließend nahm ich aus dem Beutel einen zusammengefalteten Zettel, den ich zwischen der Buschumrandung in die Erde steckte. Es war mein Brief an ihn.

„Alles gute zum Geburtstag, Brüderchen", flüsterte ich und blinzelte die Tränen weg, die sich in meinen Augen sammelten.

Als ich aufstand und mein Vater und Ingrid mich umarmten, kam ein kühles Lüftchen auf. Es brachte die Baumwipfel zum Wackeln und es war, als würde irgendwo ein Junge lachen.

Wenn ich es nicht besser gewusst hätte, hätte ich geglaubt, es wäre Tommy gewesen.

Indra

Ich wachte mit einem brummenden Schädel auf. Mir war schwindelig, obwohl ich auf dem Rücken lag. Im ersten Moment wusste ich nicht, wo ich war. Der Venenkatheter an meinem Arm erschreckte mich.

„Na, wieder wach?"

Ich drehte mein Gesicht in die Richtung, aus der der sanfte Sing-Sang gekommen war.

Es war Emma. Sie saß neben meinem Bett auf einem Stuhl und lächelte zaghaft. „Imran hatte Hunger. Deine Eltern sind kurz mit ihm in die Cafeteria gegangen. Sie sind sicher gleich wieder da", erklärte sie mir.

„Was ist passiert?", wollte ich fragen, gab aber nur ein unverständliches Gebrummel von mir. Meine Kehle fühlte sich staubtrocken an.

„Durst?", mutmaßte Emma und als ich nickte, half sie mir dabei, mich ein wenig aufzurichten. Sie hielt mir einen Becher mit Wasser hin. Nachdem ich ein paar Schlucke getrunken hatte, glaubte ich, es würde schon besser gehen.

„Danke", krächzte ich, aber man konnte mich immerhin verstehen. Ich ließ mich zurück ins Kissen fallen. Diese kleine Bewegung fühlte sich schon wie Schwerstarbeit an.

Emma stellte den Becher zurück auf den Nachttisch. „Hast du große Schmerzen?"

Ich schüttelte den Kopf. „Fühle mich eigentlich nur

benommen."

„Das ist gut."

„Mhm."

Die Tür zu meinem Zimmer wurde geöffnet. Ich öffnete meinen Mund, um meiner Mutter zu versichern, in Ordnung zu sein, als Aurelia Ambrosius auftauchte. Sie hatte einen bunten Blumenstrauß dabei. „Darf ich kurz stören?"

Emma warf mir einen fragenden Blick zu. Als ich nickte, erhob sie sich und nahm die Blumen entgegen. „Ich frage die Schwestern mal nach einer Vase." Nachdem sie den Raum verlassen hatte, setzte sich Aurelia auf den Stuhl.

Einen Moment lang sah sie mich nur an. Dann streckte sie auf einmal eine Hand aus und legte sie auf meine. „Es tut mir so unendlich leid!"

Ich wusste nicht, wie ich ihr sagen sollte, dass es nur zum Teil Arthurs Schuld gewesen war. Er hatte mich nicht vergewaltigt. Dass er auf diese abnormen Praktiken stand, hätte ich nicht ahnen können. Und bei dem Versuch mich zu wehren, hatte er mich geschlagen.

Vermutlich gab es auch nichts, was ich zu Aurelia Ambrosius sagen konnte.

Sie drückte meine Hand. „Ich wollte dich wissen lassen, dass ich Arthur … Ich hab ihn angezeigt. Er wird nie wieder jemandem etwas antun."

Ich sah ihr an, wie schwer ihr das gefallen sein musste. Aber welche Wahl hatte sie auch schon gehabt? Mein Vater hätte es sonst in die Hand genommen.

„Wie geht es Agnes?", erkundigte ich mich.

Aurelia seufzte. „Sie ist krank, Indra. Ein Psychologe hat schon versucht mit ihr zu reden und herausgefunden, dass sie es die ganze Zeit gewusst hatte, aber nichts sagen durfte. Arthur hat sie erpresst. Sie wird Hilfe bekommen, das verspreche ich."

Ohne ganz zu verstehen, warum, stimmte mich diese Tatsache besonders traurig. Agnes war so ein nettes Mädchen … Sie hatte das nicht verdient. „Darf ich sie dann besuchen?"

Doch Aurelia schüttelte ihren Kopf. „Ich halte das für keine gute Idee."

Emma kehrte mit einer Vase und den Blumen darin zurück. Wortlos stellte sie sie auf meinem Nachttisch ab und setzte sich ans Fußende meines Bettes.

„Du bist Emma, richtig? Indras Cousine?", fragte Aurelia auf einmal. Vorsichtig nickte Emma. „Ich soll dir von Agnes ausrichten, dass ihr das mit den Pralinen leid tut."

Es war ihr deutlich anzusehen, dass Emma keine Ahnung hatte, worum es ging.

„Die Pralinen, die sie dir geschenkt hat, um sich bei dir zu entschuldigen", half ich ihr auf die Sprünge. Es strengte mich unglaublich an, diesen einen, vollständigen Satz auszusprechen.

Endlich schien sie zu verstehen. Sie machte eine wegwerfende Handbewegung und meinte: „Ach, die hat sich Isabel unter den Nagel gerissen."

„Oh!" Aurelia Ambrosius riss ihre Augen auf. Erst da kam Emma auf die Idee, dass mit den Pralinen etwas nicht stimmen könnte, und fragte nach.

„Agnes hat ein Gebräu zusammengemischt, welches Halluzinationen hervorrufen kann", antwortete Aurelia zaghaft. „Richte Isabel bitte aus, dass es meiner Tochter sehr leid tut. Ich muss jetzt auch los … Ich hab einen Termin mit Georg Schneider. Wir werden das Anwesen verkaufen."

Emma

Anfang Februar, in den Zeugnisferien, zogen Indra und ihr Bruder bei uns aus. Ihre Eltern hatten eine 4-Zimmer-Wohnung im Tierviertel gefunden, und obwohl sie noch in der Nähe war, obwohl wir uns noch in der Schule sehen würden, kam mir die Vorstellung, nicht mehr das Zimmer mit meiner Cousine zu teilen, absurd vor.

In den Wochen nach ihrem Krankenhausaufenthalt hatten wir uns angefreundet. Meistens lagen wir abends noch wach und erzählten uns irgendwelche Dinge, wobei vieles davon völliger Stuss war. Es war nicht wie in diesen kitschigen Teenie-Filmen, wenn zwei Mädchen noch wachlagen und sich ihre tiefsten Geheimnisse anvertrauten. Meistens sprachen wir über Dinge, die nie passieren würden. Wie es wohl wäre, auf einem Pegasus durch die Wolken zu fliegen. Oder einen Brief aus Hogwarts zu erhalten. Oder im Wandschrank Narnia zu entdecken.

Einmal nur hatte sie von Arthur gesprochen. Dass sie noch oft an ihn dachte und sich fragte, wie es ihm wohl ginge.

Ehrlich gesagt, ich hatte keine Antwort darauf gewusst.

Mit Claire hatte sie kaum noch Kontakt. In den Pausen setzte sich Indra meistens zu mir und meinen Freunden, und Jenna akzeptierte sie.

Als es dann so weit war und die Rosenbergs vorfuhren, um ihre Kinder abzuholen, musste ich sogar eine Träne verdrücken.

Indra kicherte, als sie es mitkriegte, und drückte mich herzlich. „Tu nicht so, als würden wir uns nie wiedersehen."

Zwischen unseren Müttern herrschte noch immer eine eisige Stimmung, von der keiner so richtig verstand, woher sie kam. Aber wenn es eines gab, was ich durch die Sache mit Agnes gelernt hatte, war es die Tatsache, dass man nie alles verstehen konnte. Es gab so viele Grauzonen, so viele Facetten und Schattierungen; keiner konnte das, was geschah, jemals ganz begreifen.

Zum Abschied winkte mir meine Cousine hinterher. „Wir sehen uns am Mittwoch!", rief sie zurück, und es klang wie das Normalste der Welt.

Unvorstellbar, dass wir uns vor einem Monat noch nicht ausstehen konnten.

Es war Freitag. Ich stand vor dem Spiegel im Bad und prüfte mein Gesicht. Ich hatte glitzernden Lidschatten aufgetragen, meine Augen mit schwarzem Kajal umrandet und die Wimperntusche durfte natürlich auch nicht fehlen. Isabel hatte mich ermahnt, niemals zu viel aufzutragen, aber auf den hellen, bronzefarbenen Lipgloss konnte ich dennoch nicht verzichten.

Mein Haar hatte ich geglättet und eine der vorderen Strähnen mit einer Spange zurückgesteckt. Das gelbe Top hatte ich mir von Fabienne geliehen. Es floss locker meinen Körper herunter, betonte dabei aber dennoch die Oberweite. Darüber trug ich einen hellgrauen Cardigan. Die dunkelblaue Röhrenjeans hatte ich mir gestern erst gekauft.

Ich sah gut aus. Und trotzdem wurde ich das mulmige Gefühl in meiner Magengegend nicht los.

Nervös tapste ich nach einem letzten, prüfenden Blick nach unten, wo meine Mutter mit einer alten Schulfreundin saß und Kaffee trank. Nach einem Blick auf die Uhr wusste ich, gut in der Zeit zu sein, und setzte mich für ein paar Minuten zu ihnen.

Die Freundin meiner Mutter machte große Augen, als sie mich sah. „Nein! Ist das etwa die kleine Emma?"

Meine Wangen wurden heiß, als ich schüchtern lächelte. „Klein bin ich immer noch", gab ich zurück.

Sie lachte. „Ha! Hübsch bist du geworden! Ich kenne dich noch, da warst du so klein!" Mit ihren Händen formte sie den Abstand. Ungefähr die Größe eines Säuglings.

Ich warf meiner Mutter einen hilfesuchenden Blick zu, als die Freundin sich vorstellte: „Mich kennst du wahrscheinlich gar nicht mehr. Ich bin Henrietta Ziegler! Bin vor Kurzem auch nach Neustadt-Hausen gezogen."

„Sie übernimmt die Leitung des örtlichen

Kinderheims", fügte meine Mutter erklärend hinzu.

Sofort klingelte etwas in meinen Ohren. „Kinderheim?", hakte ich nach, und sprach weiter, noch bevor ich meinen Gedanken ganz fassen konnte. „Ich würde gern ab und zu aushelfen, wenn das okay ist. Ehrenamtlich natürlich."

Henrietta Ziegler musterte mich. „Wow. So jung, und schon so … Ich weiß auch nicht. Wir freuen uns natürlich immer über ehrenamtliche Helfer!"

Ich wollte noch etwas sagen, als es an der Tür klingelte.

Meine Mutter zwinkerte mir vielsagend zu, als ich mich vom Stuhl erhob und mich mit zittrigen Beinen zur Tür bewegte.

Doch es war nicht Dante, wie ich es erwartet hatte.

„Timon?", fragte ich verwundert. „Was machst du denn hier?"

Er sah mich an, als würde er mich einen Moment lang nicht wiedererkennen. Dann deutete er hinter mich. „Ich treffe mich mit Marie."

Merkwürdigerweise fühlte sich diese Offenbarung an wie ein dumpfer Schlag in die Magengrube.

„Wir müssen ein Geburtstagsgeschenk für René vorbereiten!", fügte er hinzu, als könnte er meine Gedanken lesen. „Und wo willst du noch hin?"

„Äh, also – Ich hab ein Date. Mit Dante." Ich wusste nicht, warum es mir so schwerfiel, ihm die Wahrheit zu sagen.

Timon nickte. Bildete ich mir das ein, oder wirkte sein Grinsen wirklich plötzlich aufgesetzt?

Ausgerechnet jetzt kam Dante um die Ecke

geschlendert. In seiner Hand hielt er – ohne Witz – eine rote Rose. Als er mich in der Tür entdeckte, hellte sich seine Miene unwillkürlich auf.

„Ich lass euch dann Mal lieber in Ruhe", verkündete Timon und schlüpfte an mir vorbei ins Haus.

Ich wollte ihm hinterherschauen, aber Dante zog mich längst in seinen Bann. Mit seinem verschmitzten Lächeln auf den Lippen reichte er mir die Rose. „Bist du so weit?"

Ich nickte mechanisch. Ein letztes Mal huschte ich ins Innere meines Hauses, zog mir Schuhe und Jacke an und nahm meine Handtasche.

Meine Nervosität war verschwunden.

Was blieb, war ein merkwürdiges Grummeln, welches ich nicht richtig deuten konnte; als würde ich einen Fehler machen.

Ich beschloss, dieses Gefühl nicht zu beachten, trat mit einem strahlenden Lächeln auf die Veranda und ließ Dante meine Hand nehmen, als wäre es selbstverständlich.

Denn manchmal war es besser, die zu sein, die alle in einem sehen wollten.

Epilog

Karl „Karlie" Meier kannte ein Loch im Zaun. Immer, wenn die Kinder auf dem Außengelände des Heims spielen durften, kletterte er hindurch und erkundete die Welt außerhalb des Zauns, den er so verabscheute. In der Regel entfernte er sich nie zu weit vom Heim. Wenn die Erzieher sein Verschwinden bemerkten, würde es höllischen Ärger geben und vermutlich würden sie das Loch im Zaun für immer verschließen. Das konnte er nicht zulassen. Dieses Loch war das einzig Gute in seinem beschissenen Leben.

Der Therapeut, der sich mit ihm beschäftigte, wollte nicht, dass Karlie sein Leben als *beschissen* ansah. Meistens musste er nur über seinen Therapeuten lachen. Einmal hatte er ihn gefragt, was denn an seinem Leben so toll wäre.

„Du darfst es leben", hatte sein Therapeut geantwortet, und Karlie hatte dazu lieber nichts weiter gesagt. Der Typ glaubte offensichtlich den Blödsinn, den er von sich gab.

Denn Karlie wusste, dass er lieber gar nicht erst geboren worden wäre, wenn er gewusst hätte, dass er sein Leben im Kinderheim verbringen musste.

Und das schon mit 10 Jahren zu wissen, kam allen Erwachsenen unglaublich traurig vor. Nur leider nicht traurig genug, um ihn zu adoptieren.

Das Problem war der dumme Herzfehler, mit dem er

geboren worden war. Die Leute, die herkamen um sich ein Kind auszusuchen, wollten gesunde Säuglinge haben. Ein Einjähriger, der schon drei Operationen hinter sich hatte und noch weitere bräuchte, war nicht die Art von Kind, für das man sich freiwillig entschied.

Er konnte es ihnen nicht verübeln. Seine Mutter hatte ihn ja schließlich auch nicht gewollt.

Deswegen kletterte er jeden Tag durch den Zaun. Das war seine Art der Welt zu zeigen, dass es ihm vollkommen egal war.

So kam es, dass er dem in einen schwarzen Mantel gehüllten Mann als Erster über den Weg lief. Er hatte keine Angst vor ihm, auch wenn er das Gesicht des Mannes nicht sehen konnte. Karl „Karlie" Meier hatte vor nichts auf der Welt Angst. Schließlich hatte ihn seine Mutter nicht nur mit ihrer Nicht-Liebe gestraft, sondern auch mit dem schlimmsten Namen, den man sich vorstellen konnte. Zwischen all den Alexanders und Leons fiel ein Karl natürlich unglaublich auf.

„Na Kleiner?", sprach der Mann ihn an.

Karlie rümpfte sofort die Nase. Er hasste es, wenn man ihn *Kleiner* nannte.

„Oh, ein ganz Aufmüpfiger", bemerkte der Mann.

Karlie stemmte seine Arme in die Seiten. „Ich hab keine Angst vor Ihnen!"

Der Mann lachte. Einen Menschen lachen zu hören, ohne sein Gesicht dabei zu sehen, fand Karlie dann doch gruselig. Aber nur ein bisschen.

Er hatte ja keine Angst.

„Bist du ein Heimkind?", fragte der Mann. Karlie nickte. „Dann will dich also keiner haben?"

Die Feststellung traf Karlie direkt in seinem kindlichen Herzen. Er selbst hatte diesen Gedanken natürlich schon oft gehabt. Ihn laut ausgesprochen zu hören – von einem Fremden – tat aber viel mehr weh, als es nur selbst zu denken.

„Ich kann dir eine Familie geben", sagte der Mann unvermittelt. „Du musst nur in ein paar Tagen wieder zu mir kommen. Denk darüber nach. Aber du darfst niemandem von mir erzählen, sonst kann ich dir nicht helfen." Und mit diesen Worten drehte sich der Mann in seinem schwarzen Mantel um und ließ Karlie alleine zurück.

Er hasste es, alleine zu sein. Immer ließen die Leute ihn alleine.

Er wollte eine Familie haben.

Und so kam es, dass Karl „Karlie" Meier ein paar Tage später wieder durch das Loch im Zaun schlüpfte, zu dem Mann im schwarzen Mantel rannte und heimlich, still und leise mitging.

Er verschwand von der Welt genauso, wie er sie betreten hatte: Ungesehen.

Danksagung

Ich weiß gar nicht, wo ich anfangen soll – am Liebsten würde ich Euch einfach alle in den Arm nehmen und ganz fest drücken!

Fühlt euch also gedrückt: Ina, Zwergi, Mareike, Jenni, Gaby und Rebecca. Weil ihr mich auf meiner ersten Leserunde begleitet habt und so wundervolle Worte gefunden habt, um meine Geschichte zu beschreiben. Es war mir ein Fest mit euch!

Ganz besonders an Zwergi und Mareike, weil ihr als Testleser für Band 2 fantastische Arbeit geleistet habt.

An dieser Stelle ein ganz großes Dankeschön an alle Mitglieder der Brainstormer, die mir immer wieder in den Hintern treten. Ganz besonders an Fenja Kubin, die viel schlauer in Sachen Marketing ist als ich und sich immer wieder mit mir eine kleine Diskussion liefert, wenn es mal wieder nötig wird. Chris Bennett, Danke das du wundervolle Werbe-Ideen aus dem FF zaubern kannst, die mich einfach begeistern. Salome Joell und Sarah Stankewitz – Danke für eure netten Worte und eure Fähigkeit, mir meine Vergesslichkeit zu verzeihen.

Und Skye Winter. Einfach, weil ich dich schon so lange kenne, ganz dolle lieb habe und ich unsere stundenlangen Gespräche über unsere Geschichten mitten in der Nacht sehr genieße.

Julia Rieger – Ich kann nicht in Worte fassen, für was ich dir alles einen Dank schulde. Deine Freundschaft kommt da nicht zuletzt. Du hast dich in Emma auf der ersten Seite verliebt, bist meinen Weg mit den Goldkindern beinahe von Anfang an mitgegangen … Du machst mir mein Autorendasein leichter, weißt du das eigentlich?

Und an dieser Stelle auch ein Dankeschön an Diana Ku. Falls ihr Dante nicht mochtet – seine größere Rolle in Teil Zwei ist ihre Schuld.

Ich danke wieder Vanessa Streng für dieses bezaubernde Cover – und für dein Arbeitstempo.

Jede Art von Kunst, die einer Leidenschaft herauswächst, ist anstrengend, verzehrend und unsagbar erfüllend gleichzeitig. Ich freue mich über jeden Menschen, mit dem ich anregende Gespräche über Künste halten durfte – ob es Autorenkollegen, Maler wie Dajana Larsen, Musiker wie Wilhelm Uden oder Sängerinnen wie Tanja Rott waren. Genau diese Gespräche sind es, in denen ich immer wieder daran erinnert werde, genau das Richtige für mich gefunden zu haben.

Aber ein Leben wird nicht nur von anderen Autoren, Bloggern oder Testlesern geprägt.

Ich danke meiner Familie für die Akzeptanz, die sie mir schenken. Ganz besonders meiner Mama (sie hasst es, „Mutter" genannt zu werden), weil sie mich im Endeffekt zu dem Menschen gemacht hat, der ich heute bin.

Conny und Dirk – Danke für alles. Für eure „Teilhaberschaft" an mir, für das daran-erinnern-dass-es-noch-ein-Leben-außerhalb-meiner-Geschichten gibt, und für das gute Essen, von dem ich profitieren darf. Danke für alles.

P.S. Das Lied „All Apologies", welches Indra in Kapitel 1 anspielt, ist von der Band Nirvana. Es ist die zweite Singleauskopplung des dritten Studioalbums aus dem Jahr 1993. Die Rechte liegen selbstverständlich bei der Band!

Über die Autorin

Tatjana Zanot erblickte am 24. Februar 1993 das Licht der Welt. Derzeit lebt und schreibt sie im schönen Hannover. Wenn sie nicht gerade in ihren eigenen Welten versinkt, beteiligt sie sich gerne an Serienmarathons und futtert Schokolade.

Weitere Teile der Goldkinder-Reihe:

Band 1 – Ein Herz aus Chrom
Band 3 – Ratten
Band 4 – Zwischen Licht und Schatten

Weitere Werke der Autorin:

Das kleine und große Liebesglück der Familie Silberstein
Aufbruch nach Sempera
Rückkehr nach Sempera
Kampf um Sempera

Das kleine und große Liebesglück der Familie Silberstein

Jeder   erlebt   eine   großartige   Liebesgeschichte

Vielleicht war es meine eigene, naive Hoffnung, die mich in seine Arme trieb; der tiefgehende Wunsch, geliebt zu werden, um über die Liebe schreiben zu können. Vielleicht war es der Krieg; das beständige Wissen, dass er vielleicht nicht überlebte, der ihn in meine Arme lockte. Der Wunsch, nicht vergessen zu werden; denn jeder wusste, dass man nie vergessen wurde, wenn man wirklich und wahrhaftig geliebt worden war.

Erlebt mit der Familie Silberstein sieben bittersüße und traurigschöne Liebesgeschichten. Begleitet sie ein Jahrhundert lang auf den Irrungen und Wirrungen ihrer Herzen.

Aufbruch nach Sempera

Die sechzehnjährige Daisy Demerath ist nicht wie andere Mädchen in ihrem Alter. Während ihre früheren Klassenkameradinnen Listen schreiben, mit welchen Stars sie ins Bett gehen würden, führt sie eine Liste mit ihren persönlichen Worst-Case-Szenarien. Seit drei Jahren hat sie nicht mehr das Haus verlassen. Eines Abends jedoch muss sie vor die Tür treten, um den Müll nach draußen zu bringen, und gerät prompt in Schwierigkeiten. Wenn sie gewusst hätte, welches Abenteuer auf sie wartet, wäre sie vermutlich drinnen geblieben – und wäre nie in eine Parallelwelt hineingeraten, in der Gestaltwandler ihr Unwesen treiben.